ハヤカワ文庫JA

〈JA1059〉

UN－GO　因果論

会川　昇

原案・坂口安吾

早川書房

6978

目次

UN－GO 因果論

日本人街の殺人

上陸許可証、船員手帳、海技士免状は三点セットのようなものだ。波川《なみかわ》は船長だが、自分の貨物船《NEWKASHIMAMARU》を降りてしまえば、その身分を保証してくれるものはほかにない。

埠頭のゲートを抜ける時には上陸許可証だけを見せればよい決まりだが、異国でなにかトラブルに巻きこまれたときには、パスポートも必ず要求される。

ここI国は、親日国家として知られていた。八十年以上前の太平洋戦争では日本は東南アジアの多くの国に被害を与えたが、にもかかわらず経済的な友好関係を保つことが続いた国家も幾つかあり、I国もその一つだった。

ほんの十年ほど前、波川の船が頻繁に入港していた頃は、日本人がトラブルに巻きこまれる心配など殆ど無く、波川自身もしばしば上陸許可証すら見せずに、入国ゲートを抜けることがあった。だが今は三点セットとパスポートを革のウエストポーチに入れて、しっかりと腰に巻いていなければならない。

かつては、日本企業の多くがこの港町に、在I国オフィスを構えていた。木材や石油、工業製品などに加え、この地で養殖した海産物を工場で日本向けに調理した冷凍食品や、レトルト商品などが日夜貨物船に積みこまれていた。勿論日本からI国へも重機や精密機械、或いは一部の富裕層に向けた日本米などが送られ、活況を呈していた。

いま、波川はその時代を懐かしむよすがを探そうにも、暮れかけた赤と青の入り交じる光の中に浮かびあがる風景はまったく異世界のようだ。

当たり前のようにあった事務所ビルや商店、住宅、その全てがかき消えている光景に慣れることはなかなか出来ない。かつてそうしたように大通りに足を踏みいれて、すぐ違和感に立ち止まる。

不思議なのは、僅か二年前までは何度も通い、目を瞑ってでも歩くことができたようなこの街並みの一つ一つを、いまハッキリと思いだすことができないことだ。

ここの一階にコーヒーショップがあって、うまくもないコーヒーを毎朝……、いやそれはこの先の角だったか。だとしたらここにあったのは、新聞スタンドか。いやそれは通りの向かい？　じゃあ商社の駐在員の家族が入っているマンションで、高校生になる娘がなんとかいうアイドルに似ていると評判で、船員たちがわざと夜中に街路で嬌声をあげて彼女に窓を開けさせようとしたその場所は……。

決して忘れることなどないと思っていた大切な事柄の一つ一つが、いまは確かなディテールを失い、漠然とした陽炎《かげろう》のように頭の中で漂っている。

それはいまだに漂う焦げ臭さのせいか。それとも、更地になった風景が全てを掻き消してしまうためか。

波川は、勢いを失っていく夕陽にせかされるように歩を進める。

ほとんど再現できない記憶の地図の中で、これだけは消えない場所に通りかかった。

そこにはかつて、この町でもっとも大きな建築物が存在していた。

全てが失われ、瓦礫だけが積みあげられたその広い区画の奥に、円形に石組みが残っている。中庭にあった、噴水の跡である。

百年以上の歴史を持つリゾートホテル。

波川がここに寄港するようになった頃には、もうとっくにホテルというよりも、日本人専用のアパートのように使われていた。

Ｉ国に滞在する日本人のうち、家族を連れていない者にとっては、メイドを雇う貸し家暮らしはわずらわしいものであり、にもかかわらず日本の本社の人間たちからは『いい暮らしだよな』と妬まれるありがたみのないものでしかない。

だから大半の単身者はこのリゾートホテルに長期ステイすることを望んだ。それに対応してホテル側も安価なプランを出す。ちょうど円に対しドルやユーロが値下がりする時期が続いていたこともあって、本社側もこれを歓迎した。

住むだけでなく、部屋そのものをオフィスとして使う通信社や、小規模な輸入代行業者も多く、中庭に面したカフェは朝から晩まで、そうした者たちのミーティングスペースとして活用されていた。

波川が寄港中、顔馴染みで業種の違う友人たちと会うのは決まってこのホテルのカフェやラウンジだったし、パーティに招かれることも多く、何より多くの知人がこのホテルを住居としていた。

たたずめば、あの頃の騒ぎが聞こえてくる気がする。クリスマスの夜、船員たちも引き連れて、朝までカラオケを歌ったあの声。

不意に、なにかメロディが聞こえた気がして、波川は立ちすくんだ。

それは懐かしさが招いた幻聴というよりもむしろ、いまなお自らの死を受け入れられずこの世に漂う魂の歌声に思えた。

ここはある意味、巨大な墓地だ。

戦争は、全てを消し去った。

しかし生き残った者たちは、過ぎたものにだけ想いを馳せていることはできない。ただ生き続けることしかできないんだ、そう胸の中で呟く。

それは、過去を思いだすことが日に日に少なくなっていることへの、罪悪感を忘れさせてくれる、魔法の呪文に思える。

『生きよ……堕ちよ……』

昔、ずっと昔に読んだ文章の一節が、唇に浮かんで消えた。

世界のどこの港町でもお決まりの、派手派手しいネオンが波川を迎えいれた。更地になってしまったオフィス街を抜けて、次第に旧くなっていく政府の建物を囲む塀に沿って進むと、バスやリキシャでごったがえす街路に出る。強引に突っこんだような斜めの道に沿っていけば、装飾門がありそこから先は中華街《チャイナタウン》だ。

波川は緊張しながら、友人から聞いた方向へ早足で向かう。

中華街といえば船乗りたちにとって、『どこの国でも、とりあえずまともなものが食える場所』だ。昔なら波川も好んで食事に来た。だがいまは違う。ここはもう日本人にとって、ヘラヘラ笑いを浮かべて、適当な英語と中国語を織り交ぜて、朝粥や点心を頼める場所ではない。

戦争は終わった。しかも今回の戦争で日本は大きな痛手を負った。だが連合軍に参加した幾つかの国を除いた多くの国が、日本を非難した。歓迎されない感触は戦争が終わって半年が経過した今も、波川のように海外で仕事するものたちの多くが経験している。

分かり易く罵倒されたり、子どもたちが石を投げつけてくる、『東洋鬼《トンヤンクイ》！』と。それならこちらにだって対処のしようがある。だがそうではない。現実には、人々はそんな風にはっきりと思っていることを口に出すわけでもない。

どう形容すればよいのだろう。

憐れみ、だろうか。

戦争が終わり、東アジア航路は再開された。いや、今の日本にとって最も必要なものは復興のための資材だ。元々波川の船はセミ・コンテナ船のため、コンテナに加えて木材などの輸送も可能なので戦前よりも一層需要が高まっていた。だから航路再開後すぐに尻を叩かれる勢いで東京港をあとにしたものの、寄港地のどこでも波川は、形容しがたい表情に迎えられた。

責めるわけではないし、同情するわけでもない。戦争の結末についても、誰も口にはしない。だが何かが違う。

今回の戦争で、日本は公式には〔敗戦〕という言葉を使っていない。

いくつかの週刊誌などが、意図的に〔敗戦〕を表紙に刷りこみ、政府からの非公式な抗議を受けたと、わざと回収騒ぎを起こし売り上げを伸ばす——そんな馬鹿馬鹿しい騒ぎも現実に起こっていた。

だが元々、どう考えても負けたとしか言えないときでも〔終戦記念日〕という言い回しを使ってきたことを思えば、それも不思議でない。

どう言いつくろおうと、世界は日本が敗北したと見ていた。それも、明確にどこかの国家に対して、ではなく、名も無き民衆に歯が立たなかったのだ、と。

当然、海外で日本人が背負う威光ももはやない。波川たちがいかに、

『変わらず商売やっていきましょうや』

と、胸を張ってみせたところで、相手はそれを虚勢とみる。むしろ自分たちが手を差し伸べてあげなければ、と感じているものたちも多い。

そんな力関係の逆転が、波川たちには正体不明の不安となって、常に影響を与えていた。

居心地が悪い、ということだ。

だから、戦争前なら冷やかし半分で味見をできた饅頭《まんじゅう》の蒸籠《せいろ》の前に立ち止まることもできない。もし、

『ほら、サービスだよ、いいからもっていけよ』

などと、ほどこしを受けてしまったら、それまで自分たちが築きあげてきたものが崩壊してしまう。

やがて道の奥に、看板を見つける。

〈萬幸酒店〉

看板の蛍光灯が一本ならず消えていて、最初は〝酒〟の文字しか見て取れなかったが、

そもそもそれで十分なのだろう。色のついたガラスなのか、それとも脂が付着しただけかもわからない扉を開ければ、〝酒〟とさえ書いてあれば中身は問わないという客しかよりつきそうにない、アスファルトの舗装工事のような臭いが漂っていた。

床に敷き詰められたタイルも、どこが目地かもわからぬ程に汚れ、一歩踏みだす度に靴底になにかが付着するのがわかった。薄暗い照明でなければ、足跡も見えたのではないか。

だが、ここが波川の目的地に間違いなかった。

数人の薄汚れた中国人や、I国人が一つのテーブルを囲んでカード遊びをしている。

波川のほうをチラリと見るものもいたが、すぐに顔を背ける。

埋まっているテーブルは、あと一つだけ。トイレのドアに近い奥まったそこに、なんとも似合わぬ二人連れが座っていた。

一人は二十代半ばの日本人、髪も髭もだらしなく伸ばし、元は何色だったかも知れない裏地なしのコットンのロングコートをジャケット代わりに羽織っている。眼は疲れたように窪み、手元のグラスの底に澱んだ中国酒を見つめていた。

その隣席で、膝を抱えて座っている子どもはさらに奇妙だった。

長い癖毛は銀髪で、白髪とも色が薄いブロンドとも見えた。髪のふさが顔の右半分を覆い隠しているが、肌は白い。白人のそれではなく、アルビノを連想させる。この国でよくみる白シャツの上に革のベストを着ているのが、細い手足をますます細く見せていた。場末の中華料理屋だけでなく、世界中のどこに連れて行っても、この二人に似合う場所を見つけることはできないだろう。

波川は一声かけて、日本人の前に座ると、すぐに話を始めた。だがまだ事件の説明も始まらないうちに、

「聞いてるよ、人殺しが乗っているんだろう？　あんたの船」

と、〔探偵〕はつまらなそうに話を遮り、グラスをわざとらしく振ってみせた。

仕方なく承知して振り向けば、既に心得顔の女給仕が、中国酒の瓶を持ってこちらに歩いてくるところだった。〔探偵〕が素早く瓶をとっても、給仕はそこに立ったままだ。

「お会計」

子どもが、そう言った。

声を聞いても性別はわからない。シャツにパンツという服装からは少年に思えるが、華奢な体型や長い髪は少女と言われても不思議ではない。

「え？　なんだい、坊や」

「因果」

「いんが？」

「因果は巡るって言うだろ、その因果」

どうやら、坊や、という問いかけに対して、自分の名前を答えたらしい。

「因果応報の、因果か」

そう波川が納得すると、なにがおかしいのか、子どもはけらけらと椅子を揺らしながら笑いだし、

「それそれ。あんたたちはほんっと、その言葉が好きだよね。〝因果応報〟。マジで意味わかってんの、ねえ」

と、波川の顔を下から覗きこんだ。その口振りは、まだ学生だった頃の息子や娘を連想させる、いやに砕けたもので、妙に懐かしい。何か言い返そうとして、言葉が出てこないのは、見上げた因果という少年の顔が（坊や、と呼んで否定しなかったのだから、少年なのだろうと判断したが）やけに艶めかしく、惹きつけられたからだ。

長い睫毛の下、真っ直ぐにこちらを見る瞳は濡れたようで、見る角度によって金色にも黒にも輝いている。それは口調とは違い、まるで無心に餌を乞う子猫のそれに似て、求められればなんでも与えてしまいたくなりそうだった。

（女……？　それも、たまらなくイイ女だ）

波川はこみあげてきた自分の思考に混乱する。たとえ少年ではなかったとしても、中学生にもならない年頃だろう。それを〝女〟と認識することなど、記憶にある限り一度もない。

だが確かにいま自分は、この因果という子どもに、強く惹かれている。

そんなことがあるものか。あってたまるか。

この国に限らず、裕福な極東の国民や西欧人が東南アジア諸国で買春を行うことは、戦前からの常識だった。少女だけでなく、少年が餌食になることも、波川はよく知っている。本国では真面目そのもので妻に頭が上がらなかったり、或いはそうしたふしだらな行為にまったく興味がないという顔をしている男たちが、そうした場所に精通し、インターネットで情報を交換し、別の人格にでもなったように競って子どもたちを求める。いや、男だけではない。時には若い女性が〝恋人〟と称して、現地の男性と短期契約を結ぶという話も聞かないではない。

彼らの中には、異国に来ている同胞はみんなそういう嗜好を共有できるという妄想を押しつける者もいて、酒席や或いは仕事場に平気で子どもたちを同伴し、トイレで便器の前に並んだときなど、ひっそりと波川の耳に囁いたものだ。『今度、あなたの恋人も紹介してくださいよ。波川さんはあちこち行っておられるから、お詳しいんでしょう』と。

波川にとって、それは嫌悪の感情も超えるものだった。

だからこそ、因果という子どもに自分が惹かれたという事実が認めがたく、それを否定できる材料を必死で探した。そして、目の前にいる青年も、自分の〝恋人〟を見せびらかす、あの手の低劣な輩と同じだと思いこみ、彼に怒りをぶつけることにした。

波川はわざと乱暴な態度で、

「おい、〔探偵〕さん。なんなんだ、こいつは。こっちは遊びじゃない、真面目に仕事の話をしに来てるんだ。そこにこんな趣味の悪いもの混ぜないで欲しいな」

と、探偵に突っかかった。

そう、この青年は探偵であるらしい。映画で得た知識でいえば、アメリカには未だに私立探偵という職業があるらしいし、日本にも興信所だの探偵事務所だのといって、浮気や身辺調査を受け持つ連中がいる。だがこの青年はそうした映画などで見る〝探偵〟とはかけ離れた存在に見えた。

探偵は、答えずに受け取った瓶から早くも二杯目をグラスに注いでいる。

「趣味の悪いものだって。ねえ、どう思う？　やっぱそういう風に見えるのかなあ」

因果が軽く髪を掻きあげる。その仕草に目を奪われた波川は、一瞬、信じられないものを見て、小さく息を漏らした。

髪に隠れていた因果の右側の顔に、黒い痣のようなものがあるように見えたのだ。額から頬にかけて、はっきりと皮膚の色が変色している。それは黒、というよりも紫、或いは濃い茶色にも見えた。

波川が息を呑んだのは、その色があるものを連想させたからだった。だがその思いを断ち切るように、因果が、

「もう。いいから、お会計って言ってるじゃん」

と、指を突きだした。その先には、まだ立ったままの給仕がいる。

波川はようやくこの店が注文ごとに現金で精算するシステムだということに気づいて、ウエストポーチから財布をとりだした。瓶まるごとといっても、最初からラベルも貼られていない中国酒なら値段もたかが知れている。

給仕は札を受け取ると、釣りを渡す気配すら見せず、カウンターに戻っていった。波川のおかげで待たされていたことなど、まったく苦にならなかったようだ。

照れ隠しに「どこまで話したかな」と話しかけた波川に、探偵は、

「だからさ、あんたの船に人殺しが乗っているという話なんだろう?」

と、冷たく応じた。

「そんな噂になっているようだが、勿論違う。それで困っているんだ」

波川は身を乗りだした。椅子をギーギーと揺らす因果ができるだけ視界に入らないようにする。

「あんたに依頼したいのはそのことだ。私の船がすぐに出港できるように、真犯人を見つけてもらいたいのさ」

事件は五日前に起きた。

後に、比留目《ひるめ》という苗字が知られることになる、四十近い年格好の日本人男性が、夕暮れの街に入っていくのを、現地の警官たちが見かけた。

先ほど波川が通り抜けてきた、あの港町である。

パトカーを停めて、煙草を喫っていた警官のうち一人が先に、比留目氏に気づき、同僚に合図した。

比留目氏の服装は、いかにも観光客然としていた。機内持ちこみサイズのキャリーケースを転がし、色の濃いスーツを着ている。I国に滞在している日本人はすぐに現地の暑さや湿気に馴染み、Tシャツに半袖を羽織るだけの姿でいるようになる。スーツを着ているなど、それこそ帰国の飛行機に乗るときくらいのものだ。

つまりひと目で到着したばかりの観光客とわかる比留目氏が、なぜ港町に向かおうというのか。

二年前に起きた一件によって、その一帯は焼き払われ今では瓦礫と更地しかない。土地に慣れたものや、船乗りであれば港に向かうために通り抜けることもあるだろうが、日が暮れてから観光客が足を踏みいれるような場所ではない。しかも比留目氏の持つキャリーケースは見るからに重そうである。警官であっても、悪心を持てば担いで逃げだしたくなるような、そんな恰好の獲物だったのだ。

警官たちは、純粋に好意から比留目氏に声をかけた。比留目氏は旅行慣れもしていない

様子で、たどたどしい英語で警官たちに、

「ホテルがあった場所に行きたい」

と、訴えた。

もちろん比留目も、リゾートホテルが、いまは見る影もないことを承知していた。だが、彼はどうしてもそこに行かなければならない、と言うのだ。

警官たちも英語が母国語でなく、比留目のそれはもっと拙いものだったため、伝わった情報は僅かなものだった。

比留目は何度も“wife”という言葉を口にしたという。そして、途中でその英単語を思いだしたらしく、それに“ex”をつけていた。つまり〝元妻〟ということになる。これは後にわかったことだが、比留目には終戦前に離婚した妻がいた。

比留目の前妻は、宝飾店チェーンを経営する彼を裏切り、資金を横領し、行方をくらませていた。比留目とは歳の離れた、若い妻だったという。

警官たちは無論そんな事情はなにも知らなかったが、この日本人は別れた妻と、ホテル跡で待ち合わせているのだ、と合点し、そこまで案内を申しでた。

「終戦前というが、実際にはいつのことだったのかな」

〔探偵〕が思いがけぬ質問で、波川の話を遮った。

「なんのことだ」

「比留目氏の、前妻が失踪した時期ですよ」

波川は探偵が何を知りたいのかわからないまま、記憶を辿った。

「確か……戦時中というのだから、まあ二、三年前だろう」

「ふむ、まあそんなところかな。それで、比留目氏はもちろん離婚していたのでしょうね」

またも予想外の質問に、波川は眉をひそめる。

「前の妻、というのだからそうだろう。失踪して音信不通の配偶者とは確か何年かで離婚が認められる筈だな」

「でしょうね。オレは別に法律に詳しいわけじゃないが、もし行方知れずの配偶者を、何年経っても籍から外せないなら、それは少々辛すぎる」

探偵は、グラスを掲げると話の先を促すように揺すった。因果はいつの間にか椅子を揺らしながら、眼を閉じている。

ふと探偵が、なにか呟いたように聞こえた。

――浮気な細君と別れた亭主は、浮気な亭主と別れた女房同様に、概ね別れた人にミレンを残しているものだ――（悪妻論）

それは、どこかで読んだ一節のようであり、いま考えたばかりの、ありきたりの箴言《エピグラム》に過ぎないようでもあった。

比留目氏の話が、まだ途中だった。

警官たちは、辛うじて彼が理解できた『ゴー・ストレート』と『ターン・レフト／ライト』だけでは、正確に道を伝えることは難しいと判断し、結局ホテル跡まで案内をかってでた。既に夕陽は山側に没しつつあったが、比留目氏はまるで気にしていないようだった。途中警官が、比留目氏に代わってカートを牽こうとすると、ハンドルに触れただけで激しく拒絶された。警官はそれが旅行荷物ではなく、なにかしらの貴重品が入っていると想像した。

ホテル跡に、人影はなかった。だが比留目氏はそこで待つ様子を見せ、一緒に残ろうとした警官たちにここから退去するよう願う仕草を見せた。

警官たちは誰と会おうとしているにせよ、こんな人気のない場所に残すのは心配だったが、比留目氏に数枚の紙幣を押しつけられ、指示に従うことになった。日本人はチップの習慣がないせいか、ホテルのベルボーイや、タクシーの運転手同様に、警官に道案内してもらってもチップを渡さなければいけないと思いこんでいる場合がある。もちろん警官たちはその誤解を正す必要もないと考えているので、紙幣は彼らの財布に収まった。

パトカーに戻った二人は、比留目氏について話し合った。二人とも離婚歴があったため、彼が元の妻に会うらしいということに興味津々であった。

彼らに限らず、I国に住む若い男性にとって、海外から来る女性、特に人妻は酒席の話題の中心である。

「お前、日本人の女に声かけられたって言ってなかったっけ」

「あれは香港人だよ、何度も同じこと言わせるなって」

「香港は日本じゃないのか。いや台湾か」

「よく知らないが、とにかく凄い金持ちだという噂だったな。確かドイツ人の人妻とうまくやったって言ってた奴もいた筈だ」

二人は比留目氏の元妻について、勝手な想像をめぐらせた。

「若い男と逃げたんだろうな。それでこの国に辿り着いた。ここでは外国人が部屋を借りるのも、金を積めば簡単だし」

「そのうち若い男にも飽きた、それで今度はここの男に手を出すようになって、その姿が日本人に目撃されるようになって」

「とうとう元の旦那の耳に入った、てとこか」

「戦争が終わってまた観光ビザで出入りできるようになったから、やってきたわけか。それで？　あの旦那はどうするつもりなんだ」

警官たちは、不意に不安に襲われた。

「別れた妻なんだろう？　いくら未練があっても……お前ならどうだよ」

「どうって、なにが」

「外国で、知らない男たちと暮らしていたんだぞ。女王のように若い男をはべらせて、それこそ日本のビデオみたいなことをやっていたに決まっている」

彼らの頭の中では、いつの間にか比留目氏の妻が、インターネットで検索すればいつだってトップに上がっている日本人アダルトビデオ動画にすりかわっていた。

「それにわざわざ会いに行きたいと思うか」

「確かに。だが日本人はプライドが高いからな。どうしても連れ戻さなければいけない理由があれば」

「おい、車を戻せ」

「どうしたんだ、いきなり」

「そうだよ、プライドが高いんだよ、だとしたら」

警官の一人がようやく、一つの可能性に思い至った。

もしかしたら、比留目氏がわざわざI国にやってきた理由は――。

ホテル跡の手前で、パトカーのヘッドライトの中を黒い影が横切った。警官たちは一瞬それが比留目氏ではないか、と誤認した。

「さっきの男か？」

「いや、よくわからない。だが背格好は近かったような」

だが彼らはその前に確認すべきことがあった。

ホテル跡地の、瓦礫に顔を突っこむようにして、比留目は倒れていた。懐中電灯の光の中でそれを見つけた警官たちは、すぐに彼が絶命していると確信した。足下に血溜まりが広がり、呼びかけにまったく反応を示さなかったからだ。

二人はパトカーから署に連絡を入れて応援を頼んだ。本来なら現場を保存し、救急車の到着を待つべきだったが、彼らはそうしたセオリーを無視してすぐに車を走らせた。

先ほど、パトカーから逃れるように走り去った人影。あれが犯人に間違いなかったからだ。

「比留目の元妻か？　あいつ、自分を裏切った妻を殺しにきて、返り討ちにあっちまったということか」

「はっきり見えなかったが、逃げていったのは、女に見えたか？」

「だって、元妻に会うと言っていたじゃないか」

二人は焦っていた。彼らは被害者を凶行現場に案内し、その場を離れてしまった。もしかしたら、比留目氏がホテル跡に着いたとき、既に凶行者は噴水の影にでも潜んでいたかもしれなかったのだ。

このままでは、二人は日本人観光客の殺害を幇助したと言われかねない。確かに日本人は、戦前ほど重要な存在ではないが、逆に戦争は終わったというのに日本人が殺されたとあっては、余計な国際問題を生みかねない。

少なくとも減棒は覚悟しなければならない。いまできることは、犯人を現行犯で逮捕し、全力を尽くしたのだ、と証明することだけだ。

春の夜風は涼しげだというのに、二人の警官は脂汗を流しながら、人影を追った。

「ここから話があやふやになる」

波川はこの探偵がどこまで現地報道を耳にしているのか、警戒しながら話を進めた。

「警官たちは途中でパトカーを降りた。港の近くで倉庫やコンテナがゴミゴミし、徒歩のほうが都合がよかったからだ。すぐに物音が聞こえてきた。金属のきしむ音。倉庫の外壁に付けられた梯子を、誰かがよじ登っていたのだ」

「ああ、なるほど。埠頭の警備なんて元々どうしても穴がある。タンカーのように石油会社の私有地に寄港するならともかく、貨物船に密航者は絶えないといいますからね。犯人もそれを狙ったんだ」

「そのとおり。もちろん外国船籍の船は出港前に念入りに中を改めるように言われているし、寄港中密航者が入りこみそうな船倉や機械室には鍵をかけておくように指導されている。だが事情に通じているものが上陸ゲートを通らずに埠頭に入りこむことは、決して不可能ではない。聞いたところによれば、その倉庫の屋根から埠頭のフェンス内に飛び降りるやり方は、以前から知られていたという話だ」

だがI国政府はその事実を知りながら、特に処置をとろうとはしてこなかった。貧しい一部の国民が埠頭の外国船に潜りこんで貨物をかすめとるのは褒められたことではないが、そうしたシステムを利用して密輸を行う組織もある。そうした組織は、政府高官に便宜をはかる存在として機能している。警官にしても、時折そうした不法立ち入り者を見つけることで、こづかい稼ぎになるというメリットがあったのだろう。

「警官たちの目の前で、逃げてきた人物はフェンスの中に飛び降りた。結構な高さだが、貨物にかける大型のネットが丸めて置かれていて、それがクッションになったという話だ。それもいつも出入りしている連中があらかじめ置いておいたのだろう」

警官の一人が、同じく倉庫に上がり、跳んだ。もう一人はゲートに向かい、そこから出るものがいないように注意した。

「ちょうどゲートは、町から船に帰る人でごった返していた。それが私の船、《NEWKASHIMA》の船員たちばかりだったというわけでね」

その日の朝入港した《NEWKASHIMA》は、荷物の確認作業に必要な乗員や、船長である波川だけを残して、ほとんどの船員は久しぶりに上陸していた。国籍の問題で上陸許可証が出ないものがいたが、日本人の船員は問題なく、発行された許可証をもって街にくりだせたのだ。しかし波川は、戦後初めての入港ということもあって、船員たちに早い帰船時間を定めていた。問題が生じなければ、次第に夜遅くまで街に残ることを認めてやるつもりだったが、少なくともこの日は日暮れには戻るように言い渡していた。

実際には日暮れを過ぎてはいたが、それに細かいことを言う船長ではないと、船員たちも熟知している。そんな彼らが船に戻る時間帯に、警官たちはぶつかったのだ。

「ほかにも停泊している船はあったが、賊が飛び降りた場所に一番近かったのも、そして人の出入りがあったのもうちだけだ。船員から呼びだされて、俺は甲板に出た」

そこで、勝手に乗船してきた警官たちが、乱暴に船員たちを並ばせている光景に出くわした。それどころか、警官の一人は船員のポケットに手を突っこんでいたのだ。

波川は警官たちを制止し、なにが起こっているのか説明させた。二人が殺人犯を追跡して、ここまできたことはすぐに理解できた。

『だったら、そいつの身形《みなり》を言え。賊の背格好を。船長の責任で取り調べさせてやる』

波川には、警官たちが取り調べにかこつけて賄賂をせびっているようにしか見えなかった。船員たちのポケットに手を突っこむ様子からも、それが自然な反応だ。だが警官たちの返事は意外なものだった。

「あいつらは、背格好や身形はハッキリしていないが、証拠があると言いやがった。ダイヤだ」

「ダイヤ。ダイヤってあのキラキラしてとっても堅いってだけで、人間が眼の色変える単なる炭素化合物のこと」

回りくどい言い方で、因果が興味を示したが、波川はそちらの方を見ないようにした。

「ああ、その件も聞いたな」

探偵が、顔を上げた。

「ダイヤを巡る殺人、そういう話になっていた。だが今までの話のどこに、ダイヤなんて出てきたんだ？」

「そこがあやふやなとこだというんだ。警官の一人が、埠頭でダイヤのようなものを見た、と言うんだ。ちょうどネットの積みあげられた近くで」

「で、あなたもそれを見た？」

「いいや」

そのときのことを思いだすと、渋い顔になる。

ひととおり騒ぎが収まったところで、波川は警官たちや入管係、それにたまたま居あわせた友人等と、その場所を見に行ったが、ダイヤなどそこには落ちていなかった。だが警官たちは、確かに見たといい、手袋や証拠品の保存袋など持っていなかったのでわざと手も触れなかったのだと説明した。それは理にかなっていたし、警官の一人は念の入ったことにちゃんと携帯電話のカメラで路上に落ちた三粒のダイヤらしきものを撮影していたのだ。

「じゃあとにかくダイヤはあったわけだ。そして場所から考えれば、逃亡していた賊が落としたものと考えていい」

「あとでわかったことだが、被害者の比留目氏のキャリーケースは開けられ、荷物にはかなりのゆとりがあった」

「ふうん、じゃあそこにダイヤを入れていたと、当局は考えているわけか」

「なにかに偽装して、空港のX線検査にもひっかからなかったのだろうということだった。比留目氏は宝石商だから、その手のやり方にも慣れているだろうということで」

「おいおい、宝石商がいつもダイヤを持ち歩いているものでもないだろう、そらまたひどい偏見だな」

探偵は、低く笑った。そして、

「ところで、そのキャリーだが、鍵はこじ開けられていたのか？」

と、問うた。

波川は直接キャリーケースを見たわけではなかったが、警察署で話を聞かれた際、写真は見せられていた。

「確か、蓋を被せるタイプではなく、ジッパーで止めるタイプだった。だからこじ開けられたかどうかはわからないんじゃないか」

「イマドキのは、ジッパーでも鍵をかけられるんじゃなかったかな」

探偵はそう呟くと、またグラスを振って話を促した。だが、もうそれほど残っていない。

警官たちが組み立てた推理はこうだ。

比留目氏は、元妻に会えるという情報でI国に誘《おび》きだされた。なにかの理由で、元妻は金を必要としていると言われ（あるいは、元妻と交際している人間が、手切れ金を要求したという名目で）、氏はダイヤを多数用意させられた。

そして五日前、氏は呼びだされるまま、ホテル跡に。だがそこで待っていたのは元妻ではなく、ダイヤを狙う犯罪者だった。

犯罪者は手近な瓦礫を凶器に氏を殺害し、ダイヤを奪うと、自分の職場になに喰わぬ顔で戻ろうとした。

「つまり、その職場ってのが私の船だというんだ」

「へえ、そうなんだ」

因果は今までの話をまるで聞いてなかったように、わざとらしく眼を見開いた。そして『ひとごろし〜ひとごろし〜』とデタラメな節で歌っている。

「この国の警察にしては、鋭い推理と言えなくもないな。なぜ日本人の比留目某を殺してダイヤを奪うのに、まだ日本人があまり戻っていないI国まで呼びだすのか。元妻を餌にするなら、どこの外国でもよさそうなものだし、日本に戻ったという設定でもいい。だが、偶々《たまたま》自分が外国航路の船員で、I国に立ち寄ることになっていたから……というのは、なかなかの推理だ。一度船に乗っちまえば、あとで取り調べることは難しいしな」

I国の警察を褒めているのか、それとも犯人か。探偵はあきらかに興味をもったようだが、波川はどこか馬鹿にもされているように感じた。

「あとは説明もいらないだろう。警察は比留目氏殺害犯が、私の船の乗組員か関係者だと考えた。パトカーに追われて、埠頭のゲートではなくフェンスを越え、そのときにダイヤを何粒か落とした。そして他の船員たちにまぎれて、なに喰わぬ顔で船に戻ったのだとね。元妻なんて、はじめからこの国にはいなかった」

因果が手を叩いた、拍手のつもりらしい。

「おほー。おみごとおみごとー。事件かいけつだねえ」

「で、どうなった。警察は当然船室を隅から隅まで調べることを要求しただろう」

探偵が言うとおりだった。

日本大使館からも事をあら立てないように、積極的に当局に協力するよう申し渡された。波川もそのつもりだった、自分の船に殺人犯などいないと確信していたからだ。

警官からあらましを聞いたあと、波川は船員全員を一室に集め、事情を説明した。警官たちは、埠頭に落としたダイヤをあとで拾うことができたのも、船員たちだけだと考え、それを容疑に加えていた。波川は船員たちにその場でポケットを裏返させた。反抗する者もいない。勿論ダイヤどころか、小石一つ見つからない。その後警官を案内して、船内を捜索したが、そこでも怪しいものはなにも発見されなかった。警官の一人は、わざわざ波川を人気のないところに連れていくと、こう囁いた。

『もしダイヤの隠し場所に心当たりがあるなら、こっそり教えろ。そうしたら犯人は見逃してやってもよい』

彼らが本当に見つけたいのは、犯人ではなく、ダイヤだった。自分たちの失態で殺人事件の犯人を見逃したというのに。

「とにかく犯人は私の船にはいない。だがそれを証明するのは私たちには不可能だ。このままでは、当局はもう一度徹底的な船内捜索を望むだろうし、船員も取り調べを受けることになり、いつまでも出港できない。それでは業務上困るんだよ」

「それが依頼ですか」

瓶をほとんど空にしながら、探偵はあまり酔った様子もなく、そう訊いた。

「ああ」

「オレに、比留目某を殺した犯人を、見つけろ、と？」

「あんたならできる、と紹介してくれた人がいる」

その言葉に探偵はしばらくなにかを考えているようだった。

波川も、これがまともな依頼でないことは承知している。この国の法律がどうなっているかは知らないが、彼はどう見ても日本人だ。そんな男が探偵だと言ったところで、それに命運を託すのは馬鹿げている。第一、彼が殺人犯を見つけることができる保証など、どこにもないのだ。だが――。

「あんたは、この町でちょっとした有名人なんだろう。〔探偵〕さん」

「あははは、有名人だってさ」

因果が笑う。

「謙遜する必要はないさ。いくつも、警察がお手上げになった事件を解決したそうじゃないか」

いま目の前にいる姿を見て、とてもそうとは思えないが、事実だった。この探偵を名乗る日本人は、戦争中どこからかこの国に現れた。他の日本人のように港沿いのホテル街区に住むことはなく、最初から中華街の安宿に居着いた。警察に眼をつけられていたが、やがて起きた警察官殺しの犯人を見事に見つけたのだという。

しかも、非常に奇妙なやり方で。

「そうだな。ほかにやれることもないんでね。この店も、前の店主が失踪して行方を捜していたんだが、それを推理してやって。おかげで雨露をしのがせてもらっている」

「ほう、そうか。前の店主はどこに雲隠れしていたんだ」

すると、探偵より先に因果が挙手して、喋りだした。

「はいはーい。借金取りにバラバラにされて、犬の餌になってました」

波川は、その言葉に引っかかった。この辺りで商売している借金取りというなら、つまりはどこかの暴力組織に属している。それが処理したというなら、何の証拠も証言も集めることはできないだろう。それをこの探偵は、推理で見つけたというのか。

奇妙なやり方、とは聞いているものの、実際にどのような方法を使うのかは、紹介者も教えてくれなかった。

「それは……凄いな。いったいどうやって」

「借金取りの一人が、観念して白状したんですよ」

つまらなそうに探偵は言った。

そんなことは、信じられない。だが波川はいまはこの探偵にすがるしかなかった。

「ふむ。とにかく凄腕というのは本当なんだな。あんたの推理なら、警察も納得してくれると聞いてきたんだ。頼む、私の依頼を受けてくれ。もちろん報酬は、親会社から送らせる。円でも、ドルでも」

因果が嬉しそうに何度も頷き、

「本当？　なんでもいいんだ？　じゃあね」

と言いかけた口を、探偵は邪険に払いのけ、波川に手を突きだした。

「その前に」

指を一本、上に向ける。

「一つだけ、聞きたいことがある」

「なんだね？　事件の詳しいことは、警察に行けばわかるようにしておくが」

「あんた……波川船長か。あんたはなぜ、船にいた？」

波川は、なにを言われているかわからない、という顔をして見せた。

「え。なんだって」

探偵は指を振った。

「長い航海だったんだろう。あんたも船員たちと一緒に上陸したかったんじゃないのか。なのに、船にいた、なにをしていたんだ」

「そういうことか」

予想外の質問だが、嘘をつく必要もない。

「なにせ取引先は一ヵ所というわけではないからね。荷物の引き渡し、そしてこちらで積みこむ荷主に会っての打ち合わせ、と身体《からだ》がいくつあっても足りないのだよ」

「警官が乗りこんできたときは日暮れを過ぎていたんだろう？　その時間にまだ仕事相手

が」

「いや、ちょっと待てよ。そうだ、探偵さんの言うとおりだ、違うな」

波川は、少し考えるように眼を閉じて、すぐに言葉を継いだ。

「仕事が一段落したあと、友人が訪ねてきてたんだよ。I国に入港したときにはいつも会うことになっていてね」

「こちらの人ですか？」

「日本人だ。陳《ちん》さんといって苗字は中国系だが、何代も前に帰化している」

「ああ、やっぱりそうか」

探偵は、波川の言葉を予期していたように、頷いた。

「陳令丈《よしたけ》さんなら、こちらの日本人の間では有名だ。戦前からこちらに駐在していた商社員で。それなら貨物船とも大いに関係がある」

「説明が省けたようだな」

「あれ、おかしいな。でも確か陳さんは、今では商社をお辞めになっているんですよね」

「ああ、二年前、あのホテル一帯が焼け果てて、それまで僅かに残っていた日本企業も完全に撤退した。だが陳さんはそれに反して、一人でこの国に残ることを選んだんだ。いや、この街に、かな。事情は聞いているんだろう」

「なんでも、その火事で娘さんを亡くされたとか」

波川は首を振った。

「火事じゃない。攻撃だ。軍の一部の勢力が、日本人に対する見せしめとしてホテルに攻撃をくわえ、その後街全体が延焼したが、当局はわざと消火活動を遅らせた」

「――と、言われている」

まるで波川が、根拠のない噂話をしているかのような探偵の茶々だった。

「日本での報道は一方的だったとでも言いたいのか。確かにI国政府は軍の関与を認めておらず、当時日本と交戦状態にあったK国関係者が自爆テロを起こしたと主張している。だがそれだけで歴史あるホテルが全壊し、その後丸一日一帯が炎上、数十名に及ぶ死者の大半は身元も確認できないほどの惨状だった、などということが引き起こされるものかね」

「随分お詳しいんですね」

「――日本でも大々的に報じられた。なにより、私の友人の娘も、その犠牲者の一人だったんだ」

陳令丈の、高校生になる娘は、ホテルのカフェがお気に入りの場所だった。陳は娘が、日本人男性たちにちやほやされる場所に通うことに良い顔はしていなかったが、可愛いと評判の娘に厳しいことは言えなかったようだ。彼はそのことを今に至るまで激しく後悔している。

ホテルが大爆発と共に崩壊した日も、彼女はカフェにいた。中庭にいればもしかしたら生き延びることもできたかもしれない。だが日やけを嫌い、彼女は屋根の下にいた。そこに数階分の構造物が次々に降り注いだのだ。

その後に続いた大火事。

しかも季節が真夏であったことからの腐敗。遺体の回収と、身元確認は、ある意味もう一つの地獄だったと思われる。

戦時下にあった日本政府から、DNAサンプルや歯形など、身元照合データの送付は遅れ、しかもI国の医療設備で何十柱という遺体の検査を行うのは完全にキャパシティを越えていた。

その状況下で奇跡的に、陳は娘の遺体と対面することができた。

遺体が握り締めていたスマートフォンカバー。電話本体は失われていたが、残っていたカバーは、特徴的なデコレーションが施されており、陳はそれが娘のものだと確信できたのだ。

彼は娘を茶毘《だび》にふして、この地に葬り、そのまま日本に帰国しない道を選んだ。妻とは離婚したらしいが、日本にあったマンションなどを始末し、それを生活費に充てさせたらしい。死亡した数十名の家族縁者の多くは、当時は入国できず今になってI国を訪ねてくるものも多い。そうした人たちのための、I国ホテルテロ被害者家族連絡会のようなものの世話人も務めているという話だ。

「あなたを紹介してくれたのも、実は陳でね」

「何度か会ったことがありますから」

「昔からの友人が出港できないで困っているのを見かねたらしい。彼のほうがずっと大変な、心の傷を背負っているというのに」

「では、当日は、陳氏が船に訪ねてきていた。警官が乗りこんできたときは一緒に？」

「ああ」

波川は力強く答えた。

「よく憶えている。娘さんを喪ってから、彼に会うのは初めてのことだったから、話すことはいくらでもあった。夜通し語り明かすつもりだったのに、すぐに警官たちの騒ぎが起こって、中断されたんだ。彼は警官たちとの間に入って通訳をつとめてくれたよ」

「逆に言えば、陳氏はあなたのアリバイを証明してくれる大切な証人ということになりますね」

予想もしていなかった質問だった。

「はあ。アリバイだって」

「ええ。船員だけではない。船長であるあなただって、船から抜けだしてホテル跡で比留目某を殺害して、また船に戻ることは可能だったかもしれない」

波川は、馬鹿馬鹿しくて噴きだしそうになった。

「そんなことを考えていたのか。なんで私が彼を殺さなければいけないんだ」

「ダイヤが盗まれていたというなら、それが目的じゃないんですか」

「人間はダイヤが大好きだもんねー」

とっくに眠ったのかと思っていた因果が、口を挟んできた。

「はは。そうだな。私もダイヤ、というか金《かね》は嫌いじゃない。だが良かった。確かに警官たちが賊を追っかけていた頃、私は陳と船長室にいたよ。そして騒ぎに気づいて甲板に出た。アリバイ成立だな」

「ええ、それでは」

探偵がまた手を突きだした。今度は握手を求めているのだとわかるのに、少しかかった。探偵の掌は、見た目よりもずっと柔らかく、滑らかだった。ゴツゴツと分厚い自分の手とはまるで違っている。

一体この男は、どんな人生を送って、ここにいるのか。

それを聞きだしたい気持ちをグッと抑えこむ。陳にあらかじめ言われていたことを思いだしたのだ。

『その〔探偵〕の、この街に居着くまでの経緯は誰も知らない。事件の依頼も気に入ればロハでも引き受けるが、金を積まれても投げ槍に取り組んで依頼者を怒らせて台無しってケースもよくあるそうだ。とにかく変わった奴で、自分についてあれこれ聞かれると機嫌が悪くなるともいうな。だがここの警察にはこいつの信奉者が多い。なんか奇妙なやり方で事件を解決するっていうが、その神秘的なやり方が、信心深いここの人たちには受け入れられやすいのかもしれないな。とにかく彼の言うことなら、警察も耳を貸すはずだ』

波川の船に殺人者が乗っているという嫌疑を晴らしてくれるのは、この探偵しかいない、それが陳のアドバイスだった。ならば、いまは相手の素性を気にしている場合ではない。

波川は改めて、握手する手に力を入れた。

「ねえ、おじさんの船は日本に帰るんだよね」

因果が当たり前のことを訊いてきた。

「ああ、そうだが」

「へえ、だったらぼくも日本にいってみたいなあ。連れていってくれるっていったのに、いつまでたっても約束かなえてくれないんだもん」

そう言って探偵をチラリと見る仕草は、やはり少年というよりも、なんだか世間ずれした現地妻にも見える。

探偵はなにも答えようとしなかったが、波川はすぐに、

「もしかして、帰国の旅費が問題なのか。それともビザが切れているとか」

「おじさんの船に乗せてくれるの？」

「いや、それは難しいな。貨物船だから、いろいろと面倒なことになるんだ。だが帰国の飛行機代ぐらいなら、謝礼に上乗せすることも」

「乗せてもらいたいなー、かもつせーんかもつせーん」

因果が、太股を掴んで揺さぶる。その力は案外強く、次第に肌に指先が食いこんでくる。

「だから、そういうわけには……。とにかく謝礼は十分に用意するから、頼んだよ」

波川は逃げるように立ちあがると、そのまま店をあとにした。

店を出て振り返ると、店の看板の灯りが完全に消えていた。いま出てきたばかりの店が、まるで消滅してしまったように思えて、あれは幻の中の出来事だったのか、という妄想が頭をよぎった。


探偵と中華街で会った翌日、警察から連絡があった。てっきり船内を徹底捜索するという話だと思ったが、相手は『捜査の担当が変わる』ことだけを告げて、電話を切る。波川はなにが起こったのかわからなかった。

捜査の担当は、船にあらわれた二人の警官がずっとつとめていた。その後警察署の人間が何人も関わることにはなっていたが、二人が基本的には波川に折衝する役目を果たしていた。それが突然交替するというのだ。

理由は説明されなかった。波川は強い不安を感じて、すぐに陳に連絡をとった。

翌日、ゲートまで迎えにきた陳と落ちあった波川は、そのまま徒歩で街へ向かった。事件後、波川と副船長が同時に船を離れることは許されず、ゲートでも厳しい身体検査と、書類の取り調べがあったのだが、この日に限ってはゲートには一人の警官しか詰めておらず、波川の顔を書類の写真と引き比べると、それだけで簡単に通してくれた。たった二日の間に、なにかが変わっている。だがその間にあったことといえば、自分が探偵に依頼したことぐらいだ。それでこんな劇的な変化が起きるのか。

波川の疑問を、陳は笑い飛ばした。

「担当が変わったのは良いことじゃないの。あの警官たちだけが最初からダイヤのことにこだわっていた。犯人よりもダイヤを見つけたいんじゃないかと思わされるほどだった。そいつらが交替になれば、犯人探しは正しい方向に向かっているということよ」

陳は、言われなければ日本人とは思えないほど、こちらに馴染んだ身形をしている。派手な柄の長袖シャツに、白いパンツ、足下はサンダルだが、貧相な感じは与えない。一人暮らしだが、洗濯もアイロンも行き届いたものを身につけ、なにより浅黒く日やけして引き締まった体格が、元スポーツ選手のようで、五十近い年齢よりもかなり若く見せていた。

先に立って歩きながら、陳は波川を励ました。

「多分、あの探偵だよ。彼が警察の上層部になにか働きかけて、担当を変えてくれたんだ」

「しかし私が依頼したのは真犯人を見つけることですよ、そんなことは頼んじゃいない」

「言っただろう。あの探偵はなかなか鋭いところがある、と。警官たちの話があやふやなことは、ぼくも波川くんもわかっていたことじゃあないの」

それは、そうだ。警官たちだけがダイヤを見たといい、船に犯人が逃げこんだと主張している。だがそもそも二人は犯人を本当に目撃したのか。

予断を与えてはいけないので、探偵には言わなかったが、警官たちが最初に比留目をホテル跡に案内したという証言自体疑おうと思えばできるのだ。彼らが比留目を殺し、ダイヤも奪ったうえで、適当な犯人として外国船に罪をなすりつけようとした。対日感情が微妙なことを考えれば、その推理のほうが筋が通って聞こえなくもない。

このことについて既に波川は陳と何度も話しあっていた。そして陳は、あの探偵ならば、そうした怪しさにも気づいてくれるのではないか、と言っていたのだ。

だとしたら、波川たちが期待した方向に、探偵は進んでいっているのだろうか。

「さすが陳さんだ。あなたが予想したとおりに事が運んでいるってことですな。あんな得体の知れない男より、あなたが探偵を開業したほうが流行るんじゃないんですか」

「そろそろ懐も寂しくなってきたことだし、本気で考えようかな」

陳は笑いながら、角を曲がる。その方向に気づいて、波川は立ち止まった。

「おい、陳さん。さっきからどこに向かって歩いているんだ」

陳は、波川の方に身体は向けたが、後歩きでそのまま進んでいく。

「どうした？　勿論、約束の場所だよ」

「約束。――なにも約束なんかしてないじゃないですか。今日は時間を決めただけだ。私はてっきりどこかの店に向かっているもんだとばかり」

「そりゃ、波川くんとは約束してないさ。相手は別だもの。いや、変だなあ。彼は君にはなにも言ってないのか」

「彼――」

その先を訊く必要はなかった。

陳の肩越し、どこまでも続くように見える焼け跡の中で、唯一残った噴水の石組みが近づきつつあった。ホテル跡。瓦礫の山。そこに佇む、コート姿の青年と、恐らくは少年のコンビ。

（やはり、どこに置いたところで、この二人に似合う場所はないな）

改めて、波川はそう思った。

「わざわざどうも、ご足労いただきまして」

探偵は、ちっともすまなそうではない口調で、軽く頭を下げた。

「依頼をしたのは私なんだから、私に連絡をくれればよかったのに、なんで陳さんを呼びだしたんだ」

「ああ、そのこと。そうか、すっかり忘れてましたよ」探偵は小さく手を叩いた。だがやけに芝居がかっている。「ちょっと陳さんにご確認したいことがありまして、お会いすることにしたんです。勿論、あなたもお呼びするつもりだったんですが、連絡した気になってて」

「失敗したねえ」

なんのためについてきたのか、因果が探偵に調子を合わせた。

「まあいいよ、特に問題はない。今日は天気もいいから、外でも問題ない」

陳が鷹揚に手を広げた。

「さあ、訊きたいことって？　波川くんのためになることならなんでも」

「その前に、オレの調べたことを聞いて貰えますか」

探偵は、波川と陳の顔を見た。そして手帳かなにかを取りだすこともなく、ゆっくりと話し始める。

「オレは昨日の昼間、知り合いの宝石店を訪ねた。そこでいくつか電話をかけてもらって、すぐに答えは出た」

「答え？」

「かいつまめば、犯人がわかったということですよ」

「ほ、本当に？　宝石店で、なぜ？」

「なぜ、と言われるのも不思議だなあ。だって犯人は比留目氏からダイヤを奪ったんでしょう。だったら一刻も早く処分してしまったほうが安全だ。闇の市場に売りにいくと考えるのが当たり前じゃないですか」

そう言って肩をすくめた、その仕草も芝居に見える。

「じゃあ、いたんだな、ダイヤを売りにきた人間が。ま、まさかうちの船員じゃないだろう。一体何者だったんだ」

「噂になってましたよ、なにせ鑑定を依頼してきたのが、警官だったんでね」

波川は大きな声を出した。

「警官、だと！」

その声に因果はビクッとしてみせたが、探偵は動じない。

「そう、警官です。しかもあなたたちを取り調べた、比留目氏殺害犯を追跡していた二人組。彼らが三粒の石を、宝石商に持ちこんだんです」

陳と波川は頷きあった。噂どおり、この探偵は真実に、容易《たやす》く接近したらしい。

「つまり、こういうことか。それはあの携帯電話で撮影されていたダイヤ。警官たちは最初に発見したとき、それを撮影したうえで、着服していた」

「その可能性が大きいですね。勿論、元々石は警官たちのもので、埠頭にあったというものとは無関係だ、というケースも考えられます。しかしこれはリアリティがない。ちなみに彼らは宝石商に、事件の証拠品として押収したものだ、と説明したそうです」

「それは嘘だ。彼らは自分たちが眼を離した隙に、ダイヤが消えた。だからこそ一番近くの船に、犯人がいるはずだと主張したんだ」

「ええ、そうでしたね。まあしかしいずれにしても大した違いはない。なぜなら、鑑定するまでもなく、宝石商は鼻で笑ってこう言ったからです。『で、このガラス玉がどうかした？』と」

波川は、すぐにはなにを言われたのかわからない、というように眼を泳がせた。

「え。いま、なんといった。ガラス玉。どういうことなんだ、それは。あの警官たちはガラス玉をダイヤだと言っていたのか」

「もちろん彼らはダイヤと信じていました。最初に埠頭でそれを見つけたときからね。だから着服したし、犯人が別にいるように見せかけるために撮影もしてあなたたちにダイヤがあったとわめき立て、わざわざ宝石商に見せもしたんです」

「なんで、そんな馬鹿な」

「ここに、そのガラス玉を借りてきました」

探偵が手を突きだすと、因果はベストのポケットをさぐり、コインやクリップなどのガラクタを散々見せびらかしてから、

「あ、あったあった、ちっちゃいんだもん」

と、三粒の、透明な石を渡した。

「借りてきた……て」

「なんの価値もないガラス玉だと知ると、警官たちは宝石商に投げつけてそのまま帰ってしまったそうでしてね。一応あとで警察に話を聞きに行ったら、二人は認めましたよ、渋々ですが。もちろん彼らが比留目氏を殺害したなら、こんな間抜けはしないでしょう」

それが突然警官たちが担当から外された理由か、と波川は気づいた。探偵から、警官たちの着服行為を知らされた上司が即座に対応したのだろう。

「女性ならいざしらず、我々男性が、このように奇麗にカットされた透明な石を見せられて、ガラス玉か宝石か、即座に見分けをつけることができますか」

探偵が、今ではガラス玉だとわかったそれを突きだして見せる。そもそもそれがガラスなのか、それともアクリル樹脂で作られたものかも、指でいじりまわしても判別できるかどうか自信はない、と波川は答えた。陳も同様だ。

「まして現場は夜。警官たちは殺人犯を追っていたし、キャリーケースのカバーが開いていたことも確認している。なにか貴重なものが奪われたと思いこんでいますからね、落ちていたのを見て貴重な宝石、ダイヤだ、と錯覚しても仕方ない。オレだって咄嗟にはそう判断するかもしれない」

「では、これは事件と関係ないということかい。しかし貨物用埠頭にダイヤが落ちているのと同じくらい、ガラス玉が落ちているのも有り得ない話に思えるなあ」

陳が冷静に問いを発した。

「いいところに気づきましたね。そうなんですよ。可能性は三つ。比留目氏はガラス玉の行商人で、犯人はそれを狙っていた。二つ目、比留目氏が持っていたガラス玉を犯人もダイヤと誤認した」

探偵はまるでありえそうもない可能性を並べてみせる。

「三つ。このガラス玉は、比留目氏のものではなく、犯人が元々持っていたものである」

「ほう、それは。しかしガラス玉を持ち歩くというのもまた有り得ない話じゃないか」

陳のさらなる質問も、探偵は予期していたように、

「さっきからガラス玉などと言ってますが、宝石商はこれの正体を知っていました。別に珍しいものでもない。呼び名はいろいろあります。スワロパーツだの模造宝石だの。でも一番有名なのはラインストーン、でしょうね」

「ラインって、線のこと?」と、因果。

「ライン川のことだ、元はそちらの名産だった人造ダイヤのことだったが、今ではダイヤのカットに似せたもの全般を言う。と、いっても我々に馴染みがないのは変わらないが。ほら、見るでしょう、パソコンとか携帯電話とかをやたらとキラキラさせている女の子」

波川は、思い当たったように、

「デコるってやつだ。デコレーション。一時期なんでもかんでも、爪だの顔にまでペタペタ貼りつけていたな。じゃあ、これは、アレの材料なのか」

「よく見れば裏に平たい面があります。これは、光を取りこむために尖らせる。これは接着するためにわざと平たくしている……んだそうです。つまりこの三粒は、比留目氏を殺害した賊が持っていた鞄かなにか、或いは爪などの装飾から剝げ落ちたものではないか。ダイヤを奪ったりしていない。賊が元々持っていたものを落としただけだったんですよ」

陳が首を傾げて見せた。

「いやいや、待てよ。ただのガラスじゃなく、ラインストーンだったとしても、埠頭にそんな飾りをつけた者が、ウロウロしていれば目立つ。基本、オシャレなどに縁がない男の職場だ、なあ、波川くん」

「そうですねえ。あっ」

波川の脳裏に、最初から一人の人物が浮かんでいた。

「一人、可能性があります」

「あなたの船、《NEWKASHIMA》の副船長ですね。女性で、しかもC国人の。派手なジーンズ姿で出歩く姿が目撃されており、それにはラインストーンらしき装飾が施されていたと聞いています」

自分が言おうとしたことを、スラスラと探偵が語るので、波川は驚いた。

「彼女と比留目氏の間になにがあったかはわかりませんが、I国に引き渡せば、ともかく、出港は許可される、かもしれません」

「そ、そうか。とにかくいまから船に戻って副船長に話を訊く。まさか彼女が殺人を犯したなどとは思えないが」

「私も事件の日、彼女と話したがそんなことをするような人間とは思えなかった。だがまさかということもある。なにしろ外国人だ、ここで姿を暗まされたりすると、きみの責任問題になるぞ、波川くん」

「そ、そうですね。探偵さん、世話になった。謝礼の件は改めて。しかし信じられないな、そんなことがあるんだろうか」

別れの挨拶のつもりで差しだした波川の手を、探偵は冷たく見下ろしていた。彼の不自然な沈黙に替わって、因果が口を開き、

「て、ことにしたかったんだよね、おっさんたち」

それは、これまでの幼い言葉遣いとは違う、強い軽蔑と嫌悪がこめられた声音だった。

「ラインストーンなんて使っているのは、女性の、外国人の副船長だけだ。だから、それが犯人なんだろう。探偵に与えたヒントから、彼はそう推理する……ってとこか」

因果はそこまで言うと、低く笑いながら歩きだした。

同時に、不意に暗くなった。

それまでの晴れ空が嘘のように、一気に周囲を闇が覆い尽くす。波川が空を見上げたが、そこには黒紫の空間がどこまでも広がっているだけで、まるで突然どことも知れない黒塗りの箱の中に放りこまれたような、奇妙な暗転だった。

「陳さん」

慌てて呼ぶと、すぐ横に狼狽《うろた》えた友人の顔が見えた。どこにも太陽は見えないのに、なぜか人の姿ははっきりと浮かびあがっている。スポットライトが当たった舞台の上のようだ。

陳の表情から、この国に暮らして長い彼からしても、こんな突然の闇は初めてだとわかる。

「なにも心配することないわ、すぐに終わるから」

闇の中から、若い女の声がした。ハッキリとした日本語だ。だが姿は見えない。

声の主を求めてさまよわせた波川の視界に、不意に波打つ長い髪が入ってきた。すぐ横で波川の顔を覗きこむ女の顔があった。

年齢は二十代だろうか。だが付け髪《ウィッグ》でもつけているようにボリュームのある髪は、白というよりも完全な銀で、生きているように波打ち、身体にピッタリとフィットした服は肉体の膨らみを余すところなく強調し、賞を受け取るために現れた女優のように自信と魅力に溢れていた。

大きな瞳、形よく艶やかな唇、小振りだが眼を引きつけずにはおけない顔は、髪がその右半分を覆っていても人並み外れた美しさを隠してはおられずにいた。

波川はそれに見とれながらも、一方で必死に考えていた。

(この女は、いったいどこから現れたんだ)

突然暗くなってから数秒とは経っていないだろう。それ以前にこの女が近づいてきていれば、遮る建物一つないのだから必ず自分か陳が気づいた筈だ。それにこの女の服装。確かにI国でも若い女性が、露出が派手な服を着ていることはある。だがそれにしてもこの女の服装は派手すぎるし、大胆だ。これで人気のない焼け跡を無事に歩いてこられたというのか。

「波川くんから離れろ」

陳が叫んだ。

だがそのときにはもう女の両の掌が、波川の頬を挟みこんでいた。大して力を入れているようにも見えないのに、それだけで波川は首を僅かに動かすこともできない。

探偵は、最初の場所から一歩も動かずに、この光景を見ていた。

「この女はなんだ、君の知り合いか」

「因果、と申します。船長さん」

探偵に替わって女が答えた。

(因果、だと。あの探偵がつれていた愛玩物と同じ名前。まさか姉弟だとでもいうのか)

「教えて」

甘えるように女は言った。

「船長さん。あなたが探偵に言わなかったことは、なに」

「なにを言ってるんだ、この女は」

すると探偵が、口を開いた。

「もう少しはっきり訊いたほうがいいですか」

「だから、なにを言ってるんだ」

「あなたは一つ、大切なことをオレに言わなかった。それによって推理がねじ曲がることもあいい、あなたたちの計算のうちだった」

陳が、女の肩を摑んだ。

「はなれろと言ってるんだ、波川くんから手をはなせ」

力一杯揺さぶっているようなのに、女――因果の掌は波川の頬骨に接着でもされたように、ピタリと吸いついたままだ。

「ふふ、教えて、早く。警官たちがあなたの船に乗りこんできたとき、どこにいたの」

「私は、船長室にいた」

「波川さん、あなた自身のことなんか訊いちゃいないわ」

因果が、右顔から銀髪を掻きあげた。

隠されていた顔半分が明らかになる。波川はそこに、信じられないものを見た。

だが、もはや彼の口は恐怖の叫びをあげることはなかった。彼の口を操っているのは彼の意志ではない。胸の奥、肚の底、脳髄に走る電流、そのどれでもあってどれでもない。自分のもっとも深奥から、なにかが突きあげてこようとしている。

普段、自分の心にある扉を、人は誰でも意識している。その扉の奥には（人によって大小はあるにしても）、金庫のようなものがある。例えばあまり美味しいとは思えない手料理をごちそうになったとき、大抵の人は正直な感想はその金庫に放りこみ、適当な褒め言葉を口にするものだ。もちろんそんな罪のない使い方だけではないだろう。どうしても口に出せない、表には出せない、そんな言葉はいくらでもある。

そんな〝心の金庫〟を、波川も意識したことはあった。無意識に扉をあけっぱなしにして、どんどん本音を放りこんでいたこともあったかもしれない。

だがいま開いている扉は、その金庫のさらに奥にあった。自分の中にそんな扉があったなんて、思ったこともない。一重だと思っていた金庫の中に扉があり、それをあけるとそこにはもっと頑丈で巨大な金庫が存在し、さらに床に別の扉がある。その扉はもはや大きさもわからぬほどの別の金庫の入り口でしかない。

一体何枚扉が開いたかもわからない。そこには、波川がこれまで捨ててきたさまざまなものが整理もされずに、だが一つ残らず保存されていた。

父が死んだとき、流した涙の下で考えていたこと。

志望校を決めるとき、自分の成績が足りないことを認めたくなくて、本命ではないのにまるで第一志望のように装って吹聴した思い。

子どもが生まれたとき、自分の子どもではないのではないかと、一瞬だけよぎった疑念。

この航海に出る前、社長に言い放たれた一言——。

忘れていたこと、忘れたつもりになっていたこと、あらゆることがそこに眠っている。だがついに最後の扉が開かれた。そこになにがあるのか、波川にはもうわかっていた。自分が隠していたこと。何重にもしまいこんで、どうしても明らかにしてはならないこと。

だがそれは扉から勢いよく飛びだすと、一気に喉元を通過し、口から溢れだした。波川の意志ではどうすることもできないまま、口が言葉をつむぎだそうとする。

口を手で塞ごうとした。

「無駄です」

探偵が、なぜかつまらなそうに言った。或いは感情を読みとられないように、わざとつまらなそうにしているかのように。

「そいつの質問に、人は必ず答えてしまう。一問だけ」

そんなとても信じられないことを、探偵はなんでもないことのようにつぶやいた。波川は片手では済まず、両手で必死に口を押さえるが声が漏れてしまう。

「本当に聞いたとおりだと言うのか。あの噂は全部本当だったと」

陳が、初めて聞くような怯えきった声を出した。

（そうだ、陳はこの探偵についてなんと言っていた？　奇妙なやり方。奇妙なやり方で事件を解決すると。陳は具体的なことは教えてくれなかった。だがまさか、これがその〝やり方〟なのか）

いつしか波川は手を下ろしていた。自分の中から飛びだそうとするものを抑えきれない、はっきりした敗北感と、それに増す快感が彼を支配していた。

「さあ答えて。あの日、陳令丈はどこにいたの。あなたはいつ彼を見た？」

それは、聞く者によっては、なにが重要なのかわからない質問に過ぎない。だが、波川と陳にとっては、全てを覆すのに十分な、もっとも適切な、たった一つの質問だった。

「答えるな、波川、頼む」

陳は、無駄とわかっているのかうつむいて、最後は懇願になっていたが、波川の耳には届いていない。

「あの日、私は一人で船長室にいた」

波川が語りだした。一言発したとたん、全身に熱が走った。甘美でもっと感じていたいと思えるような、心地よさ。それをあじわいたいばかりに、波川の話す速度はどんどん増していく。

「ああ、一人だ。仕事の打ち合わせは全部終わっていた。足音が聞こえ、何語かわからない叫び声もあがって、通路に出ると、船員が私を呼びにくるところだった」

波川は甲板に出て、現地警察と船員がもみ合っている光景に出くわした。二人の警官が船員を後ろ向きにたたせ、手を頭の後ろに組ませて、強引にポケットに手を突っこんでいる。

やめさせようとしたが、とっさのことで、この国の言葉が出てこない。そのとき、流ちょうなI国語で『乱暴はやめろ、船の上では船長に従え』と、後ろから声がした。

「陳さん、だった」

陳は、最初からその場にいたかのように、警官たちと話し始め、波川もそれに応じた。

やがて警官たちが、

『ところであなたたちはどこにいたのか』

と訊くと、陳は『二人とも船長室にいた』と答えて、波川を見た。波川は黙ってうなずいた。

取り調べが続くなか、二人きりになったとき、陳は淡々と語った。久しぶりの入港なので、驚かせようと予告せずに会いに来た。そこで警官たちの騒ぎにかち合い、ここでおかしな容疑をかけられてはたまらないと、咄嗟に嘘をついた、と。

——波川は、それを信じると言った。

「私は嘘をついた。陳がそれまでどこにいたか、知らない。知らないんだ」

波川が天に向かって叫んだ。

足の爪先から頭の先まで、強烈な熱さが突き抜けていく。子どもの頃、ストーブや薬缶に手を伸ばし、指先に感じたギリギリの熱さ。触れてしまえば火傷をすると子どもでもわかっているが、手を伸ばしてしまう痛みと甘さのあいまった欲望。いけないことをした、という快楽。波川をいま貫いているのは、絶対にあけてはいけなかった最後の扉を開放してしまったという罪の意識と、しかしそれをすることによって得られた解放感なのだろう。身体の中でギリギリまで耐えていたものが、言葉と共に一気に口から迸った。

（蝶？）

波川には、自分の口から無数の蝶が現れたように見えた。現実に存在する蝶ではない。光を放つ、いやそれ自体が光のような。夜、強い光源を素早く動かすと残像で光の絵や文字が見える。そんなはかないが人工物めいた光の蝶が、無数に波川の口から飛びだしていくのだ。

それは真っ直ぐに、因果の口へと向かっていた。因果はくちづけをねだるように、唇を突きだし気味に開いている。そこに誘われるように光の蝶は次々に吸いこまれていき、やがて消えた。

因果の唇が閉じて、チラッと舌が覗く。

（喰った？　いまの蝶を、この女は喰ったのか？）

気づけば周囲は元の明るさを取り戻し、自分たちは変わらぬホテル跡にいた。因果という女の姿ももうない。全ては幻だったのか。

そうではない証拠に、陳が探偵を、激しく睨みつけていた。

「あの日、実際にはあなたは、警官たちの到着後に姿を見せた」

「いや、それはたまたま」

陳の抗弁を探偵は無視する。

「昨夜他の船員からも話を聞きました。あなたが船長室にいたというものは誰もいない。ただ一人波川船長だけがそう主張していた」

「ぼくはずっと前に船長室にきていた」

「既に波川船長がそうではない、と認めたのですよ。つまりあなたは比留目氏を殺害してから、船に逃げこむことが可能だった。そしてずっと前から船内にいたような顔をして、警官たちの前に姿を現したんだ」

陳はイラだち、波川を見た。だが波川はまだ腑抜けたような顔をしているばかりだ。

「はっ。探偵さん。あんたはとんでもない矛盾を言っていることがわかっているのかな」

探偵は、陳の言葉に表情一つ変えない。陳はそれでも攻撃を続けた。

「波川が困っていたのは、なんだった？　そう。船員に疑いがかけられて、犯人が特定されないと出港許可がでないということだ。ところが、波川が私を犯人だと知りながらかばっていたならどうなる。その結果として船員たちに嫌疑がかかっているんじゃないか。これは矛盾だろう、違うか」

探偵の口角がかすかにあがった、嗤っているのか。

「あなたと波川船長がどれほどの友人なのかは知りません。だが友情だけであなたをかばい、自分の船に疑いをかけ、しかも偽りの犯人をでっちあげるために探偵に依頼する、というのは無理がある。だから、普通に考えれば、波川船長にはあなたをかばわなければならない理由があった、と考えるべきでしょうね」

「いったいそれはなんだ。わざわざ出港が遅れる危険、いや偽証や犯人隠匿に問われかねない危険を冒してまで嘘の証言をしなければいけない理由とは」

探偵が波川を見る。波川は眼を逸らした。

（わかるわけがない。私が、陳のことを一番奥の扉の中に隠しておかなければならなかった、本当の理由までは、誰にもわかるはずはないんだ）

だが探偵の次の言葉で、波川は思い知った。あの因果という女だけでなく、この探偵もまたある種のバケモノなのだ。

「マルシップ方式、と呼ぶそうですね。日本独特の、三十年以上昔から行われているやり方で、これによって日本の船に外国人の船員を乗せることが可能になったんだとか。波川船長、説明していただけますか」

波川は一瞬躊躇《ためら》った。だが、もはや隠しておくことはできない。

「元々日本籍の外国航路貨物や客船、漁船に、外国人船員を配乗させることは法律上の問題でできなかった。だが八〇年代、船員費や教育費、また海賊などに対するリスクヘッジの面からも外国人船員が求められる傾向が生まれ、船籍をリベリアなど誘致政策をとる外国に登録する便宜置籍船という方式がとられることが増えてきた。しかしこれは一般企業における非正規労働者問題と同じで、日本人船員に較べて労働条件が著しく低くされるという問題が生じ、また外国籍の船を『日本船』として国際的に認知させてよいのかという問題、さらに一番重要な問題として日本の税制から逃れられるということがあった。

それに対して日本政府が導入したのが、マルシップ――海外貸渡方式だ。日本国籍の船に、日本の海技士免状を持つ者を配乗させた上で外国の船会社に貸しだす。その船会社で大量の外国人船員を乗せ、改めて日本の会社が定期用船するというものだ。《＊＊丸》と、日本式の船名がそのままつけられるので、マルシップと呼ぶ」

「つまりその方法では、船長はじめ、海技士免状が必要な職は日本人であることが求められたわけですね」

「いや、その後何度も船舶職員法が改正された。最初は船長と機関士以外は外国人船員でも良いとされ、現在では日本政府が認可した育成機関で一定期間教育を受けた外国人であれば、仮の海技士免状が交付され、船長にもなれるということになっている」

その結果二〇〇〇年代から、日本の船の船員は九十パーセントまでが外国人船員に占められることになり、マルシップでの外国人船長を認めた現在では、日本人船長率までもが激減している。

五年近く前、戦争が始まったことで、日本船へのテロが警戒され、日本人船員の離船が目立ったことも後押しした。

戦争が終わった現在、逆に職を求めて船員に復帰したいという日本人は多いが、連合国からは外国人船員を不当に解雇しないように通達が出されている始末だ。

「《ＮＥＷＫＡＳＨＩＭＡＭＡＲＵ》を保有する船会社に訊いてみました。Ｃ国人である副船長は、今回が最後の研修航海で、次回からは《ＮＥＷＫＡＳＨＩＭＡＭＡＲＵ》の船長になることが内定しているそうですね」

　波川は、もはや語る言葉を持たなかった。

「波川船長は、年齢と人件費を理由に、船を降りることを勧告されていた。だがそれはあなたにとっては耐えられないことだった。長年外国航路の船長をつとめ、戦争によって途絶していた航路に再び戻ることができた矢先に、よりによって戦時中敵対国の一つだったC国の副船長に仕事を奪われるなんて」

「だから、副船長に罪をなすりつけるつもりだったんだよね。警官たちが探しているダイヤが、本当はラインストーンだってこともとっくに気づいてたんじゃないの。多分副船長のジーンズから実際にラインストーンが落ちることがよくあって、それを見ていたからすぐに彼女と結びつけることを思いついたんじゃないかな」

　姿を消したように思っていた、子どもの因果がいつの間にか戻り、波川の動機を説明してみせた。

「そしてオレがそう推理するように巧みに誘導した。オレの推理が、警察に影響を与えることを知ったうえで。結果、副船長が逮捕されても、彼女は日本国籍ではないので、船の出港は多少延びるとしても可能。そして彼女の無罪がその後証明されたとしても、日本の企業の体質からして、二度と彼女に船長の話はない。波川船長、これがあなたが、陳さんをかばった理由だ」

探偵の指摘は淀みなく、それだけに残酷だった。

副船長が殺人犯人と疑われれば、自分はまだ船長でいられる。そう気づいたときには、積極的に筋立てを組み立てていた。自分たちが副船長を告発すればかえって疑われることにもなりかねないから、誰か第三者から警察に伝えられないか、と言いだしたのも波川だ。そこで陳が、うってつけとして探偵の名前を出したのである。

忘れていたかった。自分のそんな欲望からでなく、あくまで友人である陳をかばっただけだと、思いこもうとしていた。そうするうちに、本当の気持ちはどんどん奥の扉へとしまいこまれていたのだ。しかし同時にそれは、たまらない重さになって身体の芯を押しつぶそうともしていた。

波川は、探偵に向かって頷いた。

「あんたの言うとおりだ。名探偵さん」

陳がはげしくわめいた。

「だが私は、副船長を犯人として突きだそうという波川の案に協力しただけだ。ああ、なるほど。ぼくにも比留目氏を殺害することはできたかもしれない。しかし動機はなんだ。それに証拠は？　ぼくだという証拠は」

「陳さん。前に見せてもらったことがありますね。娘さんの、スマートフォンのカバー。いつも肌身離さず持ち歩いているはずだ」

突然、陳が息を呑んだ。そこに入れているのだろう、シャツの胸ポケットを押さえる。

「もう一度、見せていただいてもよろしいですか」

探偵の言葉に、陳は首を振った。だが探偵は手を差しだして待つ。

やがて陳は観念したように、胸ポケットから小さな巾着袋を取りだした。因果がそれを受けとり、中からスマートフォンの裏蓋にはめる形で使う、カバーケースを取りだした。

「うははは、きーらきらだぁ」

と、因果が光にかざして喜ぶ。

そのとおり、カバーは一面に大小のラインストーンが貼りつけられ、いかにも若い女性が好む〝デコる〟装飾がほどこされたものだった。単に透明なラインストーンだけでなく、黒やピンクなどで、全体に文字を描いているようにも見える。

その端のあたり、注意してみなければわからないが、明らかに光が足りない場所があった。貼りつけられていたラインストーンが、何粒か欠け落ちているような。

「因果――」

探偵が因果に三粒のラインストーンを渡した。受け取った因果が、欠けた部分に配置すると、それらはピッタリとおさまった。

「あなたは埠頭に飛び降りたとき、ポケットからケースを落とした。大切なものだからすぐに拾っただろうが、装飾の石がいくつか落ちたことまでは気づかなかった――まだ、続けますか」

探偵の言葉に、陳は答えず、因果からケースを奪いとるようにすると、その表面を大事そうに何度も撫でた。

翌日、《NEWKASHIMAMARU》に出港の許可が出て、慌ただしく準備が始まった。

表向きとしては、埠頭に落ちていたのがラインストーンでは犯行の動機になり得ないので、比留目氏の殺害犯人は、怨恨によるものだという捜査方針に変わり、船員たちの嫌疑が晴れたことによるものだった。

警察の本音としては、ラインストーンをダイヤに誤認したうえに着服しようとした警官たちを処分した手前、犯人を別のところから探しださなければいけなくなったというところだろうか。

〔探偵〕は、真犯人がわかるまで滞在を延長するよう強く望まれたが、ついに応じなかったらしい。船員の中に犯人はいないとだけ主張し、あとは比留目の交友関係をじっくり洗うべきだ、としたのだ。

その探偵は、航海士用の独立した船室にいた。波川は謝礼として彼と、因果を同乗させることを了承せざるを得なかったのだ。

なぜ彼らが飛行機など、通常の帰国手段をとらなかったのかはすぐにわかった。探偵はパスポートを持っていたがその期限は切れており、勿論ビザも同様だった。だが外務省は、戦時中帰国不可能になった日本人への救済措置を告知しており、彼だけなら帰国も可能だったろう。問題は因果のほうだった。彼の持っているパスポートは他人名義のもので、性別まで違っていた。

「いったいどういう子どもなんだ。まさか本当にどこかの、その、いかがわしい店から連れだしてきたんじゃないだろうね」

機嫌を損ねないように尋ねる波川に、探偵は「K国で出会った、孤児だ」と説明した。

「K国に、日本の民間人が？」

「戦争がはじまって帰国のルートが閉ざされた。なんだったかな、教育関係のボランティアで両親とともにきていたんだが、治安の悪化で離れ離れになってしまった。オレと会ったときには、地元の子どもと区別がつかなかったよ」

それだけでは、因果という少年の容姿や、妙に大人びた口調の説明がつくとは思えない。さらに同じ名前のあの女はなんだったのか。だが波川はそれらの疑問を口にできないままでいた。もしかしたらあの女も一緒に乗せていくように頼まれるかと思ったがそれもない。ただ、因果が持っていたパスポートの、かなり汚れた写真が、どこかあの女の面影を漂わせていた。

そのパスポートは、因果の親の仲間のものだと説明された。因果自身の旅券は、親とともに行方不明になってしまったのだという。それでも経緯を説明すれば外務省が入国を拒否するとは思えなかったが、探偵も因果もI国で再開されたばかりの日本大使館に立ち寄ることを厭《いと》い、波川の船で帰国したいの一点張りだったのだ。

波川としても拒否はできなかった。ただ、因果に関しては船員たちの間で妙な噂が広がらないように、できるだけ船室内で過ごすように約束させた。

だから出港したいま甲板に立ち、遠ざかる港を見つめているのは、探偵一人だった。埠頭にポツリと人影があった。陳令丈だ。

「彼は、逮捕されることになるのかな」

「I国の警察も馬鹿じゃない。今頃は比留目がI国にきた経緯も、日本から伝わってきているだろう。彼の別れた妻が、二年前のホテル崩壊に巻きこまれた可能性があり、身元を確認するためにやってきた。被害者の連絡会をやっている陳が、彼と会っていたこともすぐにわかる」

陳は、娘の形見が動かぬ証拠となったことを認めると全てを観念したのか、波川たちを美しい墓地へと案内した。波川も初めて来るそこは、陳の娘が眠る場所だった。港を見下ろす丘にあるそこは、まるで童話の中のように石造りの天使像や沢山の花で飾られた、娘への愛に満ちあふれた場所だった。

「比留目氏の妻は、宗教にはまっていたそうだ。例の別天王会《べってんのう》というやつに」

と、陳は語りだした。

「別天王会？」

といぶかしむ探偵に、波川が説明する。

「日本で戦時中、大人気になった新興宗教団体だよ。東京にでっかい本社も作って、確か信者数二百万人突破とかいうテレビCMも見たことがある」

「そんなものが……いろいろとおかしくなっているんだな、日本は。いや、とっくにおかしくなっていたが」

「割と政治的な発言もするのが特徴で、戦争中は積極的に戦争参加を呼びかけたり、反日テロに対する言論攻撃なんかで、政府高官とも関係があるなんて言われていたもんだ」

「なんかアイドル歌手のコンサートを主催したりしていたんだろう？」

「ああ、〔夜長姫3＋1〕とかいう」

「だが一方で、極端な献金制だという噂もあった。実際比留目氏の妻は、最初は定期預金を、それでも足りなくなると店の商品、つまり宝石だな、それを持ち出してまで献金を続けたそうだ」

陳の話によれば、比留目は何度も別天王会から脱会させようとしたが、妻は聞かなかった。それどころか、妻は会師と呼ばれる指導者に『あなたが一緒にいるのは夫ではない』と言われて、比留目の元を飛びだしたのだという。

その後どのような経緯で比留目の妻が、当時日本人には渡航制限が出ていたI国にまで渡ったのかわからない。戦後になって外務省から、元妻がI国に入国した形跡があるが、その後の消息が不明であり、もしかしたらホテル崩壊と大火災に巻きこまれた可能性があると報告されたが、ほとんどの遺体は腐敗を避けるために身元確認前に火葬されたと聞き、いまさら探す熱意もわいてはこなかった。

そんな比留目が、戦後半年もたって、突然I国を訪れたのは、最初から陳が目的だった。

「ぼくに会いたいというメールがあって、そのときにぼくが写ってるWEB記事のURLが貼られていたよ。それはぼくが被害者遺族の世話人をやる経緯についてインタビューされた記事だった。娘の百合子についても語っていた。そして、百合子の――このケースも写っていた」

まだ石が欠けたままのスマートフォンカバーを、陳が見せた。

「それに見覚えがある、と比留目は言うんだ。だからはっきりと見せて欲しいと。そんなわけはないとぼくは返信したが、比留目は強硬で、もう飛行機の予約もとったということだった。ぼくは仕方なく彼に会うことにした。ホテル跡で会った彼は、キャリーケースからノートパソコンを取りだし、あの悲惨な事件についての記事を次々に見せた。ああ、そうだよ。ダイヤをいれた宝石箱なんかじゃない。彼が持っていたのは、ノートパソコンだったんだ。彼は自分の妻が身元不明被害者の一人だったのではないかと語り、ぼくはそれならたくさんの遺体のDNAサンプルは保存されているから、奥さんの生前の髪の毛かなにかから照合できると言った。そしたら、違うというんだ。なにが？　そうだ。ぼくだ。ぼくが間違っているというんだ」

陳がカバーを掲げて見せた。

「これは娘の百合子が持っていたものだ、とぼくは記憶していた。だから、これを握り締めたままの遺体を発見したとき、若い女性だったし、百合子であると確信したんだ。だが、そうじゃなかったというんだ。比留目は、それは自分が妻に贈ったものだというんだ。妻の名前は奈々子。だから『N』の文字が描かれている……と」

指で、黒いラインストーンを辿ると、かなりデザイン化されているが、確かに『N』と読める模様がそこには描かれていた。

「ぼくはそれでも、よくある模様じゃないかと言った。市販品なら偶然ということも。別れた妻が元の亭主の贈り物を使っているのもおかしな話だ、と。すると比留目は勝ち誇ったように、ノートパソコンを見せたよ」

そこには、比留目がネットで発注したデコレーション業者との、メールのやりとりが詳細に記録されていた。比留目は自分で考えたデザインを業者に送り、業者がそれをラインストーンに置き換えた画像データを送ってきていた。比較するまでもなく、それは陳が大事に持ち歩いていたケースのデザインに他ならなかったのだ。

「比留目は、娘の、百合子の墓をあばけと言った。妻の遺灰を返してくれ、と。それは、当然の願いだ。応えるべきだったろう。だがそのとき、ぼくの脳裏を過ぎったのは、あの日の、二年前の夏だ」

謎の爆発によってホテルが倒壊し、そこから発生した火事が日本人街を焼き尽くした夏のことだ。

「ぼくが街に入ることができたのは、警察がおざなりな現場検証を終えたあとだった。その時点では生存者の救助だけが行われていて、被害が甚大だったホテル周辺はほとんど手つかずだった。ぼくや、何人かの関係者は、手作業で……この手で、瓦礫を一つ一つ取り除いた。焼けこげた木材が、持ちあげる度に崩れて、いつまでも作業ははかどらない。そしてやっと見つけたと思っても、そこにあるのは生命のかけらも感じられない……すべてが燃え尽きた……肉体の断片でしかない」

陳の声から伝わるのは、哀しみよりも、絶望よりも、激しい疲労だった。

「それでも一日目、二日目は、寝食も忘れて掘り起こし続けた。ここに、この中にまだ娘が残っている。ぼくを呼んでいる。そう信じて。だが一人、二人と遺体が見つかっていくうちに、生への希望は消えていく。それ以上に辛かったのが、太陽だ。ギラギラと照りつける太陽が、見つかる端から遺体を腐敗させていく。やがて当局から通達がくる。遺体の身元照合をしている時間はない。見つかった遺体の全てを合同で火葬にする、と。だめだ、絶対にだめだ、娘は、百合子はどうしても私の手でちゃんと墓にいれてやりたい、そう思った三日目、疲れて何人もが引きあげていく中で、ぼく一人が作業を続けていた。そのとき……光るものがあった。キラリ。キラキラ。それは、百合子が持っていたスマートフォンのケースに似ていた。いや、そのものだと……思った。だから、ぼくは……叫んでいた。『百合子！』と。『ここに、百合子がいる』と」

陳は、墓石にしがみつくようにして、泣きながら告白した。波川も思わず貰い泣きしていた。自分ならどうしただろうと考える。そこまでして見つけた娘の遺体が、実は別人だったと言われたら。もう一度、一から、沢山のＤＮＡサンプルの中から、娘に照合するものを見つけて、とっくに遺灰となったものを保管してある教会まで引き取りにいくことを考えたら――すべては無駄だったことになる。真夏の太陽の下で、瓦礫を掘り続けた自分の努力も、ずっと大切に持ち続けていたケースも、なにもかも意味がなくなる。そんなことに、自分だったら耐えられるだろうか。答えはＮＯだ。だから陳から告白を聞いたとき、彼を警察に渡さないと決めたのだ。

「ホテル跡を指定したのはあんただな」

探偵の声が冷たく響いた。陳が力無く頷く。

「人気のない、しかも夕暮れに、なぜ会おうとした。相手がどんな人間かもわからないのに」

「それは――」

「わかっていたんじゃないのか、あんたも。埋葬したのが本当は娘ではないと」

馬鹿な、と波川は叫びかけた。いまの告白を聞いていなかったのか。陳がどんな思いで娘の遺体と思えるものを見つけたのか。

「娘とは、何年もまともに話したことはなかった」

陳が意外なことを口にした。

「妻も娘も、この国に馴染めず、いつも帰国を口にしていた。娘のことがなくても妻とは離婚寸前で……そうなれば娘とも離れることになっていた。ぼくは顔を合わせばそんな話になるのがいやで、家によりつかないようになり、だから娘ともほとんど会えず、あの子がどんな携帯電話を持っているのかも、よく知らなかった。ただ遠目に何度か、ラインストーンがキラキラ光るのを見たことがあった。それだけだ。事件のあと、火事から辛うじて逃げ延びていた妻が言った。なんで百合子がいつもあのホテルで午後を過ごしていたのか。あそこでは日本人が多く打ち合わせをしている、ぼくもよく利用していた。だから……あそこにいれば、少しでもぼくに会える可能性があるから……話ができるかもしれないから、百合子はあそこにいたんだ、と。ぼくは百合子になにもしてやれなかった。どんな携帯を持っていたかも知らない。そんなこと認めたくない、絶対に認めたくなかった。ぼくは……一目で娘の携帯を見つけることができる、いつも娘のことを考えている父親で、ありたかった。だから」

「だから、最初から、比留目氏の相談に応じるつもりはなかった。殺すつもりでホテル跡に呼びだした」

探偵の突きつけた言葉を、陳はゆっくり反芻するように考え、そして、

「ああ、そうだったかもしれない」

と言ったのだ。

既に陳も埠頭も見えない距離になっていた。《NEWKASHIMAMARU》は外洋に出て、日本を目指す。

陳は、執拗に墓を暴くようつめより、ケースを奪いとろうとする比留目を瓦礫で殴りつけた。ノートパソコンを奪い逃げる途中警官たちに追われ、ちょうど波川の船が入港していることを思いだし、そこに逃げこんだのだ。

フェンスを越えるときにケースを落とし、ラインストーンを拾い忘れたのは探偵の推理のとおりだ。

ノートパソコンは警官たちが船内を調べている間、実はずっと食堂の机の上に置かれて

いたのだという。警官たちは自分たちが探しているものがダイヤだとばかり思いこみ、パソコンに手も触れようとしなかった。

陳は捜索後、パソコンを持ち帰り、自宅でバラバラに分解して、パーツごとに焼却してしまったのだという。

だが探偵が言うように、比留目が日本から陳に送ったメールなどが明らかになれば、もう言い逃れることはできないだろう。探偵はこれから先は自分の仕事ではない、と警察に陳を告発はしないと言った。

「何日かわからないが、娘と過ごせばいいさ。ただ、墓の中身は別人だがな」

「それでも、ぼくにとっては、百合子だよ。感謝する」

それが陳との最後の会話となった。

波川が陳の命運について思いを巡らせていると、素っ頓狂な声が邪魔をした。

「ふわああ、海だねえ、海だ」

因果だった。

「お前、部屋にいろと言ったろ」

「飽きちゃった、狭いし臭いし臭いんだもん」

「おんなじこと二度言うな」

探偵にじゃれついている因果の髪が風に吹かれ、いつもは隠されている右半面があらわになる。黒紫の皮膚。波川はその色に見覚えがあった。

海で仕事をしていると、人の漂流死骸に遭遇することがある。引き上げる義務はないので、日本酒をまいたり、心得のあるものが経をあげるだけですませるのだが、死後数日を経た遺骸はどれも膨れあがり、変色している。

その黒くブヨブヨとした色に、似ているのだ。

同じ名前の女の顔にも、同じ色の痣のようなものがあった。死骸を連想させる色の。

(この子は、生きているのだろうか)

ふと脳裏をよぎったのは、何度か見かけた、あの高校生の面影だった。若い船員たちが、部屋から顔を覗かせようと馬鹿騒ぎをすることがあった、陳の娘、百合子の。

それらもまた、扉の奥にしまわれていくのだろうか。

因果論

第一章　検事二級虎山泉

月が、見えた。

（いつの間に、夜になったんだ）

記憶が不鮮明だ。激しい熱と光にさらされたのか、視界がボンヤリとして、飛蚊症めいたチラつきもある。

オレがいる場所は、どうやら岩の裂け目の奥底のようだった。左右にそびえたつ岩壁の、そのずっと上方に、握り締めてしまえそうに僅かな裂け目があって、そこから夜空と月の端が覗いている。

まるで井戸の底から見上げた光景のようだ。

（とてもよじ登れそうもないな）

オーバーハング気味の岩壁は、多少体力に自信があるオレでも、手に負えないと思えた。

自分を覚醒させたものに、ようやく気づいた。

最初に感じたのは、鼻孔に突き刺さる異臭。プラスチックやガソリンが燃える臭いだ。身体は疲れきっているのだが、鼻からの刺激が強烈すぎて、だらしなく眠りに入ることを許してくれない。

異臭は数米《メートル》ほど先からだ。そちらに顔を向けようとしたが、なにかで固定されたように、首が動かない。かろうじて視界の端で、火があがっているのがわかる。車だ。三列シートぐらいのワゴンタイプが、天地逆になって燃えている。既に炎上して長い時間が経っているのか、炎は車内のあちこちで分散的に上がっているにすぎない。

この国では未だにハイブリッドカーも電気自動車も数少なく、燃えているのも明らかに旧《ふる》いガソリン車だ。横転して漏れた燃料に引火したのだろう、サイドドアや外装が周囲に散乱していた。

炎と、月明かりで、次第に目が慣れてくる。

岩の裂け目自体は狭いが、オレがいるその底は、かなり広い空間だった。まるで地下洞窟のようだが、床にあたる部分が平らで、壁面も削られたように一様な角度を保っている。明らかにかつて人の手が入った形跡だ。それがいつ頃行われたものか、オレの知識では想像もできない。

見える限りでは二十畳ぐらいの広さだが、それは光が届いている範囲にすぎず、実際には闇の先にどこまで空間が続いているか、まるでわからない。

いったい、ここはどこなのか。

嗅覚、視覚、と同時にずっと聴覚も刺激されていた。

炎がシートやプラスチックパーツを燃やしていく音は、ずっと聞こえている。だがそれとは別に、下手な口笛のような音がずっと耳元で響いていた。

びょう、とも、ひゅうとも聞こえるその音色は、湿って濁った音を含んでおり、不快で、気持ちを落ち着かせなかった。

炎が揺らぎ、その度に長く伸びた影が形を変える。つまり影を作るものがあるということだ。

なにかが、ある。オレの前方、車とは反対方向に、いくつか岩のようなものが転がっており、それが影を作りだしていた。

（仏像……？）

何故か最初にそれを連想した。

高校時代修学旅行で行った京都の寺院で、沢山の仏像が並んでいるのを見た。その中には厳《いか》つい顔つきの仏法の守護者が、鬼のような生き物を踏みつけているものもあった。

古い木造建築の中で、逆光に浮かびあがったそれらの像は、神々しいと共に自分がどこか別の世界に迷いこんでしまったような不安を感じさせるものだったのを憶えている。

そんな仏像がいくつか並んでいるように思えたのだ。

仏像の一つが、こちらを見ると、悲鳴をあげた。

若い女の声だ。

と、周囲の仏像たちも動きだし、口々に、

「どうした」

「あれを見ろ」

「なんてことだ、あれではとても……」

「なんであんなことになってるのよ」

と囁きあいだした。

そのときになって、彼らが仏像ではなく、人間であることがわかる。

男性が三人、女性が二人、旅慣れたと言えば聞こえはいいが、Tシャツやジーンズ、サファリベストといったラフな服装がほとんどで、一人だけ鋲付きの革ベルトをしていて少し雰囲気が違う。

どうして仏像と思ったのかもわかった。

彼らが背にしている壁に沿って、仏か或いは別の宗教の神かもしれないが、木や石で作られた像がビッシリと並べられて、こちらを見つめている。いくつもの時代にわたって作られたもののようで、形式もデザインもバラバラだ。

壁面に直接彫刻された、前半面だけの像もある。昔テレビで見た、無数の石地蔵がビッシリと何列も並んでいる、水子地蔵を祀る寺の風景に似ていた。

闇の中にそれらがうっすらと見えていて、五人を仏像のように錯覚したのだ。

彼らを、オレは知っている。そう思うのだが、名前は浮かんでこない。彼らとどんな知りあいだったのかも、思いだせない。

いや、そもそもオレは何者だ。ここでなにをしているんだ。

最初に悲鳴をあげた女が、こちらを指差して喚いている。

「お願い。はやくなんとかして。彼を助けてあげて」

そう叫ぶ女を、頭に布を巻いた精悍な男性がなだめている。

「まだガソリンが流れているかもしれないし、危険です。周りを確かめないと。誰か、ライトもってないか」

「でも、はやくしないと、あの人が」

女はずっとこちらを指している。指先が小刻みに震えている。その指の示す先を確かめるように、オレは自分の首に触れて、異様な感触にいきあたった。

喉の、中心からややずれた辺りから、太く尖ったものが突きだしている。手触りは、薪のようで、ちょうど伐採された枝のようでもある。肩胛骨の間あたりから入って、喉に向かって一気に貫いている。位置からして、脊髄も首の動脈も、気管も、全て破損しているのは間違いない。

おそるおそる、突きだしている物体の根元を探る。皮膚は爆ぜるように裂けて、物体にベットリと血やもっといやな感触のものが付着している。なのに、なんの痛みもない。ただこれに突き刺されているせいで、首を動かせないし、立ちあがることもできない。

オレは首の後から、尖った枝のようなものに貫かれた状態で、足を投げだした姿勢で座っていたのだ。五人から見れば、とんだ猟奇殺人事件の被害者だ。なにしろ首から飛びでている部分だけで四、五十糎《センチ》はありそうなのだから。

ようやくオレは、さっきからずっと聞こえている湿った口笛の正体に気づいた。オレが息をするたびに、その音がしている。唇からではなく、喉の奥から、ずっと聞こえている。ごぼごぼと湿った音が混じるのは、肺か気管に血が溜まっている証拠だ。

素人考えでも、これは瀕死の状態、いやとっくに死んでいておかしくない。

なのに、なんの痛みもない。

既に脳が快楽物質でも放出して、死に際の痛みを感じないようにしてくれているとでもいうのか。

どちらにしても、オレの運命はもう決まっている。短いようで長い二十数年だった。終わりは結構呆気ないものだ。そうか、オレはこんな風に、

（死ぬのか）

そう、頭の中で呟くと、

『死んだんだよ』

と、答える声があった。

耳から聞こえたわけではない。そもそもオレが心の中に思い浮かべた言葉に返事するのは、オレ自身しかいない筈だ。

だが、それはオレのものではない。まるで子どものように、男女の区別もつかない、無邪気な声だった。

（は。なんだこれは。とうとう本格的におかしくなってきたのか）

『お前は、死んだんだ。だからぼくが中に入ってあげた』

楽しげに〔声〕が囀《さえず》る。

なにかがいる。オレの中に。頭の中か、腹か、胸か、そんなことはわからない。ホラー小説で読んだ、足の小指ほどもある寄生虫が脳にとりついて這い回る描写を思いだし、恐怖が突きあげる。

『そんなものじゃないよ。ぼくはお前と重なりあっているだけさ。ほら、お前たちは、心の中に神さまを抱くというじゃないか。それと似たようなものさ』

（神さま？　あなたは、神さまなのか）

『そう言ったら信じるのかい、あはははは』

〔声〕が嗤う。それが頭の中で反響する。

いや、嗤っているのは、オレだ。

さっきから、〔声〕は、オレの口を奪い、喋っていたのだ。

突然『死んだ』だの、『神さまを抱く』だの言いだしたオレを、五人が驚いた顔で見ている。当たり前だ。当たり前だ。当たり前だ。オレは混乱の極に達する。

その中で不意に名前を思いだした。

最初からずっとオレを、心配そうに見ている女。いまも肩を掴まれていながら、こちらに這い寄ってこようとしている。ボリュームのある長髪で、天然染料で染められた綿Tシャツに七分丈ジーンズという服装で女性らしい肉体を閉じこめているが、どこか小悪魔めいた魅力を発している。

彼女の名は——由子。倉田《くらた》由子《ゆうこ》だ。

「由子か。あの女はお前のなんだ」

〔声〕がまた勝手にオレの口で喋る。

(お前は、なんだ)

一度は『あなた』と呼んだが、やはり〔声〕が神だとは思えないのですぐに改めた。だがオレの問いは脳内で反響するだけで、口からは発せられない。

「因果――」

〔声〕が答えた。

因果応報という意味か。オレがこうなるような因果があったといいたいのか、と一瞬迷って、それが〔声〕の名前なのだと気づく。

1

誰もここを、東京の一郭とは思わないだろう。

見渡す限り草原が広がり、レンズと呼ばれる輪をつけた発電用風車に、太陽光発電装置も組みあわせた最新の設備が、景観を崩さない程度の間隔で配置されている。

まさか自給自足しているとは思えないが、牛や羊が自由に草をはみ、鞍もつけない馬がその間を悠然と駆け抜ける。まるで西部劇かオーストラリアの開拓時代を思わせる、圧倒的な別世界だ。

よく見れば、丈高い草花に隠れるように、巨大なパラボラアンテナがいくつもセットされて、空を見あげているのがわかる。金属のフレームに透明な樹脂が組みあわされ、そこに花の色が透過して見えているので、角度によっては写真でしか知らない熱帯植物のようにも見えた。アンテナが複数あるのは、微妙に角度を違え、それぞれが目的とする衛星に向かっているからなのだろう。それがどこの国の、どんな衛星かは泉にとって理解の外だ。

虎山《こやまいずみ》泉は、正門を通過してもう何度目かになるが、また時計を見た。高速の出口からすぐのゲートで警備の地元警察官に入念に車をチェックされ、そこからしばらく行くと、立派な洋風の構えの正門が現れた。自動で開いた正門から、どう考えてももう五分以上は走っているのだが、いつまでたっても屋敷が見えてこない。

標識を見間違い、誤って別の敷地に入りこんでしまったのかとも思うが、ここは山手線の内側であり、こんな牧場のような土地は〝あの〟人物の屋敷以外に有り得ない。

わずか半年前まで、日本は〔戦争〕のさなかにあった。

最初は〝外〟との戦争だったが、やがて〝内〟との戦争を強いられた。

虎山泉は、法務省東京地方検察庁公安部に属する主任捜査官であり、官名は検事二級である（検察官、は総称）。司法試験を経て司法修習生となった彼女は検察法により検事二級として法務省に採用され、区及び地方検察庁で八年以上勤務しなければ、検事一級には叙されない。

つまりれっきとした国家公務員である彼女としては、本来ならば日本政府の公式見解である『K国政府への人道的軍事支援』と『反日破壊活動に対する保安維持措置』を、完全に分けて、自衛軍の海外派兵として行われた前者はさておき、後者に対して〔戦争〕と呼ぶなど厳に慎まなければならないだろう。

だが実際には、日本国民のみならず国際的にも、この二つの活動はすべて一つの〔戦争〕と見なされている。

海外派兵していた自衛軍が全軍撤退を完了したのと同時に、国内におけるテロも終焉を迎えたのだから、それも当然の評価だろう。そして国内を吹き荒れたテロや、反日活動に耐えかねて、自衛軍の撤退が行われたと考えられている以上、日本はその〔戦争〕に敗れた、と考えられているのもいたしかたないところだ。

K国への派兵から四年あまり、途中政権も変わり、当初は好戦論が主流だった大手新聞も去年からは反戦一本槍となった。自衛軍撤退が決まった日にも、

〔敗戦〕

の文字が踊った。だが政府はこれを、連合軍と歩調を合わせた〝休戦〟であるとし、『対テロ保安措置』は今後も継続していくと強く主張。〔敗戦〕の文字を使ったマスコミやジャーナリストは厳しく検挙されるという事態に陥っている。

当の泉にしてからが、つい先日までそうしたジャーナリストたちの立件に関わっていたのだ。

しかし、その立場を忘れて、どうしたって呟きたくなる。

「戦争に勝った日本人が一人だけいる。なぁんて《TIME》に書かれるのも無理ないわよね、これじゃ」

品川区の、元はホテルや寺院が専有していた敷地が、いま泉が車を走らせている場所の前身だ。激しいテロと経済疲弊から、ホテルは廃業し、寺院も移転を余儀なくされた。周囲の有名な高級住宅街も、海外移住する家族が相次ぎ、今ではゴーストタウンのようになって仮設住宅代わりに都が借りあげている。荒廃した東京、それも山手線の内側に、新たに出現した独立国。そう噂されるのも無理はない。

窓に気配を感じて目をやると、泉の公用車に併走する馬がいた。鞍も手綱もついていて、乗馬服の女性が跨っている。まれに、黒よりも栗色に近い髪色で生まれる日本人もいるが、彼女もそのようで、顔立ちも一目で引きつけられる愛らしさだった。確か短大に在学している娘がいると聞いているから彼女がそうなのだろう。

馬は車の左斜め前に位置どると、先導するように並足で進んだ。そのまま坂を上りきると、不意に一軒の屋敷が現れた。塀もなく、舗装された駐車場もない。その必要もないほど周囲にはなにもないのだ。自家用車らしい車が、てんでばらばらに駐められているだけだ。

泉は迷って、屋敷の前を半周させたが、やがて気持ちよさそうな日陰を作りだしている柿の木の下に停めることにした。二月の今なら、熟柿が落ちてボンネットで潰れる心配もない。

戦前には時おりテレビに登場していたので見慣れている筈だったが、不思議に印象の薄い顔立ちに思えた。

娘と同じく栗色の髪だが白髪が交じっているのか、ぼんやりとした色合いで、柔らかく分けている。面長の顔、眼鏡の奥に小さめの目があるが、こちらに目を合わせながらも、焦点は別の所にあるように感じる。強いていえば鼻がやや高いようだが、強い特徴というわけでもない。

別れて少ししたら思いだせないような顔、とでも言えばいいのか。いまの日本で三本の指に入る有名人だが、泉は良い印象は抱かなかった。

一つには、泉がこの人物に決して好感を持っていない、ということが影響しているのだろう。

ジャパン・ジャスティス・ネットワーク・システム・ホールディングスの創立者にして、現CEO。海勝麟六《かいしょうりんろく》。四十代前半にして、巨額の富と成功を築きあげながら、ほぼ現実の社会からは隠棲してしまったことでも知られる人物。

彼こそが、泉が訪ねた屋敷の主であり、いま彼女の目の前で仕事用の椅子に腰掛けて、ニコヤカな視線を送っている当人だ。

「何度もお話をうかがっています。実に優秀な検事さんがおられると」

「そうですか。ありがとうございます」

「ちょうど三村さんがご栄転ということで」

「はい。三村は東京高等検察《こうけん》庁に異動ということになりまして。彼が担当していた案件の幾つかは私が受け持たせていただきます」

上司の主任捜査官だった三村から、海勝邸に挨拶に行くように言われたのは、つい昨日のことだ。

もちろんそれ以前から海勝麟六の名前は知っていたし、彼の会社が戦時中から戦後にかけて、爆発的に成功する過程は目にしてきた。

四年前、自衛隊が自衛軍に再編されK国派兵が決定した直後、連続して都心を襲った爆発テロは、いずれも二十一世紀という時代を意識させられるものだった。

かつて二〇〇一年にニューヨークで発生したテロは、旅客機をビルに突入させるというものだったが、それはモニュメントとしての建物を狙ったものであり、建造物自体の機能を意識したものではなかった。

しかし東京に起きたテロの標的は、主に通信インフラの遮断にターゲットを絞ったものだった。

狙われたのは最大手の携帯電話会社、国際電話ケーブル、インターネットサーバーだった。

携帯電話会社は、本社の地下に、全国の通信アンテナ網を統合するシステムを置いており、本社の爆破倒壊と共にその全てが失われた。

それは単に携帯電話が通じなくなるというものではなく、若者を中心にコミュニケーションの大半を担っていたメールも遮断されることになり、一瞬にして人々は電子情報から隔絶された。

有力なインターネット企業や、海外に繋がる通信ケーブルなどが続いて分断され、日本は情報的鎖国状態に追いこまれていく。

既にネット経由でしかテレビ番組を見ないという人が増えていたためか、テレビ局は当初テロの対象にならず、仕方なくテレビとアンテナを購入し直す人が増えるという奇妙な現象も起きた。

人々は情報に飢え、なにが起こっているのかを知りたがった。政府は繰り返し、『一般人がテロの被害に遭う確率は限りなく低い』という、よくわからない理屈で沈静化を求めたが、実際には以前から日本に潜入していた反日勢力が自衛軍基地から兵器を持ちだし、日本の各所で散発的に軍事衝突が起こりつつあったのだ。その間にも都内では共同溝の通信ケーブルが次々に破壊され、銀行や証券取引に支障をきたした。暴徒を警戒するという名目で外資系銀行や証券会社が軒並み支店を閉鎖したため、人々は直接窓口に行って現金を手にしたり、株を決済することさえできなくなった。

そんな混乱の中で、次第に立場を強くしたのが、海勝率いるＪＪシステムだった。元々携帯電話やインターネットサービスを扱っていた会社ではあったが、新興ということもあり知名度は高くなかった。

海勝は、以前から交流があった警察・検察幹部に働きかけ、無料で専用の通信回線の構築を申しでた。勿論警察は独自のネット回線を保有し、また暗号化デジタル無線も保持していたが、ネット網は寸断され、またデジタル無線も反日勢力に傍受されていることが判明して、利用を控えなければならない状態にあった。

海勝は、盗聴防止機能を備えた専用の電話回線を用意し、また自社の技術スタッフによって警視庁と地方を結ぶネット回線を再構築させた。また検察庁が、この混乱の中でハッカーなどに狙われることを非常に心配していた過去の犯罪者のデータなど膨大な電子資料を、別の場所に移し管理する業務も請け負った。

最初のテロからわずか一ヶ月あまりで、日本国内の治安業務はＪＪシステム無しには稼働しないまでに、海勝は迅速に入りこんだのだ。

同時に、一般の顧客の数も飛躍的に増大した。

大手電話会社は多くの社員が出社している時間に社屋が破壊されたこともあり、人材と技術が失われ復旧に時間がかかった。またインターネット・サーバーについても同様で、たとえ海外に主機能をおいていたメーカーでも、海外との通信回線を破壊されたダメージから回復できずにいた。

　その中で、知名度の低さが幸いし、ほとんど攻撃の対象にならなかったＪＪシステムの電話やネットサービスへの加入者は、一時期日本全体の八割を占めるほどになった。海勝は戦前においては無駄な投資とまで言われた、独自の通信衛星や、各国との共同衛星を多く保有しており、それを利用して有線や地上アンテナに頼らない通信網を独自に作りあげていたために、回線の安定度は抜群だった。

　だが無制限に契約を拡大することなく、むしろ国会に働きかけ、通信の自由化に制限を与えた。それによって一時期ほぼ無料のようになっていたインターネットは、従量制有料化に逆戻りし、個人や企業の使用時間や通信量も減少せざるを得なくなった。携帯電話サービスについても同様である。そもそもＪＪネットに加入していても、携帯電話の通話可能地域はかなり限られていた。

「もちろん事件の引継ぎもしていただきますが、あなたにお越しいただいたのは、いわゆる〔海勝番〕としてなのですが、その点はご承知いただいていますか」

　泉は、頷いた。

〔別天王会信者連続不審死事件〕、それが泉が抱えている案件だった。新興宗教の信者が儀式の最中に死んだという。それ自体はありふれた事件だが、二つの点で問題があった。一つは〔別天王会〕がある意味タブー視される程の大きな存在であるということ。もう一つに、事故死とも殺人とも断じるには、決定的に証拠が欠けていた。

泉は当初から、会の中心人物である大野妙心《おおのみょうしん》に疑いの目を向けていた。

（あのビデオ映像が……）

泉は何度も見返した、大野妙心がかつて帰国したときに公開したビデオを思いうかべる。

その衝撃は今も衰えていない。だが今になってあの映像にも疑問の声があがるようになっていた。

この不可解な事件の担当になると同時に、泉は〔海勝番〕となることを命じられたのだ。
＊＊番というのは、例えば新聞社などで昔からある言い回しだ。情報をくれそうな担当者に、専任のように張りつくことをいう。或いは原稿のとりにくい作家などについても、専任の編集者はそう呼ばれたようだ。
海勝番、というのはそれに近い言い回しで、要は海勝麟六の元に定期的に通う役回り、ということになる。

ただ普通と違うのは、その海勝番が置かれているのが、東京検察庁、警視庁、中央情報保全隊という首都の治安や情報管理を担当する機関に限られているということ。そして海勝番の存在について、マスコミも含め組織外には極秘になっているということだった。実際このシステムは戦時中に作られたため、政権与党が変わった現在では、総理大臣はじめ閣僚にも知られていないものとなっている。

「ただ、地検内でも海勝番については漠然としたことしか伝わっておりません。本来私のような一捜査官よりも、三村のような主任や、或いは特捜部の人間の方がお役にたてるのではないかと思いますが」

「東京地検特捜部、ですか。虎山検事は元々、特捜部希望だったそうですね」

海勝の言葉に、泉は思わず身を堅くした。

確かに、東京地検に配属されたとき、当時の上司に特捜部への憧れを話したことがある。だが正式な場ではなかったし、それも確か一度だけだ。その情報が何故、一民間人である海勝の元に伝わっているのか。

「昭和の時代には華々しい成果を残した組織でしたね。『巨悪を眠らせない』ですか、流行語にもなったそうだ。知ってますか、『巨悪を眠らせない』、いやあなんかカッコいいですね」

海勝はそう言ってほがらかに笑った。

緊張し、心理的に身構えていた泉だが、偉ぶったところがない海勝の態度に、噂に聞いていたような人物ではないのかとも思いつつあった。

一番の理由は、今の笑いもそうだが、海勝の声だった。茫洋と印象が薄い顔に対して、彼の声は年齢を感じさせず、耳に馴染んで心地よく、それが泉の心にも影響を与えていた。

「政治家の収賄や銀行の粉飾決算など、最強の捜査機関と呼ばれた時代もあるそうだ。あなたに限らず、司法試験から検事を目指した方の多くが憧れる存在だったのもよくわかります。でもあなたは今はもう特捜部に魅力を感じていないのではありませんか」

泉は、誰にも明かしたことがない自分の内面を口にされ、海勝を凝視した。

確かに泉が当初検察官を志望したのは、裁判官や弁護士よりも、直接的に巨大な犯罪などを暴き、社会にはびこる巨悪と対決することができるのではないか、という思いからだった。

彼女が司法研修生となったのはまだ戦争が始まる前ではあったが、日本は外国人に対しての法律をより過酷なものに改変したり、憲法の一部改訂がついに国会で承認されるなど、一部の権力者が大衆を扇動して世論を味方につけ暴走している空気に満ちていた。しかし一方で安い労働力として、不法に難民などを受けいれる業者が跋扈《ばっこ》し、少し前までは安全な繁華街だった新宿や渋谷といった町々も、一本道を間違うと昼間でも犯罪被害に遭うといった状況に陥りつつあった。

そんな中で泉のようにこれから社会に出るものには、一部の成功した経済人や政治家に接近できる方向を目指すか、或いは彼らと戦う道しかなかったのだ。泉は後者を選んだ。検事であれば、特捜部であれば、肥大化し自己保身しか考えない政治家や企業家を追いつめることができる可能性があると信じたのだ。

だが間近にした特捜部は、その勇名など過去のものだった。

一部の政治家に都合が良い案件のみをとりあげ、諸外国からの圧力に従っているだけの、弱体化した存在でしかなかったのだ。

その典型が、新情報拡散防止法の拡大解釈だ。

戦争開始直後に施行されたこの新法は、それまでの法律では取締が難しい新しい情報網や、コンピュータプログラム、具体的には〔R．A．I．（リアルAI）〕と呼ばれる人間の思考に近いシステムプログラムの拡散を防止するのを目的としたものだった。

しかしその条文がかなり曖昧であったことに目をつけた特捜部は、率先してそれを思想統制に利用し、戦争に反対の立場をとる企業家や文化人を一斉検挙した。

いや、それだけであれば、泉はまだ絶望まではしなかったかもしれない。確かに思想統制はやりすぎかもしれないが、そのように解釈できる法律を作ったのは議会である以上、それを運用する権利が検察にはあるからだ。日本という国が一丸になって反日テロと戦わなければいけない時代に、ある程度の強引さは仕方ない、そう思うこともできただろう。

だが――。

「東京地検特捜部が、元々GHQの肝いりで作られたことは、あなたも知っているでしょう？」

「ええ。今から八十年以上前、太平洋戦争に負けた我が国が、GHQ、要は米国に占領されていた時代ですね。旧日本軍の軍需物資を調査し、GHQの管理下に置くために作られた隠匿退蔵物資事件捜査部が、特捜の前身だというのは聞いています」

「以来、特捜部の活躍の裏にいろいろと悪い噂もつきまといました。成立の経緯から米国政府の意向に従っているだけだとか、一方の政治勢力に都合がよい事件をでっちあげるとか。そうそう活動調査費を横領しているという裏金疑惑も長く取りざたされましたね」

それはどれも、検察庁の人間ならば当然知っているべきことだった。泉もことあるごとに過去の疑惑や不祥事について説明を受け、決して過ちを繰り返してはならない、と厳しく言い渡されてきたからだ。

「どんな組織にも表と裏があります。なにが真実かはわからない。だがかつて裏金が取りざたされた特捜部だけに、数年前の情報保全費の問題は致命的でしたね」

海勝が言うのは、昨年に判明した、特捜部の予算問題だった。

新情報拡散防止法の拡大解釈をよしとした特捜部は、情報拡散犯罪を防止するために特別な情報管理が必要になるといい、年間十数億という新規の予算を獲得した。しかもその予算の使途については『情報保全の理由から』公開しないでよいということになっていたのだ。

戦後アメリカはじめ諸外国から、情報保全費が実際には特捜幹部に私的流用されているのではないかという疑惑を質《ただ》され、日本政府はうやむやのうちに火消しをはかったが、結局情報保全費が廃止されたことで、疑惑をほぼ認めた結果となった。

それらのゴタゴタを泉は、同じ建物の中で見せつけられていた。いやそれ以前から特捜部のものたちの金遣いの荒さは話題の的だったのだ。

「我が国の、ひいては社会正義のために、新情報拡散防止法による検挙をすすめたのなら、目をつぶることもできます。しかし、結局は私欲を満たすためだったとは。同じ庁内のものとして、恥ずかしさしかありません」

泉は、本心から頭を垂れた。

「そうおっしゃるだろうと思っていました。もうおわかりでしょう。私だっていまの東京地検特捜部の方々が、この屋敷の敷居を跨ぐことは決して望みません。まあ強制捜査にいらっしゃるのでない限り、それはこれからもないでしょう。しかしかつて特捜部に憧れ、そしてだからこそ幻滅している、あなたのような方に海勝番としてお付きあいいただきたい、そう思って指名させていただいたんですよ」

「三村から聞いたところによれば、海勝ＣＥＯは――」

「海勝、と呼んでください。それがおいやなら、会長、とでもつけて。いいですよね、海勝会長。韻を踏んでてちょっとマヌケな響きじゃありませんか。会社の経営からはとっくに引退している私のような役立たずに、ふさわしい」

「役立たずなどとはとんでもない、海勝会長。三村によれば、会長はＪＪシステムで独自に開発された監視装置によって、様々な犯罪を事前に予知したり、犯罪者を特定することも可能だとか。そのため、警視庁や私どもが、ご協力を仰いでいるのだ、と聞いていましたが」

かつて米国政府がエシュロンというシステムを運用しているとの報道がなされたことがある。全世界の電話や、やりとりされるメールから、予め設定した単語が含まれるものをフィルタリングで抽出し、必要な情報を得る……つまり世界規模の盗聴装置だ。その真偽は不明だが、実際に消息が摑めなかった反米組織幹部の電話会話を見つけだし、そこからリーダーの居場所にたどり着いた、というような成果はさかんに喧伝された。

「いやいや、そんな国際諜報機関のようなことは、私にはできませんよ。しかし今の日本では、人口の約八割の方が、何らかの形でJJシステムのネットや電話回線を利用されている。新情報拡散防止法に基づき、それらの監視は許されていますので、例えば逃亡犯がJJシステムの回線でネットにアクセスすれば、その居場所を警察に提供するようなことはありますます。しかしそんなのは余技ですよ、私が本当に望んでいるのは、誰にも解けない、不可解な事件が持ちこまれることなのです」

（ああ、やはりそうなのか）

と、泉は思った。

実は以前から海勝は一見不可解と思える難事件を持ちこむと、喜んで自分の推理を披露する。だから迷宮入りになりそうな事件は、刑事たちが頭を下げて、海勝のところに持ちこんでいるのだ、という時があった。

安楽椅子探偵《アームチェアディテクティヴ》という、探偵小説のジャンルがある。自分は事件現場に行かず、ただ概要を聞くだけで一歩も動かないまま、真相を推理してしまう探偵のことだ。その代表作のタイトルから〝隅の老人〟と呼ばれることもある。

もし漏れ聞こえる話が本当ならば、海勝はまさしくこの屋敷で、検事や刑事から事件のあらましだけを聞いて、事件を推理する、隅の老人ならぬ、〝お屋敷の中年〟、ということになる。

まさか、そんなことが現実にあるわけはないと思う。だがさっきからの海勝の、物静かに、真実を全て見抜いているような態度には、不思議な説得力があった。

「海勝会長」泉は、どうしても聞かずにはおれなかった。「どうして、先ほどから、私のことを、そんなになにもかもご存じなのでしょうか」

不意に別方向から、声がした。

「父は、知らないことはなにもないんですよ」

トレイにカップを載せて、海勝の娘が入ってきていた。乗馬服から室内用のワンピースに着替え、髪も下ろしている。

「梨江《りえ》、お前がやらなくてもいいんだ」

「うちのメイドはみんな忙しいんです。それに若い女性のお客様は珍しいから、私だってお話させていただきたいわ。ね？　お邪魔じゃありませんでしょ」

梨江、と呼ばれた娘は、父親譲りの邪気のない笑顔を向けた。海勝麟六の娘にそう言われて『いいえ、ご遠慮下さい』なんて言える人間がいるわけはないが、多分この娘はそんな力関係などなにもわかっていない。ただ自分のしたいように振る舞っているだけだ。

(苦手なタイプだな。クラスにいたら、きっと三年間、友達にならなかっただろう)

そんな内心はおくびにもださず、泉は黙って微笑んだ。

梨江が置いたカップから黒い液体が湯気を上げていた。珈琲だと思って口に運び、泉は思わず噎《む》せそうになる。

「あ、ごめんなさい、ココア、苦手でした」

「いいえ、大丈夫です。ココアとは思わなかったものですから。それにしても」

言いかけた言葉を呑んだ。海勝は、泉と同じものを、実に美味しそうに口に運んでいた。

「甘かったでしょう？　父の好みなんです。つい二杯分一緒に作るほうが楽だから、お客様の分も砂糖いっぱいになっちゃって」

「海勝会長、甘党なんですか」

「ええ。気をつけてくださいね」

意外な言葉に、泉は梨江を見た。

「父はどんな謎も解いてみせるらしいんですけど、その父自身が見かけとは違って謎だらけなんです。父の謎にとりつかれると、厄介みたいですよ」

口調は悪戯めいているが、目は笑っていない。

この娘は父親に変な虫がつかないか、監視にきたのだな、と泉はようやく気づいた。

2

洋上から連絡してあったので、《NEWKASHIMA》が東京港に入港すると、入管事務所に外務省の人間が待ちかまえていた。

日本人船員は、船員手帳だけで上陸できるが、外国人船員には上陸許可証を発行してもらう必要がある。そうした雑務を終え、I国から積みこんだ貨物の受け渡しや、倉庫への移送については副船長に監督を頼んだ。

外務省の役人は、かなり待たされたのか、不満顔で〔探偵〕のパスポートをいじりまわしていた。波川は遅れてその席につく。

「これ、期限が切れてますねえ」

役人が、四隅が擦り切れたパスポートをこれみよがしに、何度もめくってみせる。

なにも答えようとしない〔探偵〕に代わって波川が、

「帰りたくても帰れなかったんだ。国が在留邦人のことも考えずに、戦争なんかはじめたせいでしょう」

「自衛隊の海外派兵は戦争なんかじゃありませんよ。〝人道的軍事支援〟」

「ああ、そうでしたそうでした。でしたら、海外に取り残された同胞に対してももう少し人道的態度をとってもいいんじゃないですかね」

波川のいやみに気づいて、役人が無表情になった。簡単に怒りの顔などしてみせては、かえってつけこまれるだけとわかっているらしい。

「昔は満州からだって引き揚げ船を出したっていうじゃないですか。K国やその周辺諸国には、取り残された日本人が大勢いるんだ。帰りの飛行機ぐらいだしてくれてもいいでしょうに」

「いいですか」

役人は、諦めたように探偵の旅券番号を、手持ちのタブレット型端末に入力し始めた。その間も口は動かし続ける。

「外務省はK国及びその周辺国について、渡航自粛勧告をホームページに掲載していました。開戦の数年前からです。実際にはそれを無視するボランティアだの、バックパッカーだのがあとを絶たなかった」

「そこで戦争に巻きこまれても、自己責任だ、というわけか」

「そもそもその戦争、いや〝軍事支援〟ですが、自衛軍を派兵する原因になったのも、あなたたちのような無謀な旅行者のせいなんです」

役人のなにげない一言に、探偵は顔を上げた。

「なんだと？」

役人は、探偵の反応に気づかず、端末に表示された、旅券番号に基づく個人情報を閲覧しているようだった。

「ふむふむ。あなたの名前で検索してみたら、同姓同名で高校水泳の選手だった人がいますね。年齢も同じだ。これ、あなたですか」

検索してでてきたWEB記事を、役人が示した。地方大会での優勝を告げるもので、丸刈りの少年たちの顔が小さく掲載されている。高校生といってもどれもあどけなく、いま目の前にいる無精髭の男とイメージを重ねることは難しい。

「あなたですよねえ？　へえ。私も水泳やってたんですよ、一応国体レベルって言われてまして。平泳ぎですけどね。あなたは自由形ですか。ん？　高校二年の夏でやめてるんですか。勿体ないなあ。このまま記録を伸ばしていたら、もしかしたら」

探偵が無造作にタブレットを摑むと、そのまま壁に放り投げた。液晶が砕ける、いやな音がする。

役人は苦情を言おうとしたが、探偵の暗い眼に出合い、言葉を呑む。

「オレのことなんか、どうでもいいでしょう。高校時代にプールで水遊びしてたやつなんていくらでもいますよ。でもそれがなんの役にもたたなかったのは、見ればわかるじゃないですか。あなたも同じでしょう。おかげで風邪はひきにくくなりましたが」

探偵のわかりにくい冗談に、波川だけが苦笑する。

「派兵の原因が旅行者、ってどういう意味なんですか」

「あ、あなた、人のものをあんなにして」

「どういう意味だって聞いてるんだ」探偵が凄むと役人は慌てて早口で、

「し、新聞ぐらい読め。四年前K国でなんとかというNPOボランティアが、反政府軍に虐殺される事件があって、それで自衛軍派兵が承認されたんだ。世論が沸騰した。日本人が戦地で人質になったり、死亡することはこれまでにもあった。だが」

「そのNPOの名前は」

「おぼえてないが、なんか馬鹿馬鹿しいような名前で」

波川は記憶していた。

「〈戦場で歌う会〉だ」

探偵が、波川を見た。

「新聞やテレビでしょっちゅう報道されていた。海の上でも耳にしたよ。そうか、K国にいたんだから、もしかしたら――」

「反政府軍に殺された、というのは確かなのか」

「そりゃ確かだろう。なにしろ生存者がそう言ったんだから」

「生存者……」

探偵はそれっきり黙りこんだ。

役人は、ひん曲がったタブレットのことで文句を言いたそうだったが、不機嫌そうな探偵の様子に断念し、彼に入国許可を与えた。期限切れのパスポートは返却され、早々に新規のパスポートを取得するように、型どおりの指導を与える。

これで、探偵は、無事に帰国を果たした。


入管の建物から外に出ると、もう夕方だった。

波川は横に並んだ探偵が、これからどうするのか、と見やった。航海のあいだ、結局彼と深い話をすることはなかった。変な話を船員たちに聞かれるわけにはいかなかったし、無線に入ってきたI国警察が陳令丈を殺人容疑で逮捕した話題などにはお互いに触れたくもなかった。

それでも、隙があれば船室を抜けだして、思いもかけないところに現れるあの因果という子どもを挟んで、少しずつ交流するうちに、波川はこの探偵が単に無愛想なだけで、実際は素直な若者なのではないか、と思うようになっていた。

さっき役人が見せたWEB記事の男がこの探偵と同一人物なら、彼は二十代半ばを過ぎているとになる。見かけはそれよりずっと老けてはいたが、ときおり見せる照れたような表情はその年齢を裏づけるものだったのだろう。

航海の途中、副船長と航海士の一人が言い争いになったことがあった。航海士は日本人で、副船長を女性でしかも外国人であるという理由から軽んじていた。たまたまその場に遭遇した探偵は、汚い言葉を使う航海士を後ろから軽く殴った。航海士は探偵が波川の客だと知っていたので、それ以上大事にはならなかったが、探偵はそのあと副船長と二人でしばらく話をしていた。

波川は、決してできた人間ではない。

自分が副船長に罪をなすりつけて船長の地位に留まろうとしたことを、探偵が話したのではないかと不安になり、波川は副船長からこっそり聞きだそうとした。返ってきたのは意外な話だった。

探偵は副船長に注意したのだという。

彼は、副船長が船長になることを日本人船員たちが承知しており、自分たちの上に外国人の女性が立つことで、これまでのように勤務することができなくなるのではないかと不安を感じている、船長になる人間ならそれぐらいのことに気づけ、と話したのだ。

それは、冷たく突き放すように話す探偵の印象とは随分異なっていた。副船長と航海士のトラブルなど些細なことに過ぎないし、まして彼は二度と《NEWKASHIMA》に乗ることもないのだから、口出しをして双方の反感を買うようなことをする必要もない。

だが、おそらく彼は、言わずにはおれなかったのだ。口汚く罵る航海士の気持ちも、それに対していまに見てろよという顔をしている副船長の思惑も、彼には見えてしまっていた。見えてしまったからには言わずにおれなかった。なにか得になるというのではなく、そういう性格なのだ。

波川はそれを知って、この探偵を少し好ましく思うようになっていた。

だから彼がもし帰る場所がないのなら、このまま横浜の自宅まで連れていってもいいと決意していた。久しぶりに会う妻や、一人暮らし先から戻ってきてくれている子どもたちを戸惑わせることになるだろうし、自分も息をぬけなくなる、それでも。

探偵は無言で、目の前に広がる風景を見つめていた。

そのときになって波川は、ようやく彼が『何を』見ているのか、気づいた。

それは波川たちにとっては、もはや見慣れてしまった光景だった。

瓦礫が、壁のように積みあげられている。

その向こうに、東京が見える。

ビルが建ち並んでいるが、どれも無事ではない。銃弾や砲撃の跡で外装が剥がれ落ちたり、看板や窓ガラスが破損したままになっている。

爆発の影響で、骨組みだけ残して半壊したビルもある。

Ｉ国の日本人街のように、火災で全てが更地になってしまったというわけではない。だがそこにあるのは、〔戦争〕で傷つき、いまなお元の姿に戻る方法すらないままに放置された、東京の姿だった。

「そうか」

波川は探偵に声をかけた。

「話には聞いてたんですが」

探偵はそう言ってまた黙りこむ。

「これでも、マシになったほうなんだがな。一応、突然爆発に巻きこまれたり、屋上に潜んだスナイパーたちに片っ端から撃ち殺されるような心配はもうなくなった」

ふと瓦礫の山が崩れる音がした。

なにかが滑り落ちてくる。

それは因果だった。段ボール箱を橇《そり》にして、急角度の瓦礫の山を滑り降りてくる。

「しゅたっ」

と口に出して着地すると、因果は探偵に駆け寄った。よく見ると妙な帽子をかぶっている。白黒で、パンダのようなデザインの帽子だ。長いフードが垂れ下がり、フードの先はパンダの手を模した手袋のようになっている。

「見て見て、いいでしょう、これ。お揃い」

因果はそう言って髪を掻きあげて見せた。右顔の、黒い痣があらわになる。自分の顔に黒い模様があることと、パンダ柄がお揃いだと言っているらしい。

波川はその色に死者の肌をまた思いだしたが、無理に笑顔を作った。

「どうやら無事だったみたいだな」

因果を入国させるにあたって、探偵は外務省の役人と交渉する必要はない、と言った。パスポートを紛失しているとはいっても身分を証明する方法はあると思ったが、彼は政府が因果を不法入国者扱いすることを恐れているようだった。

もしかしたら彼がなんらかの養護施設に引き取られることになって、離ればなれになるのがいやなのかもしれないな、と波川は解釈した。

最初に出会ったときに抱いた、因果が探偵にとって一種の愛玩物ではないのか、という疑問は未だに解消していなかったからだ。

いずれにせよ波川に否やはなく、入港直前、因果は貨物コンテナの間に隠れた。係員に見つかるのではないかと心配したが、どうやら彼は荷物の積みおろしに紛れて、無事に上陸を果たしていたらしい。

瓦礫の中から拾った帽子を自慢する姿には、密入国を果たしたという屈託はまるで感じられなかった。

「ご面倒、おかけしました」

探偵が軽く頭を下げた。因果の頭も押さえつけるようにして、下げさせる。

「いいさいいさ。戦争で旅券をなくした日本人はたくさんいるだろう。親の行方もわからないんじゃ、いろいろと面倒だ」

「ミダマだあ」

突然、因果が叫びをあげた。

「見て、ほら、ミダマがあんなにいっぱい」

因果は街を指して、興奮していた。

ミダマ、というのがなにを意味しているのかはわからない。

「早くいこうよ、ねえ、約束しただろう」

因果が探偵の手を引っ張る。探偵はそれに抵抗もせず、歩きだした。

「あ」

波川は、みるみる離れていく二人に、声をかけるタイミングも失っていた。

十数歩離れたところで、探偵がこちらを振り向いて、頭をもう一度下げた。

それが、彼らに会った最後だった。数日後波川はテレビのニュースで探偵の名前を目にすることになる。それは、彼が犯罪者として刺殺されたことを告げるものだった。

ちょうど朝の食事中だった。突然涙を流した波川を、妻は心配するよりも、気味悪がった。

波川はそのときまでに本社から、地上勤務になるかそれとも子会社に移って小さな貨客船の船長になるかという打診を受けていた。

探偵の死を知った彼は、報酬はだいぶ減額になっても、もう少し船に乗り続けることを選ぼうと決意する。自分でもその決意の動機は、うまく説明できなかった。

3

高校生の男子の書く文字の平均、というところだろうか。いまどき珍しい鉛筆の手書きで埋められた原稿用紙が、泉の前にあった。

海勝に目で促され、よくわからないまま、それに目を通し始めた。

スタート直後、わたしの身体は重力に従い、プールの底へと沈んでいく。飛びこんだ衝撃で全ての音はかき消え、一瞬時間が止まったように感じる。

見上げれば、水面から光が飛びこんでいる。それを目指して水を掻きはじめる。気泡が身体を包みこみ、腕に重さがかかる。

大会の決勝ではいつも顔ぶれは同じだ。隣のレーンに、見慣れた顔が見える。

わたしは負けるわけにはいかない、と思いを新たにする。耳に届く声援が、わたしを後押ししてくれる。

わたしは子どもの頃に、海で両親を喪った。気づいたら、真っ黒な水面に自分一人だけが浮かんでいたのは、いまでもはっきりと憶えている。

だけど、わたしは不幸ではなかった。たくさんの大人の人たちが、わたしを助けてくれた。親戚でもないのに、周囲の住民の方たちが順番にわたしや、わたしのように親をなくした子どもたちを育ててくださり、また、全国の顔も知らない方々から、たくさんのお金や着るものや本や、ほんとうにいろいろなものを送っていただいた。だからわたしの子ども時代は、普通の子どもたちよりもおもちゃにも、食事にもめぐまれていたかもしれない。

もちろん、学校にも通わせていただいた。

わたしは、どうしたら恩返しができるのだろう、と中学に入る前から、そればかりを考えるようになった。だけど、大人の方たちはどなたも、

『恩返しなんて必要はないんだ』

と、言われた。

先生に相談すると、

『きみがいつか、人のためになることをしてあげれば、それがお世話になった人たちへの一番の恩返しになるんだよ』

と、教えてくださった。

わたしは、水泳に本格的に取り組んだ。元々水泳は得意だったが、両親が死んでからは、水に入るのが怖かった。

でも、負けちゃいけない、と励ましてくださる方たちがいた。わたしもそうだと思った。一番怖いものと戦って、勝って、そして水泳で世界一になることができたら、そうしたらやっと人のためになったと、胸を張れるのじゃないだろうかと
おそらく顔に大きなクエスチョンマークを貼りつけて、泉は顔をあげた。海勝は相変わらず、穏やかな視線をこちらに向けている。焦点はどこに合っているのか不明だ。

「いかがですか」

「作文、ですね」

「ええ、男子高校生の。当時自由形百米で高校新記録を作ると期待されていたそうですよ。全国大会出場を前に、校内新聞に意気込みを書くように言われて、書いたものだそうです」

原稿用紙は、若干古びている。少なくとも書かれてから十年近く経過していそうな。

「正直申し上げて、いかにも大人が喜びそうな決意表明ですね。両親がいないという境遇には同情しますが、人のためになることがしたいなんて、なんだか高校生らしくないような。この作文が、［別天王会信者連続不審死事件］となにか関係するんでしょうか」

泉の疑問に、海勝は軽く手をたたいた。

「ああ、これはいけない。それだけでは足りませんね。これを見てください」

椅子をくるっと回すと、海勝は自分の仕事机に向かった。そこには大小さまざまなモニターが置かれている。いま主流のフィルムタイプのものは机に貼られているが、それ以外に薄型の液晶モニタや、間違いなく泉が生まれる前に作られたとおぼしきズングリと四角いものまである。

それだけではない。仕事机の前は天井までつくりつけの本棚になっているが、机からそこまでの空間に、数十というモニタ画像が浮かんでいるのだ。裸眼立体視を応用し、空間そのものに画像を投影する技術は今では当たり前になっているが、それでも大小のモニタ画面を重ねあわせて、大量に一つの空間に浮かべるシステムは、海勝麟六邸ならではだろう。それらには泉がここに案内されたときからずっと、日本国内のテレビ局や、海外のニュースチャンネル、外貨や株価の変動を示す画面などがそれぞれ映り、なにを意味しているのか、どこかの街角にとりつけられた監視用定点カメラの映像だけを次々に映しだしている画面もあった。

海勝が空中で一つのモニタを指すと、その映像が、海勝の手元のモニタに移動し、映しだされる。さらに手元のモニタの画面に触れ、そのまま指を隣のモニタに滑らせると、映像の一部だけが切り取られて移動した。

まるで指先で画像を自在に操る魔術師のようだ。長い指先がピアニストのように動いて、次々に必要なデータを切りだしているらしい。

その動作に見とれていた泉を振り向くと、海勝はすまなそうに、

「すいません。ちょっと気になることがあったので、つい仕事をしてしまいました」

と苦笑した。どうやら机に向かったとたん、泉に見せる資料を探すのではなく、業務作業をはじめていたらしい。

しかしついさっきまで海勝はすべてのモニタに背を向けていたのだ。その間にもデータはさまざまに変動していた筈。海勝はそれを背中で見ていたとでもいうのだろうか。

「はい、これです」

海勝が、卓上のモニタをつついた。すると空中に浮かんでいるように見えた立体視モニタたちが一斉に融合し、一つの大きな画面になり、そこにぼんやりとした文字群を映しだした。

黒白が反転した原稿用紙の升目の中に、白抜きの文字が並んでいる。それは先ほどの作文と同じ筆跡だった。

「さっきの原稿用紙、お気づきだと思いますが、ずいぶん、一度書いた文章を消しゴムで消して、その上から書き直した形跡がありました。そこでちょっと元の文章を復元してみたんですよ」

泉は、それが警察の証拠資料などで見慣れた手法であることに気づいた。一度書いて消されたメモ、或いはメモは処分されていてもその下の紙に、筆圧で文章が残されていることがある。肉眼では判別しづらいが、解析することで、容易に復元することができるのだ。用紙の後半、さきほどとは違う文章が浮かびあがっていた。終わりに近づくにつれ文字はどんどん小さくなっていき、升目を無視してビッシリと書きこまれていた。

水面からの光。それを目指して直ちに浮かびあがらなければならない。それはわかっている。

だがわたしの腕はなかなか水を掻こうとしない。

水の中で、わたしは複雑に反射する光に包まれて、そのままいつまでもこうしていたい、と思っている。こうしてやわらかな光を見上げたまま、ずっと水の中にいられたらきっと、わたしの頭はからっぽになる。

わたしはなんのために泳いでいるのだろう。

なんのために、友人たちと競い、コンマ零一秒でも早くゴールすることを願うのだろう。

水泳だけではない。わたしは水の外ではいつも考えている。自分になにができるのか、なにをすればよいのか、なにと競い、なにを成し遂げればよいのか。

思いだせ、と声がする。そうだ、決して忘れてはいけないこと。

『きみがいつか、人のためになることをしてあげれば、それがお世話になった人たちへの一番の恩返しになるんだよ』

わたしはたくさんの人にお世話になってきた。親を亡くした子ども。人は一人では生きられない。その人たちはいつもわたしに笑顔を向けてくれた。一人ではなにもできない子ども。可哀想な子ども。大人たちが守ってあげなければ、すぐに死んでしまうしかない子ども。一人では靴下も履けない子ども。大丈夫だよ、大丈夫だよ。声がする。みんなが笑顔を向けてくる。その笑顔をわたしは忘れない。忘れることができない。決して忘れてはいけない、と誰かの声がする。

『人のためになることをしてあげれば』

『それが一番の恩返しだよ』

先生の声だ。

育ててくれた人々の声だ。

積みあげられた段ボール箱の山。中には善意が山盛りだ。サイズに合わない衣服、使いふるしの玩具、落書きされた絵本、あとはひたすらレトルト食品。子どもだからちゃんとした料理なんか作れないだろう。大丈夫だろうか、ちゃんと食べているだろうか、やせ細ったりしていないだろうか。ああ、なんとありがたい善意だ。中学に入る前に、鉛筆とノートは一生かかっても使いきれないほどあった。あまりに場所をとるので下級生に売りつけたら、怒られた。これ以上ないというぐらい叱られた。優しかったオバサンが叱って、泣いて、二度としないと約束したら、泣きながら笑った。

笑顔だ。忘れてはいけない笑顔だ。

あの笑顔のために、わたしはなにができるのだろう。悩んだ末に、泳ぐことにした。速く泳げば、一番になれば、笑顔がいつも待っていた。

でも、たまに違うものがあった。

わたしに負けた友達が、笑顔を向けてくる。

やっぱりおまえ、すげえな。

おまえの応援団何人いるんだよ、あんなに声援されちゃ勝てねえよ。

おれのぶんも速くなれよ。

彼らの笑顔は、大人たちのそれとは違っていた。負けて悔しいのを押し隠し、それでもわたしに笑顔を向ける。なぜだろう。それはわたしのせいなのだろうか。親がいない、みんなの期待を背負って泳いでいるわたしに負けたことは、悔しいことではないのか。彼らに奇妙な笑顔をさせているのはわたしなのだろうか。

それを思いだすと、手が動かなくなる。

このまま水の中にいたいという気持ちになる。

水の底では、笑顔を忘れている。

競うことも忘れている。

なぜ泳ぐのか、忘れている。

そこではなにも考えていない。ただ光に包まれ、水を全身に感じているだけだ。

だがやがて意志に反して手は掻き、足はキックを始める。脳が酸素を求めて、わたしの身体を水面に押しあげる。

息継ぎをしたとき、私は歓声に包まれ、自分がここで生きてい

作文でつい余計なことを書いてしまい、消しゴムをかけて、もっと無難な（親や教師の目に触れることを意識した）ものに書き直した記憶は、泉にもあった。子どものときに限ったことではない。社会人になっても、報告文にせよ論文にせよおよそ人に提出する文章というものは、自分のほんとうの気持ちを綴るものではなく、求められているものを簡潔に表現するものだ、と思っている。大学の小論文で、政治的テーマについて、自分の個人的思想をダラダラと書く者の評価は軒並み低かった。
その意味で、この高校生が、本音らしきものをそのまま提出しなかったのは、決して彼が人より判断力があったということにはならないだろう。
だが、消された文章から浮かびあがっているのは、子ども時代から彼に負わされた、逃がれられない運命だった。

泉は、ようやくこの作文の主に興味を持ちつつあった。

「このあとが、気になりますね」

思わずその言葉が口をついて出た。

「作文のことではありません。この高校生クンがその後、どういう道を歩んだのか」

海勝が頷いた。

「しかし海勝会長、何度も申しあげますが、この作文は〔別天王会〕と無関係です」

泉は身を乗りだした。

卓上のカップに入っていたココアも、いまは冷めて底に沈んでいる。

泉が今日上司に代わって訪ねたのは、単なる顔繋ぎではない。

海勝でなければ解決できない、と思われる事件についてのアドバイスをもらいにきたのだ。

〔別天王会信者連続不審死事件〕は、新情報拡散防止法による文化人の摘発などではない。現在それらに関しては、戦時中の日本政府の方針に不審があるとして、諸外国の大使が共同で調査を申し入れ、実質的に検察庁からはとりあげられている状況だ。

海勝に不信を抱きつつも、訪ねてきた理由の一つには、本当になにかヒントでもない限り、この案件を解決することはできないのではないか、と悩んでいたからだ。

警視庁公安部と合同で捜査に当たっているが、現在まったくお手上げというところだった。

既に海勝は事件について相当の情報を仕入れていたようで、泉から少し話を聞いただけで、彼は次々にモニタに触れ、テレビのニュースをクリッピングしたものやWEB記事、さらに事件の舞台となっている別天王会本社を監視している定点カメラの映像も取りだして見せた。

もはや泉から新規に伝える情報はないように思えたが、それでも海勝は彼女が直接関係者から事情聴取した内容や、本社内部のディティールなどについて、それこそ根ほり葉ほり聞きだそうとした。

話の一つ一つにうなずき、重要と思える点は録音するためもう一度語らせ、そのたびに海勝の眼は光を強くしていくようだった。いつの間にか眼の焦点ははっきり泉に合っていた。

そしてすべての話を聞き終え、事件の謎について問われた海勝は、

『まだ、推理のためのパーツは出揃っていないような気がするなあ。多分それは奥深くに隠されていて、簡単に現れることはない』

と言って、しばらく本棚を探っていたかと思うと、和服に前掛けという古風なお手伝いさんスタイルをした家付きメイドを呼びつけ、やっと探しだしたのが、泉に読ませた作文だったのだ。

既にこの仕事部屋に招き入れられてから、三時間あまりが経過していた。泉は書き手に興味は感じつつも、事件と、この古い作文との関係がわからず、もやもやとした状態に置かれていた。

「会長の、事件についての分析をお聞かせいただかなければなりません」

海勝はそれを聞いていなかったように、壁面モニタに映しだされたままの作文を示した。

「提出した作文には、人のためになることをしたいと書き、そのために今はメダルを目指すというようなことを述べている。一方この消しゴムをかけられた文章、小説風に言うなら初稿かな。こちらでは人のためになることをするというのは彼を縛りつけている呪いの文言のようだ。いったいどちらが本当の彼の心なんでしょう」

泉は、作文の話を続ける海勝の真意をはかりかねたが、強く反発することもできず、答えた。

「それは、やはり消された初稿のほうではないでしょうか。自分の本音を書いてしまったからこそ消して、その上に当たり障りがない文章を書き直したと考えるのが普通ではないでしょうか」

「そうですね、確かにそれが普通だ。しかしどうでしょう。彼にとって、人々の恩に報いるために、人のためになることをする、水泳で良い成績をとるというのは、方便でしかなかったのでしょうか」

泉は、海勝がなにを言いたいのかわからない。

「一方、人々の『笑顔』が苦痛を生みだすように書いてある初稿は、一見彼の本音であるかのように見えます。しかしこれが本心ならば、何度も忘れてはいけない、と書くのは不合理に思えます。彼にとって初稿に書いたことは一種の気の迷いであって、本質は違うのではないか。そのように考えることもできますね」

さて、と海勝が座り直した。

「この作文は学校新聞に寄稿したものだと言いましたね、しかし実際にはこれは掲載されなかったんですよ。なぜなら彼はこのあと、突然水泳をやめる」

意外なようで、当然のような。泉はどう判断してよいのかわからない。

「まだ記録は伸びると思われたのに、本人が水泳をやめると言いだした。コーチや水連は急病になったということにしようとしたが、突然インターネットで、もう水泳をする気がなくなったので、引退する、というようなことを書いてしまい、大問題となったらしい」

楽しい話には思えないが、海勝は笑みを絶やさなかった。

「ネットでのコメントで彼は『金メダルをとれないのがわかった』と書いたそうですよ。金メダル、多分オリンピックのことでしょうね。彼は数年後には日本代表になる可能性を秘めていた。だがどうやら自分の才能の限界に気づいてしまったらしい。そして、自分の願いが叶えられないと知った。『人のためになる』ことがね」

泉は彼の気持ちを想像した。一体彼はなにを考えていたのだろう。水泳だけじゃない、学生時代スポーツをしていて、自分が世界一になれると信じている者はほとんどいないだろう。

だからといって、スポーツに打ちこむことに意味がないはずはない。自分の限界を一つ一つ越えていくこと、最大の努力をするということ、友人やよき競争相手との出会い、この世界でたった一つの頂点に立たなくても、その費した時間は必ず人間を豊かにするだろう。

作文の主はそうは考えなかったのだろうか。

「会長が仰っていた意味がわかる気がします。確かに先ほどの作文のどちらが彼の真実なのか、簡単に決めることはできませんね。彼は人のためになれないから、水泳をやめたのか。それとも人のためになるという思いを捨てたのか。しかし、ですね、事件のことですが」

泉が話をなんとか、自分がここにきた理由に引き戻そうとしたとき、海勝が意外なことを言った。

「彼は、〈別天王会信者連続不審死事件〉の最後のパーツです」

え、と思わず声が出るのがわかった。

〈彼、って、この作文の高校生？　どうして彼が事件に関係しているの〉

海勝が手を振ると、空中の映像が切り替わった。

それほど鮮明ではない写真が、ざっと五十枚ぐらいだろうか、一気に表示された。全て違う写真だが、被写体は共通している。長髪で、無精髭が目立つ、二十代の男性だ。背景になっているのは、どうも外国らしい。東南アジアのどこかか中国だろうか。時には中華料理屋で、或いはどこかの街角で撮影されており、男女問わず様々な人物が一緒に写りこんでいる。よく見ればその中でも一人の子どもが目をひく。銀色に見える髪をした、せいぜい小学校高学年位にしか見えない少年が、多く一緒に写っているのだ。

「この男、〔探偵〕、だそうです」

海勝の指の動きで、一枚の写真が拡大され、男の顔がはっきりとわかるようになっていく。なにかつまらなそうで、なにもかも疲れたという顔をしている。そのせいで、最初の印象よりもずっと老けて感じられた。

「た、探偵ですか？」

「そう。日本ではなく、I国だそうですが、主に日系社会でのトラブルを解決しているとか。なんだか現実感のない話ですね」

あなただって十分現実感はありませんよ、という言葉をなんとか呑みこんだ。そして気づく。

「もしかして、この探偵が」

「ええ、作文の主です。どういう経緯かわかりませんが、水泳をやめたあと、進学した大学も休学して、日本から消えていました。そして四年前に、ひょっこりK国で消息が確認されました」

四年前、K国にいた日本人。泉は息を呑んだ。

それはまさしく、〝事件のパーツ〟そのものかもしれない。或いはすがりつきたいワラ。もしこれが空振りだったら、もう事件解決は本当に望めないかもしれない。その場合、検察庁は恐らく強制捜査に踏み切るだろうが、それすらも失敗すれば完全に権威は失墜する。

その事態は避けたい。一検事としてそう思う。

梨江がお茶菓子をもって、話を聞きたそうにしていたが、泉はそれを断り急いで荷物をまとめた。

だが立ち上がったところで、やはり気になった。

海勝が、泉の来訪の用件を事前に予測し、その情報を集めていたとしても、いくらなんでも『学内新聞に寄稿するつもりだったが、結局掲載されなかった作文』を用意することなどできるだろうか。それも十年近く前の、地方の一高校生のものである。コピーではなく原版《オリジナル》だったことは、書き損じを復元したことからも明らかだ。いや、そもそも泉の来訪は昨日告げられたものだ。そこで、〔別天王会事件〕について意見を求められるとわかったとしても、作文の復元は丸一日ではとても足りないのではないだろうか。

その疑問を口にすると海勝はいとも容易いことのように、答えた。

「たまたま、彼に興味があって、いろいろと集めていたんですよ」

たまたま？　水泳の日本代表になり損ねた、ただの高校生に？

「言ったじゃないですか」

梨江が言った。

「父は知らないことは、なにもないんです」

第二章　会師大野妙心

突然、下半身に力が入った。

自分の意志ではない。〔因果〕と名乗った〔声〕はもはやオレの口だけではなく、手も足も、全ての機能を自由にしていた。オレは視《み》ることはできるし、聴くこともできたが、それ以外にできることは心の中で因果に話しかけることだけだった。

さっき自分でやったときには、顔の向きさえ変えられなかった。首に太い木が突き刺さっていたのだから当たり前だ。だがいま、オレの足はそれを無視して強引に立ちあがろうとしていた。それにつれて、首にいやな引っ張られる感覚が伝わり、体内で背骨と交差している木がギシギシと骨をこするのがわかった。

あいかわらず痛みはない。

ついにオレは完全に立ちあがった。濡れた長靴から足を引き抜くような音と共に、木は完全にオレの首から引き抜かれたようだった。

自由にならない視界の隅で、いったいなにが刺さっていたのか、確認する。オレが倒れていた場所のすぐ後ろに、やはり木製の像があった。仏か神かは判別できない。そもそもそれは大きく縦に二つに割れていた。半分はそのまま像の姿を保っているのだが、もう半分はいくつにも裂け、鋭利に尖った木槍のような形になっていた。

爆風に吹き飛ばされたオレの背中は、まともにそこに突き刺さったのだ。因果が何者であるにしても、それが図ったこととは思えない。全ては偶然だったのだ。

――オレたちは車に乗っていた。そして追われて岩の迷路に逃げこみ、そこから裂け目に落下した。

車は炎上し、やがて爆発した。そのとき一番車の近くにいたオレはまともに熱と風を受け、近くの壁に叩きつけられた。そのとき、像の破片に首を突き刺されたというわけだ。

右手が喉の傷口に触れた。

(なんだ、これ、ツルツルじゃないか)

像の破片が突き抜けた筈の箇所に触れてみても、さっき確かにあった皮膚が弾けたような傷がない。代わりにあったのは、掌のようにツルッとした柔らかい皮膚だった。その大きさは長径五糎《センチ》の楕円というところか。それ以外の部分はよく見知ったオレの普通の肌、太陽に焼けてざらついた、お世辞にも柔らかいとはいえないものだ。

オレの手がもう一度、傷痕に触れる。さっきツルツルだった部分に、毛穴の凸凹が生じて、次第にそれ以外の部位と手触りが変わらなくなりつつある。皮膚が、再生しつづけているのだ、まるで瘡蓋《かさぶた》が剝がれた痕が治っていく過程を早回しで見せられているようだ。

後頭部にも触れる。そこにあったろう、像が突き刺さった傷もない、ついさっきそこから太いものが抜けていく感触を体験したばかりだというのに。

瀕死の傷が消え、皮膚も、おそらくは筋肉も血管も再生している。そんなことが起こる筈がない。かすり傷ではない、身体に小さな握り拳ほどの穴があいていたのだ。

（おまえがやったのか）

「はは、死にかけていたからね。こんなものかな」

大したことではない、という調子でオレの口を使って、奴が答えた。突然オレが笑い声をあげたので、見ていた男女がビクッと反応する。

悲鳴があがった。ボブっぽいショートカットの女性からだ。オレを指して、叫んでいる。

その横にいる、鋲のついたリストバンドをした長髪の青年が、女性をかばうように立った。

「お、おい、ぶさーっとなってたよな、さっき、なんか刺さってぶさーって」

残る三人も、オレの喉の辺りを凝視している。彼らの恐怖の原因がオレにあるのは明らかだった。

ついさっきまでは、首に太い枝を生やすようにして死にかけているオレの姿に驚き、悲しんでいた。だがいま彼らから感じられるのは、恐怖、それだけだ。信じられない現象を眼にして、瀕死のオレへの同情などどこかに消し飛んでしまっていた。

（おまえは、何者なんだ。オレの中でなにをしている）

「だから〔因果〕だよ。おまえと同じ民族は、ぼくをそう呼んだ」

やはり、因果、というのがこいつの名前なのか。オレの心に寄生したなにか。もしオレが人格分裂でも起こしただけなら、致命傷の傷を瞬時に癒すことなどできるわけがない。なにかがいる。オレの中に、人間ではない知性が、確かに存在しているのだ。

五人がこちらを見ている。『因果？』『なんのこと？』と囁き合っている。

記憶が繋がり、いまでは五人の名前もはっきり思いだせる。

最初に思いだした倉田由子、それを気遣っている頭にバンダナを巻いた筋肉質の青年が、大野妙心。確か実家は神社をやっているとか言っていた。

短髪で、小振りの顔で、今も若者の影に隠れて自然に男性に媚びる術を身につけているような女性が安田《やすだ》紅美《くみ》、年齢は由子より少し下ぐらいか。

彼女をかばう様子のウェーブがかかった長髪を後ろで縛り、この暑い国でも革ジャケットも、鋲打ちリストバンドも手放さない男性が山賀《やまが》達也《たつや》。手にしたアコースティックギターを、まるで武器であるかのように構えている。

二十代が多いと見える中で、一人三十代で髪もしっかりと分け、ゴルフ場にでもいくようなポロシャツにサファリベスト、リネンのスラックスで、靴だけはスニーカーというのが、佐分利《さぶり》泰男《やすお》。彼が五人のリーダーということだった。今も彼だけは顔を凍りつかせたようで、表情を読みとれない。

彼らはNPO法人〔戦場で歌う会〕だと名乗った。オレと出会って二日にすぎない。

彼らとオレ以外にあと二人、車に乗っていた筈だ。だがその姿はない。一人は五人を道案内してきた、ブディという子ども。日本語も英語も喋れないため、オレはその通訳を兼ねていた。まだ八歳ぐらいで、爆発のときにはとっくに車から飛びだしていた。一番最初に遠くまで逃げたのかもしれない。

そしてもう一人。彼は大手旅行会社勤務で、このK国に駐在していると話した。土地鑑がない五人のツアコンとして同行しているのだ、と。

オレは彼がK国にいるなど知らなかった。そんな彼が五人と一緒に急にオレの前に現れ、そしていままた消えていた。彼の名は世良田《せらだ》蒔郎《まきろう》、オレの学生時代の友人で、競争相手《ライバル》と言われていた。

「ミダマだ、ミダマがあふれている」

オレの口から、また勝手な言葉がこぼれた。ミダマ？　聞いたこともない言葉だった。

そして、オレの足が前へ進みだした。五人に向かって。

1

突然の訪問に、美津子はいそいそとお茶の支度をした。急須に茶葉を入れたところで、客の顔を思い浮かべ、珈琲のほうがよかったかしらと、と思ったが結局そのままにした。久しぶりの日本だとおっしゃっていたから、日本茶の方がうれしいに決まってるわ。

そう思うと、クッキーよりもあられか煎餅のほうが良いような気がしてきたが、あいにくそちらの用意はない。

美津子が居間の襖に手をかけると、ちょうど澄んだ鈴《りん》の音が響いた。客の若い男性が、仏壇の前に正座し、手を合わせている。念仏を唱えるまではしないようだが、三本の線香を立てて瞑目している。

やがて顔を上げると、仏壇に飾られた、美津子の娘の遺影を見つめた。

(もしかして、菩提寺に行かず、直接我が家を訪ねてきたということは、この人も、うちの墓に納められてる遺骨は、ほんとうは娘のものではないと疑っているのかしら)

美津子は男性の態度に、ふとそう思った。

娘の遺骸は火葬を済ませた状態で日本政府が持ち帰ってきたが、それが本当に娘だという確信は美津子にはなかった。だからといって、DNA鑑定を申してることは、世論が許さなかった。娘たちの遺骨を載せた航空機は、なんと自衛隊のものであり、それが羽田空港に着いたときには一万人を超える見も知らぬ人々が出迎えて、日の丸の小旗を打ち振ったのだ。英雄、或いは偉大な殉国者の帰国。

あの日美津子は、ほかの家族とともに空港と、外務省、そして集会が開かれていたホテルで、三回も記者会見を行った。もちろんそんなことは生まれて初めての体験だった。そこでなにを話したのか、よく覚えていない。新聞記事やネットニュースで、そのときの様子を見返すことはあったが、本当にあった出来事なのか、すべてはおぼろげだ。たった四年前のことなのに。

「あの、由子とはやっぱりK国で、ですか」

男性は、こちらに身体を向けて、頷いた。その視線が、机の上に積まれているスクラップブックに向かう。彼が興味あるかと思って、棚から下ろしたものだ。

「新聞や雑誌で目についたものを残してあるんです。これでもまだ切り抜きが終わっていないものもあって。いやですねえ、私にまで話を聞きにくる雑誌まであって」

男性が、怪訝な顔をした。

「新聞、雑誌、ですか」

自分が出たがりだと誤解されたか、と美津子はあわてて訂正する。

「違うんですよお。安田さんのお母さんは泣いてばっかりで、ほとんどなにもお話しになれないし、山賀くんのご家庭はなんだかお父さまがお役所にお勤めとかで、取材の方を怒鳴り散らすばかりで。

ああ、そういえば佐分利さん。あなたもお会いになったでしょうけど、あちらのご家庭、どんなだか想像つきました？　あちら、ご両親とも新聞社にお勤めとかで、息子さんの死を大々的に報じるように上に言われて、なんだかいろいろと大変だったみたいで。結局新聞、お辞めになったそうなんですよねえ。

そういうわけで、うちなんかご覧の通り、ごくごく普通の家ですし、夫が亡くなってからは私一人で由子を育てたなんてのが、まるで美談みたいにねえ。本当に私はごくごく普通のことをやってきただけなんですけど」

美津子はそこまで話して、

(私のことばかり話しすぎたかしら？　でもこの方も日本のことを知りたいだろうし)

と、客の顔を見た。

彼は少し眼を閉じ、「そうですか。海外での死亡ですから、大々的に報道されたということでしょうか」と言った。

「それで由子たちとのことですが、K国《あちら》では、どんな様子でしたでしょうか」

「ええ」

男性は、答えづらそうだった。その様子に、

（この人、本当に由子の知り合いなんだろうか。もしかしたらそう偽って、なにか聞きだそうとしている？　でもそれならもう少しまともな服装をしてきそうなものよね）と、美津子は混乱した。

「五人とも、元気でした。反政府軍の村で、どうしてもボランティア活動をしたい、と意欲に燃えていました」

美津子は強く頷いた。

「ええ、そうなんです。由子のメールにもそうありました。K国では政府軍と反政府組織がずっと戦闘をしている。中には戦闘によって親を亡くした子どもたちばかりの村がある。そこで歌を歌ってあげたいんだって。夢みたいなことをと思っていましたが、あの子は純粋だったんですね」

（だがそれを誰もわかってくれない。お線香どころか、家に寄りつくことさえなくなって）

つい、近頃感じている不満が、続けて口をついた。

「最近ねえ、いやみを言われることがあるんですよ」

「由子さんのことですか。亡くなった人に、いやみって」

「そりゃ、はっきりとは言いませんよ。でも親戚とか、法事や結婚式に呼んでくれなくなったんです。あの子たちのせいで、私たちは戦争させられたんだと言う人もいるから、出席は遠慮してくれ、なんて電話で。なあにが『言う人もいる』ですか。自分がそう思っているんですよ」

「戦争、させられた……」

困惑した男性の様子も、美津子の目に入っていなかった。

ほんの一年前まで、この仏壇も、菩提寺の墓も、線香の煙が絶えることなどなかった。見ず知らずの人たちが突然現れて、どうか拝ませてくれ、娘さんの霊前に供えさせてくれ、と押し売りのように上がりこむことにもいつしか慣れた。

だが日本国内でのテロが激しくなり、新情報拡散防止法による文化人の摘発、さらにはあのしゃちほこばった公共保安隊が正規運用されることで夜間はほぼ戒厳令がしかれたようになると、人々はたちまち不満を募らせていったのだ。

（それが由子のせいだというの。冗談じゃないわ）

「戦争の前は、四人の死を無駄にはしない、とか、守り神になったんだ……とか、会ったこともない主人の親戚まで現れて。お守りにするなんて、アルバムから由子の子どもの頃の写真まで持っていって、でもそれ、マスコミに売りつけてたんですよ、あの人たち。それが戦争に負けたら、手のひら返して。恥ずかしいと思わないのかしら」

男性が、真剣な眼でこちらを見ていた。

「すいません。どうもよくわかってないようです。娘さんたちがこの間までの戦争の原因のような言い方に聞こえますが」

「ええ、もちろん、私はそんな風に思ってませんよ、だけど世間が」

（この人はなにを言っているのかしら）

美津子はますます客への不審を強くしていた。娘たちの死が、自衛軍海外派兵のキッカケになったことは、常識ではないか。

確かに当時も今も、政府はそんな見解を公式にはしていない。だが娘たちの死によって国内世論は一夜にして主戦に転じたのは疑いもない事実だ。

そして美津子は、それを内心どこかで誇りにしていた。確かに娘の死はこれ以上ない悲劇だったが、その死は無駄にはならず、日本を変える力になったと誰もが云った。見知らぬ人々に賛美され、美津子自身にもマイクが向けられた。自分の子育てについて本を書かないかというオファーだってあった。

それはもう終わってしまったことだが、この客はまったく初耳のような顔をずっとしている。美津子にとってそれは看過できないことだった。たとえ一時期にせよ、娘の死によってこの国は動き、そして私もその母として注目を集めたのだ。それを忘れてしまったような顔をされては。

「私が言っていることではありませんけど、ここに当時の記録がありますから」

とスクラップブックを示した。

「大野さんのインタビューもたくさんありますわ」

「大野？」

不自然なほど大きな声だった。

「それは、大野妙心さんのご家族、という意味ですか」

「いいえ」

（やっぱりこの客は怪しい。久しぶりの来客に、つい相手をしたのは失敗だったかもしれない）

「大野妙心さん、ご自身の」

「彼も亡くなっていますよね」

「なにをおっしゃるんですか。大野さんは無事にお帰りになりました。たった一人だけ。あの方のおかげで由子たちの最後が記録されたビデオも」

「ビデオ？　待ってください。それでは世良田は」

（ああ、やっぱりだ）

と、美津子は思った。

（世良田と、確かに言った。この客は、頭がどうかしている人なんだ。早く、早くなんとかしなければ）

「世良田、さん？」

〔戦場で歌う会〕に同行していた、旅行代理店の現地駐在員です。彼も帰国を」

「知りませんわ」

美津子は、慌てていると気取られないように、わざとゆっくり立ちあがった。

「由子たちは五人で活動していたと聞いています。佐分利さんは何度も海外でのNGO活動もおありだということで、旅行代理店の案内なんて必要なかったんじゃないでしょうか。なにかのお間違いでは」

「しかし」

「お茶、新しいのを淹れてきます」

スクラップブックを押しつけるようにして、美津子は廊下に逃れた。台所ではなく、寝室に向かう。そこには固定電話がある。

美津子が戻ってみると、全てのスクラップブックが広げられて、卓や畳の上に置かれていた。男性は視線を記事から記事へと走らせている。

週刊誌の扇情的な見出し、例えば『ついに日本人ボランティアまで標的にされた、反政府軍組織の実態!』『大野妙心師、独占告白第二弾!! 私は四人の虐殺を見ていた!』といったものが目についた。数年たってからやっと読む勇気がわいたような、恐ろしい見出しが並ぶが、どの記事にも犠牲になった四人の写真が並べられ、美津子が提供した、遺影と同じ由子の写真もあった。

　男性は顔を上げ、美津子に確認するように訊いた。

「反政府軍組織が、平和ボランティアである四人の日本人を捕らえ、虐殺した。それが大野妙心の報告ですか」

「ええ」

　国際政治などにはずっと無縁だった美津子も、これだけは諳《そら》んじることができる。

「K国ではずっと、政府軍と反政府組織が内戦状態にあって、米国《アメリカ》はじめ連合国は政府に軍事協力を申しでていた。でも日本政府は最初、及び腰だった」

「日本は昔から、反政府組織側とも交流があったから」

「そうです。多くの日本人ボランティアは、むしろ政府軍が特定の宗派を弾圧していると
して、反政府組織に同情的でした。両親を喪った子どもたちが多いことから、支援にも積極的だったんです。でも当の反政府組織によって由子たちが殺されたことで」

「自衛隊が、これまでのような警護や補給ではなく、初めての本格的な海外派兵任務につくことになった。そのときに憲法が一部改正され、自衛軍と名も改められた……」

「そちらは海外にいらしたということでしたからおわかりにならないでしょうけど、そりゃあ当時の国内は大変だったんです。米国とはずっと経済問題や、軍事協定のことで関係が悪化していて、その中で連合軍に参加しない日本の立場は悪くなる一方でした。国内で

も反日勢力というのがどんどん生まれて、そんなときに由子が死んで……戦争が……。でも本当はずっと前から海外派兵は決まってて、その口実が必要だっただけだという人もいました。とにかくあのときはみんな『仇をとれ』『政府は弱腰だっ』って」

そうだ、確かにあのとき、誰もが戦争を望んでいたのだ、と美津子は思う。

だが、自衛隊派兵直後、大手携帯電話会社をはじめ、通信網を狙った大規模爆弾テロが日本を襲った。日本国内に多くいた、K国反政府組織に同情的な外国人によるものだと言われたが、すぐに日本人によるテロリストグループ、そして一部旧自衛軍も含む反日集団が蜂起し、首都のあちこちで戦闘が起こった。

次にどこでテロが起こるかわからず、また突発的に戦闘が始まることもあったため、外出すら自由にならなくなった。

すると人々は、自分の言ったことを忘れたように、すべてを由子たちに押しつけはじめたのだ。

あいつらがK国になんか行かなければ、日本が戦争に巻きこまれることもなかったのに、と。

「結局、K国では反政府組織が政権をとったんですってね」

「元々米国が政府側を支持していたのは、反政府組織支持を表明していたC国への牽制が大きな理由でした。世界第一の人口で経済的に発展を続けるC国へのいやがらせですね。

しかし結局民衆の多くが反政府組織を支持していることが報道されるようになって、連合国は手を引かざるを得なくなった。要はベトナムと同じで、米国は負けたんです、そして日本もそれに付きあって負けた」

「政府は、休戦だと言ってます。そして国内における〝テロとの戦い〟は未だに継続中、だと」

スクラップの頁にある『反日破壊活動に対する保安維持措置 草案がまとまる！』という見出しを美津子が指した。

「すべては大野妙心の帰国からはじまったんですね。そして彼が、四人が反政府組織に拉致され、虐殺されたと証言した。由子さん、山賀、安田、佐分利――」

それだけ言うと、男性は黙りこんだ。

沈黙に耐えられず、自分で淹れてきた茶に手を伸ばしたとき、突然電話が鳴り、思わず茶碗を取り落としそうになる。

戦争で、携帯電話の通信能力は脆弱になり、唯一安定していると言われているＪＪシステムに加入していても、携帯よりは固定電話の方が料金が安価だ。美津子も今では携帯は解約していた。

食器戸棚に置かれた固定電話に手を伸ばすと、聞いたこともない声が出た。そして信じられない名を名乗る。美津子は震える思いで、受話器を客に突きだした。

「あの、電話、あなたにです」

訪問先に、自分宛の電話がかかってくれば、誰でも奇妙に思う。男性は首を捻った。

「オレじゃないでしょう」

「いえ、あなたにです」

一刻も早く受話器から遠ざかりたくて、美津子は強く言った。男性は腰を浮かして受話器を受けとった。

男性は相手の声を聞き、すぐに眼を見開いた。

「世良田？　本当に世良田なのか？」

そう、電話の相手は『世良田蒔郎』と名乗ったのだ。さっき男性からその名が出たときは首を振ったが、美津子はその名を知っていた。

「どういう意味だ。おまえ、あれからどうやって……？」

すぐに電話が切れたらしく、男性は受話器から耳を離した。しばらくなにかを考えている様子だったが、やにわに自分のコートを抱えると、これで失礼すると告げた。

「ちょ、ちょっとお待ち下さい。まだ由子の話をしてないじゃありませんか。どんな風だったのか、あちらでのこと話してくださいな」

男性は耳を貸さず、そのまま玄関に向かう。

するとちょうどドアが、外から開いた。鍵は美津子があらかじめ開けておいたのだ。

髪を短く刈りこんだ、三十代の屈強な男性が立っていた。

「大矢さん」

と、美津子は安堵の声を漏らす。客の男性は大矢と美津子の顔を見比べた。

大矢は靴を脱がず、胸元から黒い手帳を覗かせる。

「神奈川県警の大矢だ。倉田さん、この男ですね」

「はい。確かに『せらだ』と言いました。そ、それについいましがたも『せらだ』という男からうちに電話が」

「なに。おい、おまえ、世良田蒔郎を知っているのか。そうなんだな」

大矢は男性の手首を摑み、詰問した。男性は無表情に、なにも答えない。

「しらばっくれたって無駄だ。〝K国虐殺事件〟遺族の元に、世良田蒔郎の関係者が現れたら連絡をいただけるよう、ジブンがお願いしていたんだからな。それにまんまとひっかかったというわけだ」

美津子は以前から大矢の訪問を受けていた。彼によれば、世良田、という男は反日テロリストであり、戦争の原因となった由子たち家族の元に現れる可能性があるので、警戒しているとのことだった。本人だけでなく、世良田を探しているものもテロリストなので、もしも来訪したらうまく引き留めて、連絡するようにいいつかっていたのである。

男性から世良田の名前が出たとき、すぐに寝室から大矢に電話したのは、彼がいつも美津子に同情してくれていたからだけではない。

　この不意の来客が、なにか自分と由子にとって、悪いことを告げようとしている。美津子にはどうしてもそうとしか思えなかったからだ。目の前にいる男を一刻も早く大矢に引き渡してしまわなければ、という思いに衝きうごかされていた。

「こいっ。世良田について、必ず吐かせてやる」

　大矢が乱暴に男性を三和土《たたき》に引き落として、そのまま連れだそうとするので、美津子は思わず声を出した。

「あの、靴ぐらい履かせてあげてください。それに乱暴はやめて」

　大矢は面倒くさそうに、男性の靴を摑むと、早く履けと投げつけた。男性が美津子に頭を下げて、云った。

「いいんですよ。オレは……」

　その後につづいた言葉を、美津子は聞き間違いかと思った。だが直後に大矢がドアの外に押しだしたため、とうとうもう一度聞き直すことはできなかった。

　二日後、美津子はあの来客の名前と死を新聞上で発見することになる。やはりテロリストだったのかと思う一方で、彼が言い残した言葉の真意がわからず仕舞いに終わってしまったことに、胸の奥に棘が刺さったままのような感覚をおぼえる。

　彼は確かに、

『オレは、あなたの娘を殺したんだから』

と云ったように聞こえた。

2

「ひどい、わたしってこんな？」

泉は、駐車場の舗装面に折れ釘で描かれた似顔を見おろして苦笑した。聞いているのかいないのか、パンダ柄のマフラーと一体になったような帽子をかぶった子どもは、上機嫌でお絵かきを続けている。

東京近県Y市。元は庶民が憧れる高級住宅地だったろうが、戦争の影響か、歯抜けのように空き地があり、そこは大抵無人駐車場として仮活用されていた。だが住人が減ったのに駐車場に需要があるわけもなく、こうして子どもが地べたに座りこんでいても、車一台の出入りもない。

「それで、因果くんだっけ、きみはいつから〔探偵〕さんと一緒にいるの？　I国から？」

海勝に見せられた写真の子どもだった。あの作文を書き、いまは探偵をやっている男が帰国したという情報も海勝からもたらされたものだった。おそらくは〝K国邦人虐殺事件〟の被害者の家族を訪ねるだろうということも。

泉が抱えている〔別天王会〕事件と関わりがあることから、K国邦人一件についてはこのところ詳しく調べていた。もちろん四年前、事件が起こったときにいやというほど報道されたので概略は知っており、新しい発見はなかったが。山賀、佐分利両家はどちらも面会を受け付けておらず、安田家は関西方面に転居しているため、最初に訪ねる可能性が高いと思われた倉田家の前で、この少年を見つけることができた。

探偵、はいま倉田由子の母と会っている筈だった。つい先ほど、安っぽいスーツを着た男が家に入っていくのが見え、泉は子どもと適当な話をしながら、玄関をずっと見張っていた。

するとドアが半開きになり、中から揉み合うようにして先ほどのスーツ男と、それよりは若い長髪の〔探偵〕が現れた。スーツ男は探偵の手首を背中で極めて、抵抗できないようにしたまま、三段ばかりの石段を突き落とした。

「あっ」

泉が動くよりも早く、因果が駆けだしている。動いた、と思った瞬間には、もう探偵の横に立っている。鼻歌まじりで落書きをしていた子どもとは思えない素早さだった。

「なんだ、餓鬼、どっからきた」

「あんたこそ、なにをしてるの。変なことされちゃ困るんだけど。こいつにはこれからたっぷりミダマ喰ませてもらう約束なんだからさあ」

因果が、やけに大人びた口調でスーツ男に絡んだ。と、探偵がその腕を摑んで立ち上がると云った。

「大矢さんか。神奈川県警だって？」

大矢、と呼ばれた安スーツは、そう言われてみれば警察関係者に見えないこともない。

「あんたたちは世良田蒔郎がいまどこでどうしているか、知っているのか」

「アホか。それを今からおまえに吐かせるんだろうが」

「あんた、わざわざ、世良田って名前を教えて、倉田さんが通報するよう頼んでおいたんだな。だが、世良田がK国で〔歌う会〕と一緒にいたことは告げてない。なぜだ」

探偵が大矢に訊いた。世良田、という名前は初耳だが、泉はなにか胸騒ぎをおぼえて、近づいた。それに気づいた大矢が、睨みつけてくる。

「ガキの次は女か。なんだ」

「あ、泉ちゃん」

因果が嬉しそうに声をあげた。

「この人、けいじさんだってさ」

けいじ、という言葉に大矢の顔がわずかに曇る。

「けいじ、じゃなくて、検事。東京地検の虎山です。こちらの男性は、わたしの協力者ですが、なにか問題でもありましたか」

探偵はその言葉に、なにも口を挟まなかった。即座に自分に有利な状況を選択したらしい。一方大矢は、あきらかに判断を迷っていた。

「神奈川県警、と聞こえましたが、念のため、よろしいですか？」

泉が、大矢の胸を指し、バッジを見せるよう促した。大矢は舌打ちすると、

「そうですか、もう東京の検察が動いておられるとは思いませんでしたよ。ああああ、こうなると我々としては手が出せませんな。残念だ」

とわざとらしい口調で云い、そのまま歩きだした。泉が呼び止める間もない。倉田家の反対側から小型のバンが、サイドドアを開けた状態で滑りでてきた。大矢を吸いこむとドアが閉ざされ、一気に加速する。窓は全てマジックミラー仕様で、外から中はうかがえないようになっていた。

（警察ではないだろう。だが、明らかにこの探偵を拉致しようとしていたように見えた。昨日日本に着いたばかりの男に、何の目的で……）

泉が追跡を諦めて踵を返すと、探偵は因果に手を引かれて既に歩き去ろうとしているところだった。慌てて駆け寄り、そのコートを摑む。

「ちょっと待とうか」

探偵は、無精髭だらけの顔を向けた。

「検察だって。用はないな」

「用があるのはこちらの方なんだ。キミ、大野妙心の知りあいなんでしょう」

探偵の眉が動いた。

「どうしたのさ、はやくいこうよ、もう腹ぺこなんだから」

因果が甘えた声で、手を引っ張るが、探偵は泉を見たまま動かない。

「そんなこと、よく知ってるな」

「わたしじゃないわ。JJシステムの海勝会長がご存じだったの。あなたが、戦場で歌う会と面識がある、と」

「だったら、なんだ」

脅すような声だ。だが泉は怯まない。もしあの作文を書いたのが目の前の男なら、どんなに凄んで見せても、人を傷つけたりはしない。泉はそう思っていた。

「依頼よ、あなたに解決して欲しい事件がある。探偵なんでしょ、あなた」

奇妙な二人を同乗させた泉は、JJシステムのショップに入ると、展示用のパソコンを海外の動画共有サイトに接続した。わざわざ海勝会長につながる店を選んだわけではなかったが、回線が安定しているのは間違いない。パソコンが何台も並べられ、それらが無料で開放されているのも、未だに通信インフラが万全ではないこの東京で、JJシステムが誇る通信回線の信用度をデモンストレーションするのが狙いなのだから、これ以上の場所はないとも言える。

既に車内で〔別天王会信者連続不審死事件〕の概要は伝えていたが、彼は聞いているのか終始うわの空で、どちらかといえば因果という子どもが時折合いの手を挟んできた。

別天王会は、戦時中、大野妙心によって設立された新興宗教団体である。大野は実家の神社の宗教法人格をそのまま相続し、神道でも仏教でもない奇怪な宗教を作りあげてしまった。

大野はあくまで会師、という実務的な責任者であり、精神的な指導者である教祖は別天王、という少女である。見かけは日本人だが、ある日大野が連れてきたということ以外、なにも明らかにされていない。

彼が突然そのような宗教団体を作りだすことができたのは、数万ともいわれる信者の存在があったからである。そしてその信者を生むキッカケとなったのは、彼が持ち帰った〝ビデオ〟だった。

その話をすると、突然探偵が、

『いまの話の、ビデオ、それ見せてくれ』

と云いだしたので、急遽ネット環境があるところを探し、この店に入ったのだ。壁に一昨日会ったばかりの海勝麟六のポスターが貼られている。会長職に退いているとはいえ、

　ＪＪシステムとは彼を意味していると言っても過言ではない。

「戦後、日本のサーバーからはこの映像は殆ど消されているけど、海外ではそのまま残しているところも多いの。始まるわ」

　動画共有サイトで、そのビデオのタイトルは〔SWANSONG OF WARZONE〕とされている。

　およそ三分ほどで構成された動画の内容は、まず最初に空が映る。画面が小刻みに揺れ、少し湾曲したガラスが映ることから、走る自動車の車内から空を見上げたものだとわかる。日本の空ではない。おそろしいほどに澄みきった、深い青だ。だが突然カメラが揺れる。運転者が急ハンドルを切ったのだ。そしてなにかの煙。

　突然別のカットになる。四人の男女が膝をついた姿勢で座らされ、銃を持った男たちが布製の覆面をかぶって取り囲んでいる。映像は小刻みに震えている。四人は日本のNPO法人〔戦場で歌う会〕のメンバー、倉田由子、安田紅美、佐分利泰男、山賀達也であり、武装したK国の反政府組織に監禁されているのだ。撮影者はもう一人のメンバー大野妙心である。

　これから何が起こるかわかっているため、泉は半ば顔を逸らしていた。探偵の膝に座ってモニターを覗きこもうとする因果を慌てて引っ張り下ろす。

「え〜、ぼくも見たいよ、泉ちゃん」

会って間もないのにすっかり懐《なつ》かれてしまった。だがここからは絶対に子どもに見せられない。

またカットが変わる。山賀が後ろから覆面の男たちに押さえつけられ、後頭部に銃口を押しつけられている。引き金が引かれる。同じように佐分利が射殺される。下着姿の安田が、大型ナイフで首を斬られる。最後に倉田が、やはり服を引き裂かれた状態で、なにか話しているが、胸に銃弾を受けて倒れる。

何度見ても、慣れない。テロリストが人質を殺害する映像はほかにもあるが、同胞の日本人であることに加えて、女性まで混じる無抵抗のボランティアグループに対し、まったく容赦ない虐殺が淡々と行われていることに、嫌悪がこみあげる。

そう思って、探偵の表情をうかがうが、あれ程興味をもっているように思えた彼が、今はボンヤリと頬杖をついている。

ムッとして泉は説明を始めた。

「撮影者は大野妙心自身だそうよ。大野を含む五人を捕らえた犯人グループは、大野の持つメモリー・カムに興味を持ち、撮影を強要した。そして日本政府がK国政府に軍事協力しないよう警告だと言って、四人を虐殺、大野の顔や手足にもひどい怪我を負わせたうえで、わざと解放した」

大野が最初にビデオを公開した日のことを、泉ははっきり記憶している。大野は顔に包帯をグルグル巻きにした姿で、外務省や警察庁TRT3の人間に伴われ、成田空港近くのホテルで記者会見をした。大野自身がそれを強く望んだのだ。

大野はホテルの人間に言って、空間投影型モニタを用意しており、政府の人間になにも伝えないまま、いきなりそれにメモリー・カムを接続して、この映像を流した。

『私の四人の仲間が、ゲリラに虐殺される姿が映っています。見てください。一人、また一人と撃たれていく。女性のお二人は、口では言えない辱めを受けた後に、一人はナイフで、そしてもう一人は銃で……』

その言葉どおりの映像が、大野たちと記者たちの間の空間に投影されている。それを見たのは、詰めかけた報道陣だけでなく、生中継を見ていたテレビやパソコンの前の人たち。そしてその会見風景は後に何度も繰り返し流されたので、恐らく大半の日本国民は大野の涙ながらの声とともに、この映像を記憶しているのではないだろうか。

「この映像を見れば、少なくとも国民感情がK国反政府組織との開戦に向かうことは正当だった、とわたしは思っている。そして大野はこれによって一躍悲劇の伝道師になり、彼を支持する若者のグループができた。いつしか大野は別天王という少女と共にいるようになった。物言わぬ彼女の姿は、失われた安田や倉田といった女性たちを連想させ、またその人形のような姿に純粋にアニメや漫画のファンも魅了され、彼らが別天王会の雛形になっていったんだ」

「なあ、泉ちゃんだっけ」

相変わらず頬杖で、キーボードをカチャカチャいじりながら、探偵が云った。

「虎山泉検事です」

「で、泉ちゃん」

(聞いてない?!)

「その、人が死ぬ映像ってどこに映ってるんだ」

探偵は、からかうようでもなく、ごくごく普通の調子でそう云った。映像はループ再生に設定していたから、既に目の前のモニターでは二度目の虐殺場面が展開していた。ちょうど山賀の後頭部から額に向かって弾丸が撃ちこまれる場面だ。

それをハッキリ見ているようなのに、探偵は、

「さっきからずっと、ノイズしか映っていないんだけど」

と云う。

いつの間にか探偵の膝に戻った因果も、

「最初は空とか映るけど、すぐ真っ暗になっちゃうね」

と、同じようなことを云った。

冷静になって、泉は二人が嘘をついているのではない、と観察した。そうであるならば、もう一つの可能性を考えなければならない。

「実は、あなたたちみたいなことを言う人間は初めてじゃないわ。世界中に沢山いるのよ」

「どういう意味だ」

「日本政府は、最初この映像を規制しようとした。あまりにショッキングだから。でも生中継記者会見で大野がいきなり映写したのだから間にあわない。最初は記者会見の様子が、次にこの映像をコピーしたものが、ＪＪシステムはじめ、いくつもの有力なネットサイトで公開されていった。それで自衛隊派兵の世論が高まったのだけど、その頃から奇妙な噂もあったのよ」

「うわさ？」

「配信された映像を見た一部の外国人などが、『これは空を撮したカットのあとはただのノイズだ、虐殺シーンなどない』と騒いでいるというものよ。同じようなことを国内でも言う人が僅かにいた。だけど問題にはならなかったわ。国によって動画共有サイトでも厳しいレイティングを導入している場合があるから、その外国人の見た地域では、動画から残酷な部分が削除されていたんだろう、と云われて」

「だが、いまのオレたちは違う。なあ因果、ここに映っているのはなんだ」

既に映像は三度目の再生に入っていた。

「空、だな」

「空だね」

車内から空を撮した映像が終わり、四人が並べられているカットに移る。

「画面が真っ暗で、ノイズが走っている」

「ザーザーだけだ」

やはり、泉の眼には見えているものが、探偵と因果には見えていない、と確信できた。

「だけど、あんたには、ハッキリ見えているんだろう。四人が――殺される光景が」

泉は頷くしかない。

「戦前から海外にいて、戦後帰国して初めてこの映像を見た日本人の中に、いまのあなたたちのようなことを言う人が増え始めた。一方外国でも、映像がカットや規制など受けていないにもかかわらず、ノイズしか映っていないという声は大きい。一部の精神分析医は、『あまりに衝撃的なものが映っているので、精神が勝手にフィルタリングして、見ていないと思いこもうとしているのではないか』という珍説を唱えたわ。でもそんな現象が何十人もの間に起こるものかしら」

探偵が小さく嗤った。

「例えばある種の錯覚画像などは、見方のコツがわからないうちは、その本当の姿が見えてこない。あるいは催眠術で、特定の映像を見た気にさせるってこともあるだろう……だが、殆どの日本国民が見たと云われてしまうと、どっちもありそうにないな」

因果が、泉を見た。

「ねー、早く種明かししてよ。泉ちゃんはどう考えてるの」

だが、泉にも答えなどなかった。

「わたしに言える――ことは、わたしにはハッキリ見えている、ということ。大野が記者会見でこの映像を流したときからずっと、四人の男女が、無惨に殺される光景が。それについて知人と話し合ったこともある。お互いに見ている映像は同一だった。催眠術などではありえない、だが、あーもー」

自分で自分の言っていることがどうにも気持ち悪く、泉は無意識に髪をかきむしっていた。

「なんなんだ、これは？　ある者には見えて、ある者には見えも聞こえもしない映像？　なんでそんなものが存在する？　別天王会に現れるという〝獣〟も同じだ。そこにいた誰もが見たという、だがあとで調べてもどこにもそんなものが存在した形跡はない」

泉は昂奮のあまり、探偵の胸ぐらを摑んでいた。

「答えろ。探偵。どうしたらこんなことができるっ」

探偵は、泉の手をとると、そっと外した。

「それが依頼なんだろう。まあ探偵なんて名乗っていたのは方便なんだが」

「方便？」

「そんなことでもしないと、この因果が気味悪がられるんでね」

「ひどいなー、ぼく気持ち悪くなんかないよー、ねー、泉ちゃーん」

探偵の言っている意味が、このときの泉にはまだよくわからなかった。

「別にあんたに頼まれなくても、大野妙心には会わなくちゃならない。そもそもなぜ検察がオレと大野が顔見知りだと知っているんだ。大野がそんなことを話すわけがない」

「それは――」

泉は言いよどんだ。

ふと、天井の隅でなにかが動いた気がした。見ると、ありふれた監視カメラがこちらを向いている。

(店に入ったときから、あのカメラ、こっちを向いていたかしら)

ふと、一昨日訪ねた、海勝麟六の仕事部屋が思いだされた。机の上と、空間投影された無数のモニター。ニュースやデータが表示された中に、いくつかまるで町中の定点カメラの映像のようなものが混ざっていなかったか。そうだ、確か別天王会本社ビル前の交通監視カメラのものもあった筈だ。

JJシステムは、こうしたカメラの映像を顧客に送るサービスもしている。だとしたら海勝はいまこの瞬間も、あの監視カメラを通じて、私たちを見ているのではないか。泉はカメラの奥に、海勝のあの焦点の定まらない眼を意識した。

「どうしたの、泉ちゃん」

突然黙りこんだ泉の袖を、因果が引っ張る。

「いいえ。日本の警察、検察を舐めて貰っては困るわ。あなたが元日本代表級の水泳選手だったことも、把握している」

探偵が、少しだけ驚いた顔をする。

さすがに、あの作文を読んだとは云えない。そもそも個人の書き損じのようなものを、海勝はどうやって入手したのか、泉にも想像がつかないのだ。

「ただ一旦進学した大学をすぐに辞めて、そのあとがわからないわ。K国で大野たち〈戦場で歌う会〉に出会うまでの数年間、どこでなにをしていたの」

なぜ急にこんな質問をしたのか、泉にもよくわからなかった。

この〈探偵〉がどこでなにをしていたとしても、問題は大野たちに会って以後のことだけの筈だ。

しかし心のどこかではずっと気になっていたのかもしれない。

『人のためになること』を切実に希求しながら、その方法が見つからず、その重みに押しつぶされそうになっていた高校生の少年が、そのあとどんな答えを見つけたのか。

それは、東京地検特捜部に憧れて検察に入りながら、海勝番という権力の片隅に身を寄せた自分にとって、必要な答えなのかもしれないのだ。

探偵は、泉を見て云った。

「昔、同じことを訊かれた」

「誰に」

「倉田、由子」

それだけ云うと探偵は因果と共に店から出ていった。慌てて泉は追う。

倉田由子――虐殺された歌う会の一人。

3

〔別天王会〕本社は麴町にあった。巨大なビルの前に、奇妙な形をした鳥居が何本も建てられた広場状の空間があり、そこは『山門』と呼ばれていた。

覆面パトカーを中心とした警察車輛が数台、もう何日も前から入れ替わり立ち替わり、山門の手前に停車し、警官たちがビルへの人の出入りを監視している。

山門からビルにかけては、揃いの会服を羽織った信者たちが、三百名近く詰めかけて、警察と睨みあいを続けていた。

その中で、警視庁公安部捜査第一課で一係係長を拝命している速水《はやみ》星玄《せいげん》は、警察側の現場指揮官の立場にあった。

戦争が起こる前から、新情報拡散防止法の施行に伴い検察の権力が拡大し、それが思想犯やテロリストに関わるものだったため、同時に公安組織の存在も重要視されだした。

全国の公安組織を束ねているのは警察庁警備局《ビキョク》であることに変わりないが、特に警視庁公安部はその精鋭として活動していた。諸外国の諜報活動を取り締まるのは外事課であり、国内の政治、カルト団体、過激派などが長く公安総務課、第一課、第二課、第三課の担当だった。しかし通常の組織体と異なり本来の捜査第一課が総務課と呼ばれる体質、その中に『ナカノ』『ゼロ』などと呼ばれてきた秘密部隊が存在することなどが問題になり、戦後組織改革が行われた。

現在の警視庁公安部は庶務、管理の他、捜査、外事、機動捜査隊に分かれ、捜査第一課は主に東京地検公安部と連携をとって、極秘の捜査が必要になる事案を担当、以下自衛軍と協力してテロリストを担当する第二課、市民運動や政治団体に対応する第三課、旧来からの労働組合や活動家、宗教団体などを担当する第四課へと再編されている。その中で第一課が最も重要な立場にあることは言うまでもない。

速水は国家I種採用の所謂キャリア組であるが、本来なら公安捜査第一課一係係長になるには若すぎた。しかし叔父が現役の警察庁長官官房付きという地位にあり、またその実力から採用七年を待たずに警視に昇任したことからも、部内でも異論は出なかった。

一つには、戦後政権が変わり、米国をはじめとする連合国から圧力を受けた政府が、戦時中の強引な捜査などを改めることを公式に約束したことも影響した。その中で公安部などで活躍していた人間は、のきなみ第一線から外されるか、退官の道を選ぶことになった。速水は入庁こそ戦前だが、当初は警備部《SP》で一切政治的、思想的事案の捜査に関わっていなかったことから、戦後薄くなった人材層の中で、一気に頭角を現したという背景があった。速水は自分がそういう七光りと偶然から、たまたま昇進したという事情はよく弁《わきま》えていたが、だからといって先輩たちの眼を気にして遠慮するという考えはなかった。

(自衛軍の活動など、連合国に干渉されてすぐに縮小していく。結局はこの日本を安全に未来に導いていくのは、警察の役目なんだ。僕には運があり、若さがあり、頭脳がある。この全てを活かせば、警察庁に招聘《しょうへい》されるのもそう遠いことではない筈だ)

そんな彼にとって、いま警戒に当たっている別天王会は、まさに恰好の〝獲物〟だった。会師が自衛軍派兵のキッカケになった存在であり、一貫して対テロ戦争を過激に支持していた。戦時中は政治家や財界人がこぞって入信したと伝えられ、信者の数も鰻登りとなった。

だが、もはや戦争は終わった。政府がどう言おうと、八十年前の太平洋戦争と同じように、日本は本土を蹂躙され、敗戦の屈辱を味わったのだ。

人々はその責任を、当時の政府と自衛軍に向けている。自分たちは騙された、無理矢理テロとの戦いに引きずりこまれたのだ、と。

当然別天王会も、その非難にさらされている。そのトップである会師や幹部たちを検挙することができれば、自分はまさに戦後の〝清潔さ〟を代表することができる筈だ。

「速水くん」

と、声がかかった。この現場で自分を、歳の離れた弟のように呼ぶ人間は一人しかいない。

「虎山検事、そちらは？」

東京地検公安部の虎山泉検事が、見慣れぬ男性と、子どもを連れてこちらにくるところだった。男性は薄汚れたロングコート、ボサボサの長髪、無精髭で、どう見ても逮捕された無銭飲食犯か、時代遅れの過激派にしか見えないし、子どもの方は――子どもは――。

（なんだ、この子は？）

パンダの柄のマフラー一体型帽子をかぶった、その子どもは、やけに色白で、国籍も不明だった。帽子から覗く髪は白というより銀髪で、右目に髪のふさが垂れさがっている。まるで少女のように見える大きな目だが、表情はこちらをジッと観察する大人のそれにも見えた。

警察官という職種上、速水は相対した人間の素性についてある程度洞察したり、なにを考えているかを想像することもできたが、この子どもについては、どんなパターンにも当てはまらないようだった。

虎山によれば、男は海勝会長によって一時的に捜査に協力することになった〔探偵〕ということだった。子どもの名は因果。探偵と行動を共にしているようだが、何者なのかはその場にいる誰も説明してくれなかった。

「概要は説明しておいたけど、速水くんのほうからもう一度頼めるかな」

虎山が云う。探偵などというものに存在価値を感じない速水にすれば、それを捜査に加えるなどとんでもないことだった。だが海勝麟六会長は検察だけでなく、警察庁のトップも頼りにしている存在だ。

今後速水がさらに昇進していく中で海勝の協力は絶対に必要だし、警察庁にいる叔父によればＪＪシステムが提供したプログラムはやや違法ながら、犯罪者の追跡監視や盗聴などに役立っているのだという。

しかしそれ以上に、速水はこの虎山という女性検事に頭が上がらなかった。

彼女は、速水のように警察や検察の中で上に立ち、その力で社会を統制しようという願望を持っているわけではない。どちらかというと古くさい正義感に取り憑かれており、権力内にある悪を暴いて、一般大衆に奉仕しようという気持ちもある。そのためにこれまでも、警察が憶測や印象で送検した容疑者を、彼女の判断で差し戻されることがあった。正直に言えば、速水の今後にとっては邪魔でしかない存在だ。

だがなぜか速水は、そんな虎山を頭から否定しようとは思わなかった。むしろ大して年齢の変わらない彼女が、姉のように振る舞い、こちらの捜査の欠陥をいちいち指摘してくるたびに、畏れ入ってみせている。

その気持ちがどこに起因するのか、速水自身もよくわからないままだったが、今回も虎山が望むなら、従うまでだった。

「別天王会については、ご存じですね」

「戦前から日本にいなかったので、詳しくは」

と、探偵が答えた。

「だが、帰国する前にその名を聞いたことがある。ある人妻が別天王会の信者になり、教祖だか会師だかに『あなたの夫は本物ではない』というようなことを吹きこまれたら、それを信じてしまった……というような、奇妙な話だったが」

それは、速水からすれば捜査の過程で何度も聞いた、ありふれた事例の一つだった。

「別天王会は現在全国に百万人とも二百万人とも呼ばれる信者を抱えています。自衛軍による〝人道的軍事支援〟と、反日テロに対する〝保安維持措置〟の両面を会師が強く支持したことがその原因ですが、それだけではなく、教祖別天王が持つ特別な力がその信仰の対象になっています」

「特別な力ってなになに？　空飛べるの、ビビューン」

因果が両手を広げて、パタパタと走り回る。速水は無視して、探偵に向かって話を続けた。

「別天王の言葉は、すべて現実になる」

「はあ」

探偵が、莫迦にしたような声を出す。それにいちいち腹を立てたりしない。速水にとって所詮この程度の男は、取るに足らない存在だ。

「ある意味、荒唐無稽に聞こえることは僕もわかっています。しかし死者の言霊を呼びだせるとか、未来が予測できるとか、教祖の超能力を売りにするのは昭和の時代から新興宗教の一つのパターンです。そして大抵の場合その能力は、信者は盲信するが、科学的には実証できないというのが常です」

「その『言葉が現実に』というのも、単なるセールストークだ、と」

「我々はそう考えています。君が聞いたような『夫は別人であると会師に云われたら、本当に夫が別人に見えた』に加えて、『金庫に蓄えた資金が全て真っ黒に汚れて見えたので浄財を願いでた』『テロで死んだはずの息子が現れて、言葉をかわした』などの信者の体験談は数多く、それらは何らかの催眠術、もしくは薬物の投与の可能性もありますが、なにしろ戦時中は政権も別天王会に保護政策をとっていましたから、詳しく捜査は」

そこまで云って速水は失言に気づいた。

「失礼。戦時中ではなく、〝人道的軍事支援〟期間のことですが」

「だが、今や警察は別天王会の捜査を開始している」

「ええ。と、いうのも、信者がここのところ毎月数名ずつ死亡するという異常事態が起こっているんです」

「殺されたのか」

「不審死です。そもそも別天王会というのは『入信していれば、テロにも遭わない』と喧伝されていた。つまり、信者の命を護ると思われていたんです」

「なんだそりゃ」

「戦……〝反日テロ〟が活性化していた時期、三年ほど前ですが、この周辺でも無差別の爆弾テロが起こりました。ご覧のとおりです」

因果が周囲を見回して、また大人びた表情でニタリと嗤った。

「あははは、ボロボロだね」

その言葉どおり、整備されているのは別天王会本社とその山門だけで、周辺のマンションやビルはいずれもテロの影響で窓ガラスが割れたままだったり、住民が去ったために生活感も失い、外装が剥落したままだったりと、うら寂しい姿で放置されている。倒壊した建物や、めくれあがった舗装の瓦礫も、ビルとビルの間に積みあげられて、いまだに回収の目処は立っていない。法的には保安維持措置が続いており、反日テロに対する警戒は解かれていないので、建物の再建や街の整備なども、区域によっては許可されていないのだ。

この付近は外国人やマスコミ関係の居住者が多かったため、避難した住人がそのまま戻ってきていないということも大きい。

「当然、別天王会本社もテロの対象になると思われていました。現実に、警視庁が把握しているだけでも二回、武装した反日勢力がこのビルへの突入を試みたのです」

「それで、どうなった」

「最初の襲撃の数日前、ネットの生番組に出演した会師大野妙心は、別天王の言葉を告げました。『別天王会には誰も暴力を下すことはできない。武装した兵士の目には、我々は見えることもなく、彼らは互いに殺し合うことになる』と。この映像は全国的に配信され、ほらあそこにある大型のモニターでもずっと流され続けました」

「だから、それで」

「そのとおりになったんですよ」

自分でも釈然としていないため、速水の口も重くなった。だがそれが事実だ。虎山があとを続けた。

「通報を受けた警察が駆けつけたときには、既にテロリストたちは死亡していた。あの山門の真ん中で。状況を見ると彼らはお互いに撃ちあったのが明らかで、しかも弾丸は正確にテロリストたちの肉体だけを貫いており、一発も、鳥居にも、本社ビルにも命中していなかった。ただ一発の流れ弾も発見されなかったのよ」

探偵も因果も黙りこんだ。ようやくこの件の不可解さに気づいたらしい。

「そのようなことが二度あって、以後テロリストが別天王会を襲撃することはなくなった。この周辺で、壁の一片、ガラスの一枚も破損せずに残ったのはあの本社ビルだけです。これでわかったでしょう、別天王会が二百万という信者を集めた理由が。ここに入信すればテロリストに襲われる不安から解放される。人々はそう信じたのです」

「それもなにかの催眠術によるものだと思っているのか」

「知りませんよ」

速水の言葉遣いが、無意識に荒くなっている。

「だが死亡したテロリストの国籍はバラバラだし、日本語を理解しないものもいました。それらに一斉に催眠をかけることなど、普通では考えられない。僕はテロリストの中に大野が予《あらかじ》め信者を潜りこませていたんじゃないかという説をたてましたが」

「しかしそれであの状況を作るには、テロリストの半数近くが別天王会信者でなければならなくなり、実際的ではない、と退けられたはずね」

「ええ、まあ。とにかくそんな別天王会が戦後……じゃない、この数ヶ月変貌しました。一番の原因は、信者の家族が会師を口撃し始めたことです」

もちろん戦時中から、別天王会にはまりこみ、私財をすべて会に寄進してしまう信者に、家族の一部からは反撥があった。だが別天王会の勢力は巨大だったし、それに異を唱えれば世間を敵にまわしかねない空気があったため、そうした不満が表に出ることはなかったのだ。

しかし自衛軍の撤退によって、日本の敗戦は決定づけられ、人々は自分たちを戦争に駆りたてた犯人捜しに躍起になった。信者の離反は驚くほど少なかったが、家族は別天王会をデタラメだと断じ、寄進した私財の返還と、信者の脱会を要求した。

「その頃から大野は、月に一度、奇妙な集会を開くようになりました。その名も〔ヤミヨセ〕の会」

「やみ……よせ？」

「そこでは千人近い信者が一堂に集められます。そして大野が『罪のあるものが裁かれる』と宣言すると……」

速水は言葉を切った。ここから先はどうしても語りにくい。自分でもどうしても納得していないことだからだ。

だが、できるだけ客観的に説明するしかなかった。

「〝獣〟が、現れる」

「け、獣？」

「毛もこもこ？」

「獣です」

「犬とか、そういうことか」

「もっと巨大だと、信者は云っています。熊や、或いはライオンや虎よりも大きいぐらいだと」

「つまり、なんなんだ。あとはサイかなにかぐらいだろう」

「わかりません」

「わからない?!」

「獣を見たのはヤミヨセに参加した信者だけ。そして彼らの証言はまちまちで、共通しているのは人間より遙かに大きく牙の並んだ巨大な顎を持つ獣だということだけです。人によって白だったり黒だったり、色まで異なります」

そして獣は、ヤミヨセに集った人々の中に暴れこむ。ひとしきり駆け抜けたあと、そこに倒れている信者が必ずいる。彼らの全身は真っ赤に染まり、その首や胸には獣に引きちぎられたような傷があり、絶命している。

「問題は死亡した信者がいずれも、家族が脱会を申し入れていたり、本人が寄進した私財の償還を求めているものだったりしたことです。前者の場合、家族が強引にヤミヨセに同席していたのですが、その家族と信者本人が死亡しました。或いは取材を申しこんだ記者がいたケースもあったのですが、この記者も死亡しています。実はこの記者は別天王会に批判的な媒体のものだったことがあとで判明しているのです」

「そんなのぜっーーーたいあやしいじゃん」

因果が云った。

「会に都合が悪い奴ばっかり毛モコモコに食べられちゃってるんでしょ。犯人バレバレだよお」

速水はすぐに言い返す。子どもの考えつくようなことを、警視庁公安部が捜査していないと思われるのは心外だ。

「当然、不審死の通報があってからすぐに警視庁は立ち入り捜査している。だが、あのビルのどこからも〝獣〟は発見されなかった」

「獣が、いない？　死体は」

「司法解剖の結果、ナイフのような鋭利なものではなく、例えば大型の獣の爪や牙のような、やや鈍角の複数のものが突き刺さり、引き裂くようにして筋肉から内臓を破壊、瞬時に死に至ったことは確認できた。だが首や胸以外にも例えば手や顔など複数の場所が破壊され、また逃げまどう人々に踏みつぶされてもいたため、正確には判定できていない。いずれにせよ、その場にいた信者や会の人間全員の持ち物を調べたが、凶器にできそうなものはなにも発見できていない」

虎山が頭を掻きむしった。

「これでわかったでしょ。あの配信映像と同じなのよ。ある者には見えて、ある者には見えない。この獣も同じ。そこに確かにいたという証言があり、被害者も出ているのに、その獣の存在を私たちは証明できない」

「監視カメラをおけばいいだろう」

「それを考えないと思ったのか。三度目のヤミヨセには、僕の部下を潜入させ、指輪型の小型カメラで映像のみを送らせた。なにかが現れて、人々が逃げまどう姿は映っていた。だが肝心の〝獣〟は捉えられていないんだ」

カメラの角度と人々が逃げる様子からして、明らかに獣がそこに映っていなければいけない、という場面もあったが、そこにはなにもない。少なくとも送信されてきた映像を見る速水たちの眼には、何も捉えることはできなかったのだ。

「その潜入した部下はなんと云ってるんだ」

「薬かなにか使われたのか、証言はあてにならないが、確かに見たと云っている、黒い巨大な獣を」

速水は部下の牧田の顔を思い浮かべて、吐き捨てるように云った。

「その後彼は警察を辞めたわ」虎山が、速水にとっては屈辱的だった事実を話す。「そして今では別天王会の立派な信者よ」

速水は、そんなことは大したことではないというように、首を振った。

「結局三度までの信者と関係者の不審死を、我々は事件として立件できずにいる。死体はある。だが凶器も犯人も特定できず、目撃者はいずれも〝獣〟のせいだというばかりだ。これでどうやったら、誰を逮捕できる？　そして今夜四度目のヤミヨセが行われる。我々は今に至るまでずっと開催の中止を申し入れている。だがその回答があれだよ」

示した先には、本社を守るようにその入り口の大階段に集まった信者たちの姿があった。彼らを突破したり、強制的に排除することは今の速水たちには許可されていない。もしそんなことをすれば、次の問題が起きることはわかりきっているからだ。

「警察もマスコミも一歩も入れさせない、と頑張っている」

「しかし現金なものだな」

探偵が皮肉めいた口調で云った。速水もいつの間にか彼に対して丁寧語を使うのをやめていた。

「どういう意味だ」

「警察も戦時中は、散々別天王会を利用したんじゃないのか。おそらく彼らが好戦的な姿勢をとることで、警察が対テロ捜査に於いて強引な手法をとることを容認させたり、信者たちに反日的な言動の隣人を密告させたり、そんな手に使った筈だ」

海勝会長が推薦するだけあって、見かけよりはずっと鋭いな、と速水はようやくこの探偵を見直す気になった。

「だが時代は変わった。今では別天王会は、自衛軍再派兵を主張する危険なカルト集団だし、その内部で殺人事件を起こしているとなれば絶対に見過ごすことはできない」

「なるほど。かつて協力体制にあったものでも、摘発するのに躊躇いはない。あんたはそういう性格なんだな」

「やはりどういう意味かわからないな。彼らの犯罪行為を暴くことは正義であり、かつ政治的にも正しい」

わからない、というのは本音だった。この探偵は別天王会に対する速水の態度を責めているような口調だが、なにも恥じることはないというのが速水自身の感想だ。

速水はいっそ今夜四度目のヤミヨセでまた被害者が出れば、今度こそ別天王会に破防法を適用し、一気に根絶するチャンスとさえ考えているのだ。

探偵は、それっきり黙りこんだ。なにかを考えている様子だが、速水たちがさんざん推理し結論が出なかったこの事件に、なにかの解答が閃くとはとても思えなかった。

不意にざわめきが起こった。

階段にいた信者たちが、一斉にビルの入り口に向かい、なにかを唱えている。

会師大野妙心と、教祖別天王が姿を見せたのだ。

二人とも神道とも仏教とも違う、和服をアレンジした神秘性を演出した着物に身を包んでいる。特に見かけは十二歳ほどの少女にすぎない別天王は、常に口を利くこともなく、今日も等身大の人形のように見えた。

彼らが本社の外に姿を見せることは珍しい。いまなら直接話をすることもできるかもしれない。速水は慌てて山門を抜けて、階段に向かい走った。

その速水を、探偵と因果が追い越していく。速水は相手のコートの裾を摑んだ。

「おい、どこに行くんだ」

「あれは、大野妙心じゃない」

探偵は、階段上にいる大野を指して云った。大野はK国で仲間と共に反政府組織に捕らわれたとき、ビデオを持ち帰るという役目を担わされたために解放されたが、その際に顔に焚き火を押しつけられ燃やされたのだという。そのため、彼は顔全体を包帯で覆い、眼と口だけを覗かせるという異様なスタイルを人前で通していた。

まるで怪奇映画の登場人物のようでもあるが、それがいつも彼らが受けた傷を思いださせ、人々を大野と別天王会に熱狂させることに一役買っていた。

「君は大野の顔を知っているそうだな。だが大野は帰国したとき、進んで歯形の照合にも応じたし、家族も大野本人に間違いないと云ったんだ。包帯のせいでわからないかもしれないが」

「そんなことを云っているんじゃない」探偵は焦れったそうに云った。

すると、速水と探偵たちの接近に信者たちが気づき、たちまち大野たちを護るように、こちらを睨みつけた。

「大野妙心さん！」

速水は、信者たちを刺激しないように、バッジは出さずに、呼びかけた。

「先日もお会いしましたね。警視庁の速水です。今夜のヤミヨセはやはり中止していただけませんか。そして私どもの捜査に協力して……」

たちまち怒号が降ってきた。信者たちが一斉に速水に向かって『警察は帰れ』『違法捜査』『宗教弾圧だ』などの声をあげたのだ。

そしてジリジリと階段を降りてくる。このままでは面倒なことになりそうだ。

「おい探偵、子どももいるんだ、引きあげるぞ」

「あんたは戻れ。オレはあいつに話がある」

探偵は速水の親切な忠告も聞かずに上に進んだ。たちまち信者が彼を取り囲む。

そのとき、大野が探偵に呼びかけた。

「お久しぶりですね」

その言葉の効果は抜群だった。大野と探偵が知りあいらしいと見てとった信者たちはたちまち包囲をとき、階段の左右に奇麗に分かれた。まるで花道のように、探偵はその間を大野と別天王に向かって登っていく。因果は後ろから鼻歌混じりでついていった。

「待ってください。その人は僕の連れです。僕も一緒に話を聞かせてください」

速水は慌ててあとにつづこうとした。信者たちも今度は敵意を向けてはこない。探偵が大野の知り合いなら、この警察官にも手を出してはいけないのだろうかと、躊躇っている。よし、この隙に本社ビルに入ってしまえば。

信者たちを警戒しながら、探偵に追いつく。

「大野と知りあいというのは本当だったな。同行させてもらうよ」

と告げると、探偵はこちらも見ずに先程と同じことを云った。

「あいつは大野じゃない」

「だから、怪我をして包帯を」

「大野じゃないよ、だって大野は死んだんだ」

不意に因果がそう言った。驚いて立ち止まると、大野が信者に呼びかけるのが聞こえた。

「心配ない。警察の人たちは誰も、私たちの本社に入ることはできない」

（なにを言っている。僕はこのまま本社に入り、なんとしてもヤミヨセを中止させてみせる。或いはおまえの化けの皮を）

その瞬間、車と車がぶつかる金属音が響いた。

見下ろすと、すぐ近くの交差点で、待機していた装甲車に一台の乗用車が接触したところだった。速水にはそれが、自分たち公安部の車だとすぐわかった。

装甲車の扉が開き、揃いの制服に身を包んだ男たちが現れる。そして乗用車を取り囲むと、車内の者に圧力をかけるためゆさゆさと車を揺さぶり始めた。

すぐに虎山が駆けつけてきた。

「速水くん、あれ、君のところの車よね」

「はい、しかし、事故なんか起こすわけないんですが」

「〔公共保安隊〕と揉めるわけにはいかないわ、早く」

「しかし」

速水が見ると、既に探偵と因果は、大野に導かれて本社ビルの中に消えていくところだった。いまさら追いかけても、信者たちが通してくれるとは思えない。

そして、虎山が云うように、〔公共保安隊〕とのトラブルは絶対に避けなければいけなかった。

自衛軍海外派兵に伴い、日本国内で頻発するようになったテロに対して、当初は警察力で対処することになっていたが、すぐにそれは困難になった。反日勢力は、日本に長く潜伏していた外国人や、日本人活動家ばかりでなく、近隣諸国からの不法入国者や、新たに反政府意識に目覚めた学生など多岐にわたり、かつ広範囲で連携もとれていなかった。手製の爆弾ばかりでなく、反戦自衛官から流出した装備、さらに大陸ルートでも大量の武器がいちどきに流れこみ、一気に日本国内で内戦の様相を呈することになった。

実際取締に向かった警官隊が、自動小銃やＲＰＧの出迎えを受けて、逮捕者を出せずに撤収させられるという事件も起きたのだ。

自衛〝軍〟への編成替えに伴い、省名も『自衛省』に改められていたが、彼らはもちろん国内にも兵を展開することを希望した。しかし陸海空それぞれ主力が海外に派兵しており、また国内といっても都市部に於いて自衛軍を出動させることには、官民共に根強い抵抗があった。

そこで編みだされたウルトラCが〔公共保安隊〕である。

その前身は、民間の警備会社である。

日本の警備会社は米国による占領時代、GHQの警備に当たるためにノウハウが伝えられたことに始まり、その後いくつかの純粋に民間による警備会社が誕生した。

しかし警察力に準じる組織が民間にのみあることを嫌った政府は、東京オリンピックで警備需要が高まった時期に、自分たちの肝いりで新たに民間警備会社を設立した。その初代社長はなんと、内閣調査室の出身だった。こうして民と官、それぞれが警備会社を成長させていくという構図が続く中で、官側の警備会社は官僚の天下り先や、さまざまな不正の温床としても肥大化していった。

民の警備会社が、自動監視警備システムなどを発達させるのに対して、官側はひそかに海外にある民間軍事会社《PMC》のインストラクターなどを招くようになっていった。二十一世紀になって、外国航路の日本船が海賊に襲われるという事件が頻発していたが、武装した海賊に対し、従来の警備員ではまったく太刀打ちできず、結局船会社は外国の軍事会社から兵員を雇うことが多くなっていた。そのシェアを奪い返すために、あくまで国外においての運用ということで始めた兵士養成だったが、実際に日本でテロが起こるようになったことを好機とした警備会社は、激しいロビー活動を行い、遂に国内におけるある程度の銃器の使用を認めさせる法案を成立させた。

その結果誕生したのが、複数警備会社の共同で運営される公共保安隊だった。彼らは実際に海外の戦場で爆弾解除や、対人銃撃戦を経験したものを中心に、厳しく養成された生え抜きであり、都市での対ゲリラ戦に於いては、警察よりも、あるいは自衛軍よりも勝っていた。

そのため保安維持措置は、公共保安隊にほぼ一任され、警察はあくまでテロリストなどの捜査を担当しつつ、実際の逮捕・制圧は公共保安隊に協力を仰ぐという状況ができていた。

自衛軍は海外から撤退したが、反日テロリストはその活動をいつ再開するか誰にもわからないという名分で政府は保安維持措置の継続を認め、公共保安隊に関わる複数の特別法もそのまま施行し続けている。

公共保安隊はいわば、軍事警察なのだ。

そして公共保安隊は戦時中から、別天王会のシンパであることを隠さなかった。好戦的傾向を考えれば、当然だろう。

そのため今回の速水たちによる別天王会への疑惑も、正面切って反撃するようなことはなかったが、常に別天王会周辺に装甲車を配備し、もしも警察と信者が衝突するようなことになれば、介入しようという意図を明確にしていた。

（もしここで公共保安隊とことを構えることになれば、警察庁と自衛省の間での問題になる。おそらく公共保安隊はそれによって自分たちがまだ必要な存在であることをアピールしようとする筈だ。ここはあくまで穏便に済まさなくてはいけない。そうしなければ僕の将来が）

速水は作り笑いを浮かべながら、部下の車を揺さぶり続ける公共保安隊に向かっていく。

横で虎山が呟いた。

「大野が云ったとおりになったわね。『警察の人たちは誰も、私たちの本社に入ることはできない』って」

そのとおりだった。もしあれも別天王の言葉だったとしたら、それはまたも現実になったのだ。

ならば。人の罪を裁くという獣も、実在するというのか。

そこまで考えて速水は慌てて首を振った。

第三章　死亡者世良田蒔郎

そうだ、大野妙心は死んだのだ。

大野だけではない、佐分利も、山賀も、安田も。倉田由子も。

オレが（因果が）（オレと因果が）（いや、違う）オレがこの手で、彼らの命を奪ったのだ。


彼らに出会ったのは、K国の山村の市場《マーケット》だった。

埃《ほこり》っぽい地面に直接腰を下ろし、めいめいが持ち寄った食糧や家庭用品などを売る。夜明けすぐの早い時間帯は、村の者同士の物々交換のような時間だったが、陽が高くなってから昼までは、時折訪れる観光客などを相手にしていた。

長きにわたって反政府組織と政府軍の戦闘が続いていた。通常なら観光客など考えられない状況だが、実際はそうでもない。一番多かったのは世界各国から押し寄せたフリーのジャーナリストたちだった。

その山村は戦闘地域にほど近いものの、稀少な動物が多くいる熱帯雨林が売りの外国人用のリゾートホテルがあり、大使館勤務や支社に駐在している者も休暇に利用することで知られていた。

そのため外国人を対象としたレストランや、レクリエーション施設なども作られており、外国人記者やカメラマンも長期滞在できる。反政府組織は現在、米国などが政府軍に協力したため劣勢に立っているが、この村を攻撃すれば完全に国際的に孤立することになるとわかっている。だからここでは、彼らも中立の立場をとると考えられていた。

だがオレは、安心を求めてこの村に居着いたわけではない。

あの頃オレは、ただ疲れ果て、なににも興味を持てずにいた。

山村に辿り着く直前、オレは反政府組織が根城にしていると思われた集落に立ちよった。数日前、そこで政府軍との激しい戦闘があったのは聞いていた。だがK国の言葉は日常会話ぐらいしかできなかったオレは、戦闘が終わっているなら安心だろうという程度の気持ちで踏みこんでしまったのだ。

そこには、なにもなかった。人が生活していた痕跡のひとかけらもなく、この地域独特の木造家屋は一棟残らず、燃え滓《かす》になっていた。熱帯の植物が燃えたときに発するやや甘い匂いの中で、焦げつかせたフライパンからいつまでも漂うような金属と脂の混ざりあった不快な臭いが、強くはびこっていた。

政府軍が、この集落を完全に殲滅《せんめつ》したことは見てわかった。

オレはしばらく、炭になった家屋の残骸の中を歩き回って、奇妙なことに気づいた。

(遺骸がない)

一つも遺骸が見あたらないのだ。政府軍が捕虜にして全員を連れ去ったのか。いや、反政府組織に対して絶対に屈しないと断言している現政府がそんな生やさしい方法をとる筈がない。しかもずっと漂っている脂の焦げついた臭いが、楽観を裏切っていた。

しばらく歩くと、川に面した斜面があり、ひときわ臭気が増した。

そこに、ブディがいた。日本人の子どもであれば八歳ぐらいだろうと思ったが、いまにして思えば栄養欠乏状態のために成長が遅く、もっと年上だったのかもしれない。彼は、この集落のたった一人の生存者だった。

彼は半ば炭化した板材を使い、土を掘っていた。

なにをしているのかはすぐにわかった。すでにブディの周囲には不揃いの土山が十、二十と築かれていた。そしてまだそこに収まることができないでいる遺骸が、板に寝かされた状態でいくつも置かれていた。蠅やそれよりも大きな虫が、ビッシリとたかってまるで泥でも塗りたくったようにも見えたが、ときおりブディが板で虫を力無くはらうと、そのときだけワッと煙のように舞いあがり、そしてしばらくすると元のようになった。

どうしてこんな不安定な川沿いを選んだのかといえば、土がやわらかい場所でなければ子どもの力で穴を掘れなかったからに違いない。そのことに気づいて、かける言葉もなかった。

オレは思わずその場から後ずさった。

止めてある中古のワゴン車に辿り着いて、慌てて荷物をあさった。彼にあげられるものはないか、見つけようとしたのだ。

最初からそのつもりで車に戻ったわけではない。多分、あのときオレはその場に一秒だっていられなかっただけなのだ。だが、自分が逃げだしたと、思いたくはなかった。だから自分すら騙した。

(オレは、あの子にあげるものを探すために、戻ってきたんだ。だから、なにか見つけて、あの場にとってかえすんだ、すぐに)

そう騙すことで、やっと少年のところに戻らなければならない、と自分を奮い立たせることができた。

見つかったのはペットボトルの水だけだ。もう一度川沿いに戻ると、ブディは河に身をのりだし、茶色がかった水に口をつけていた。それが彼らの普通のことなのか、単に水道まで行くのが面倒だったのかはわからない。だがオレは差しだしかけたペットボトルを、そのまま尻ポケットにねじこんだ。

自分用の板材を探してきて、オレも埋葬を手伝った。虫と臭気に耐えられず、途中からTシャツを脱いで、それをマスク代わりに口に巻いた。ブディはそんなオレの様子を見たが、なにも云わなかった。

日暮れ前に、全ての遺骸を土の下に葬り、オレはブディの手を引いて車に乗せた。彼も特に抵抗することなく、黙って後部座席に乗りこんだ。

そしてこの村にきた。期待どおり、ここにはあちこちの村で両親を失った子どもや、子どもを探す母親などが、外国人ボランティアによって世話を受ける施設があった。医療検査を受けて、名前を登録し、親戚などが引き取りにくるまでの間、食事が提供されるのだ。政府は彼らが反政府組織の関係者である可能性もあるとして、ボランティアに警告を与えていた。

そしてオレは、マーケットの端に座って、日銭を稼ぐことになった。ブディは預けられたのだから、すぐに去って良かったのだが、もはやガソリン代も心許《もと》なく、手持ちの金を増やす必要があったのだ。K国でも電気自動車は使用されていたが、こうした山間部では充電スタンドを見つけることも難しく、まだまだガソリン車のほうが主流だった。だがこのときは、道端で住民がガラス瓶に入れて売っている一日分ほどのガソリンすら買う余裕がオレにはなかった。

手元にあったのは、数年前に機材一式と合わせて購入した16粍《ミリ》映画フィルムだけだった。フィルムはどこの国でも好まれるインドの恋愛ダンスや、フィリピンのガンアクション、インドネシアの宮廷ものなど。どれも数十年前の作品ばかりで、字幕も各国語でつけられていた。

実はどの作品も満足な状態とは云えなかった。あるものは何箇所も上映中に融けてそれを繋いでいるので、突然シーンが飛ぶ。それどころか、そもそも購入したときから一巻か二巻、揃っておらず、言葉がよくわからないオレからみてもまったく話が繋がっていないと思えるものもあった。フィルムは褪色しどれもカラー映画なのだがモノクロに見えたり、細かいフィルム傷のために観ているうちに眼がチカチカしてくるようなものもある。

そのフィルムの中で、あまり人気のなかった作品をオレは切り刻んだ。比喩的な意味ではない。フィルムを十数齣ずつに切断し、ヒモをつけて栞のようにしてみたり、プラスチックのカップに巻きつけてみたり、ガラス瓶の中にいれてオブジェに見せかけたり、いかにもK国の古い映画を使った土産物のように見せかけたのだ。

いくらなんでも莫迦にしている、とオレでも思う。だが殆どデジタルカメラしかなくなった現在では、剝きだしのフィルムを見る機会も少ない。文明国からやってきた記者やカメラマンたちが珍しがって買ってくれることもある。

だからオレは、外国人にジュースや果物、織物などの土産品を売る人々に混じって、マーケットに店をだしているのだ。なんで外国人が、という顔をされることもあったが、髭を伸ばし、肌も灼けて現地語を話すオレの存在はいつしかマーケットに溶けこんでしまっていた。

外国人が多いということは、外交官や企業人など経済的に恵まれているものだけでなく、彼らにたかるような存在もまたその周辺に集まる。所謂バックパッカーと呼ばれる、身一つで旅行することそのものを目的としてしまっているような連中や、或いはなにかの事情で本国には帰れないまま母国が同じ人間を騙すことで暗い欲望を満足させているような類もいる。

彼らはホテルの周囲の安宿に泊まったり、日がなロビーに溜まっていかにも忙しそうにしながら、自分の同国人に話しかけるチャンスを狙っている。身形は現地に合わせたつもりなのだろうが、大抵粗末だ。

そこにオレが一人増えたところで、大して目立ちもしない道理だ。

（いやこうして、週に二度か三度はマーケットに出店しているのだから、ホテルにたむろしている輩よりまじめに働いている）

大抵客は一日に一人か二人。それを待つうちに、オレはそのまま眠りこんでいた。

子どもたちの笑い声で眼を醒まされた。同時に、カシャカシャと聞き慣れた紙を丸めるような音がする。

（おいおい、なにをしてくれているんだよ）

眼に飛びこんできたのは、ケースから引っ張りだされたフィルムをその場に山にして、まるでフィルムのプールを作り、その中で遊ぶ子どもたちの姿だった。中心はもちろんブディだ。

「おまえたち、それは遊び道具じゃないって何度云ったら」

横に空リールが転がっている。犠牲になったフィルムは一巻や二巻じゃないらしい。ディスプレイのつもりで、切り刻む予定のないフィルムも置いてあったのが仇になった。前からブディたちは、何度もフィルムを遊び道具にしていた。リールからカラカラと引っ張りだしたり、陽に透かして映像を見たり、或いは地面にばらまくとフィルムが蛇の群のように広がるのが、楽しくて仕方がないらしい。

何度も注意したのだが、オレの現地語の語彙が幼児並なので、それもおかしいのか、かえって図に乗る。

そして今日はとうとう、大量にフィルムと戯《たわむ》れるチャンスを見つけたというわけだ。当たり前だが、フィルムの端は鋭利で、それにまみれていれば、手足に細かい切り傷ができる。だが子どもたちはそんなことも気にしておらず、何度も何度もフィルムを掬《すく》いあげては、シャワーのように相手の頭にかけている。

「いいかげんにしろっ、いますぐフィルムをリールに戻せ、おらっ」

オレは手近な子どもの首根っこを掴みあげた。それがキッカケになって、子どもたちがワッと散る。

「ブディ。これは映画だ。いつかおまえにも見せてやるって云ったろ。こんなことしちゃ見せてやらないぞ」

ブディは、逃げなかった。

フィルムを数本掴み、それを空にかざしている。16粍は本来テレビ映画などに用いられる規格で、スチルカメラに流用された35粍フィルムに較べれば当然一齣は小さい。それでも眼を凝らせば、そこになにが映っているのか、ある程度は見てとることができる。

二昔前のインド映画だ。民族衣装を着た男女が、壮麗なセットの前で愛を語りあっているシーンだろう。それをブディは光に透かして、ジッと見つめている。その顔は初めて会ったときとまったく変わらない。河辺でオレを見たとき、人々を埋葬していたとき、そしていま、ブディの顔には表情というものがない。まばたきをするぐらいしか動かないその顔を見て、オレはあきらめ、自力でフィルムをかき集めはじめた。土埃を指で拭い取りながらリールに巻きとるが、洗浄してももはやフィルム傷は鑑賞に耐えない状態だろう。

それでも怒る気にはなれなかった。

（オレはブディになにもしてやっていない。多分これからも、ずっと）

不意に、歌声がした。
一瞬意味がわからなかったが、すぐに日本語だと気づいた。

涙うかべて　見上げたら
虹の欠片が　キラキラ光る
瞬きするたびに　形を変えて
夕闇にひとり　夢見るようで

童謡のように、覚え易いメロディだった。どこかで聞いたような気もしたが、すぐにタイトルは思い浮かばない。
見ると、ブディの横にしゃがみこんでいる女性がいた。日本人、長いウェーブのかかった髪を紐でしばり、Tシャツにジーンズ、背中を覆うバックパック。典型的な低予算旅行者の装備だが、その横顔にはありがちな疲れた感じはなく、静かにブディに歌いかけている。

ああボクはどうして大人になるんだろう
ああボクはいつごろ大人になるんだろう

大人が歌うには、ちょっと恥ずかしいような歌詞だが、照れた様子も見えない。

ブディの手からフィルムが落ちた。

歌い終えた女性が、微笑みかける。ブディの表情がかすかに動く。そして走り去った。

「ああ、ああ、逃げられちゃった」

女性が苦笑して、立ちあがる。

彼女は気づいていないのか、さっきのブディの顔が意味するものを。いや、ここにいる中でオレだけが、気づいたのか。

女性がオレを見て、頭を下げた。

「日本の方だとうかがっているんですが」

「はあ」

「さっきの子、ブディくんの保護者だとか」

「とんでもない。全然違いますよ。オレはあいつを、この村に連れてきただけです」

女性には男性の連れがいた。彼女の名は倉田由子、男性たちは山賀達也と大野妙心だと紹介された。

「わたしたちはえぬじーおー、あれ、えぬぴーおー、あれ、どっちだっけ」

「またですか、由子さん。NGOは海外で活動する非政府組織、NPOは非営利民間団体」

「で、わたしたちはどっちなんでしたっけ」

「日本でちゃんとNPO法人の資格をとったでしょ。もちろんNGOであることにも違いはないですが」

「そりゃそうだ。オレたちのやることに、政府が協力したりするわけがない。そんな紐つきの、誰でもできるようなことをするために、オレは入ったわけじゃないからな」

大野が由子に説明し、山賀がそれを混ぜっ返す。革ジャケットに鋲打ちのリストバンドを手首に巻いた山賀は、わざわざギターケースを背負い、全身からステレオタイプのロックミュージシャン風の雰囲気を発散していたが、メンバーの中では一番子どもじみた顔をしていた。

「つまりどっちでもいいということですね、大野さん。あの、それでですね。わたしたちは反政府組織が、ブディくんみたいな親を失った子どもたちを、たくさん集めている場所があると聞いて、そこに行きたいんです。ブディくんに近くまで道案内してくれるように頼んでいただけませんか」

オレもその話を聞いたことはある。こうして国際赤十字や、外国人ボランティアによって保護される子どもたちとは別に、反政府組織は非戦闘員である女性や子どもは、自分たちの支配地域の中に集めて保護しているのだという。

「ブディの集落が反政府組織だったかどうかはわからないが」

「ただ噂は聞いたことがあるのではないかと思いまして」

「それで、そこに行けたとして、あんたたちはなにをしたいんだ。政府軍といつ戦闘になるかわからない、ゲリラたちの村だぞ」

「子どもにゲリラもなにもありません」

由子は、強く言いきった。

「玩具でも届けるのか。それとも缶詰か」

「歌です」

オレは耳を疑った。

「う――た？」

「わたしたちは〔戦場で歌う会〕といいます」

オレは、施設に戻っていたブディを見つけ、この話をした。もちろん断ると思っていたがブディはあっさりと承諾した。子どもたちを集めている村のことは聞いたことがあるという。

「だったらなんで会ったとき、そこに連れて行けと云わなかったんだ」

と訊くと、

「どこでもよかった。飯をくれるなら」

と答えた。

由子たちは最初から、オレがワゴンタイプの中古車を持っていることを知っており、それをレンタルするつもりだった。

常宿にしている安コテージの駐車場に案内すると、既に彼らのリーダーだという佐分利泰男が、オレの車の足まわりをのぞきこんでいた。なにをチェックしたところで、ガソリンを入れると走る、という以外にできることはないのだが。

車体にはかつていくつかの英単語が書かれていた。“movie”“dream”“smile”そんなようなものだ。さっきの由子の歌と大して変わりがない、ありふれた感傷だけの言葉だ。塗り替える金もなかったので、オレはその塗装をガリガリ剝がして消した。だから外装は廃棄された自動車に近い。

握手のあと、佐分利は、

「ガソリン代は別ですか」

と、訊いてきた。

「そう願いたいね」

「同じ日本人、助けあおうよ」

山賀が云ったが無視する。口には出さなかったが、彼らがわざわざオレの車に目をつけた理由は明らかだった。おそらくこの近くまではタクシーかレンタカーで来たのだろうが、ここから先の山間部は反政府組織だけでなく、凶悪な犯罪者も隠れ住んでいる。ピカピカのレンタカーで乗りこめば、たちまち車ごと持ち物全てを奪われる。命が残っていればもうけものだ。

かといってこの村でうかつに中古車や運転手を調達しようと思えば、状況につけこまれ法外な謝礼を求められる。金に困っている風の同国人であれば、そこそこの交渉で借りだせるという計算だろう。

「元々レンタカーをやっているわけじゃないので。仕事に使ってるんで」

「仕方ありませんよ」と大野が、佐分利にとりなした。「少なくとも、故障したりしている車ではなさそうだ」

そこに素っ頓狂な声がした。

「うわー、古い車ぁ」

髪をボブっぽく短くした若い女が、長髪の男性と共に近づいてくる。恋人、というわけでもないのだろうが、女は男の腕にしがみついている。食料を買い物してきたようで、男は紙袋をいくつか抱えていた。手首には動画用のメモリー・カムを提げている。

男は、オレを見ると袋をその場に置き駆け寄ってきた。

「まさか、おまえかよ」

気づいた。世良田蒔郎。なぜ、彼がここに。

考える間もなく、太い腕が首に絡みついて、グイグィと締めあげてきた。中学の部室でやったプロレスごっこそのままだ。

「こんなところでなにやってんだっ、みんな心配してたんだぞ」

世良田と一緒に来た、安田紅美が、

「知り合いなんですか？　どうして。いつ。なんで」

と、甘えた声を出した。

「中学高校と、部活も一緒ですよ、なにやってんだこの野郎」

「ええ。世良田さん、部活、なにやってたんですか」

「水泳部。だけどこいつには一度も勝てなかった」

「嘘つけ。最後はおまえが勝った」

「あれはおまえが手を抜いたんだろう。そしておまえはそのまま水泳を引退した。勝ち逃げだ」

「へえ、水泳、じゃ髪の毛クリクリ坊主にしてたんだ、想像できな〜い」

紅美は明らかに、オレには興味がない様子だった。代わって由子が説明した。

「こちらの世良田さんは、旅行会社の駐在員の方です。大手の旅行会社はどこもわたしたちに協力してくれなかったんですが、紹介してくれる人がいらして」

オレは腕をふりほどくと、改めて世良田を見た。

長髪だが、ただ伸ばしっぱなしのオレや、よくわからないパーマをかけて縮れさせている山賀とは違い、整ったストレートだ。Tシャツの下の筋肉は盛りあがり、腕も足も衰えた様子がない。トレーニングは怠っていないのがわかった。

オレが水泳を始めてからはそれしか考えられなかったのと対照的に、世良田は成績も優秀だったし、それなりに女子とも交際していた筈だ。東京の有名私大にストレート合格。

その世良田が、旅行会社の現地駐在員というのは、あまりにも不釣合いに思えた。大手ならさておき、現地に居住し、ツアーなどのガイドを担当する人間は、旅行者のなれの果てだったり、別の企業に勤めていたが日本に帰れなくなって、というパターンも多い。少なくとも内戦中に等しいK国にまだ残っている段階で、あまり成功している人間とは言えないだろう。

「おまえが、旅行会社」

「契約だよ。なんだ、らしくないってか？　いろいろ勤めてみたが、結局人に使われるってのが性に合わなくて。世界中を旅している間に、こういう仕事をすることになったんだ。おまえだって同じようなもんだろう」

「同じって」

「噂には聞いてたんだよ。この村に、巡回映画をやっている日本人がいるってな。もっとおっさんだと思ってた、ははは、紙芝居屋のイメージがあったのかな、だがまさかおまえだったとはな。これはまるで」

「運命ですね」

と、大野が云う。

オレはまだ事態がうまく飲みこめずに、ふらふらと車によりかかった。すると、由子が横から顔を出して、訊いてきた。

「あの、後ろ、なにを載せていたんですか」

「後ろ」

「後部シートが倒してあって、そこに荷物があったみたいな窪みがついているので」

確かめるまでもない。そこには、最近までずっとあるものが積まれていた。だがそれは、いまはもうない。

オレが答えないでいると、大野が車を覗きこんだ。

「ちょうどいい。シートを立てれば私たち六人に、ブディくんも乗れますね」

「いや、全部で八人だ。オレが運転する」

その言葉に、佐分利や安田はあからさまに不快な顔をした。

「貸してくれればいいんだよ、別に乗り捨てたりはしない。ちゃんと返すよ」

と、山賀も云った。

「信用できないな。その代わり後払いでいい。ブディとの通訳代はまけといてやる」

「嬉しい」

由子が云った。

「日本の方が運転してくれるなら、安心だし、ブディくんともたくさんお話できますね」

気づくと世良田がこちらを見ていた。さっきと変わらぬ、懐かしそうな笑顔だ。

だがやつと再会したことで、同行する気になったわけではない。ブディのことが心配ではあったが、それだけでもない。


しいていうなら、歌だ。倉田由子の歌が、オレに決意させた。


その日のうちに出発した。

ブディの説明によれば、反政府組織が子どもたちを集めている村は、車で二日ばかりの場所だった。直線距離ならすぐ近くだが、途中湿地帯や、岩山を抜けていくことになるので、どうしてもそれだけ時間がかかる。

初日は、近くの集落まで移動しそこで一泊した。〔戦場で歌う会〕のメンバーはさすがに長旅に疲れ、すぐに眠ってしまったようだった。

オレは番も兼ねて、車内で寝た。夜中、ふと気配に気づくと、世良田が一人で煙草を吸いに出てきていた。

オレは近づいて、煙草を一本ねだった。

「なあ、世良田」

「本気で、あいつらを案内していくつもりなのか」

「全額貰っているからな。観光地の怪しいガイドみたいに、金だけもらってドロンというわけにもいかんだろう」

「政府軍は本気だぞ。オレは実際に掃討された場所を見てきた。あんなことに巻きこまれたら、とても逃がせない。さっさと引きあげるように言え」

世良田は小さく笑った。

「どうした、すっかり自分だけ外国慣れして、日本人は平和ボケだと告発している、どこかの評論家みたいだな」

「そんなつもりはない。だがおまえだって、内心あいつらを見てイラッときてるんじゃないのか。戦場で、歌を、歌う？ そういうボランティアがあることは知っているさ。恵まれない子どもたちに、レクリエーションを与えるのもいいだろう。だがあいつらは」

世良田が冷たくオレを見た。

「久しぶりに会ったんだ。そんな話はもういいだろう。それよりどうしてたんだ、これまで」

オレが答えに迷っていると、あの声がした。

「わたしも興味があるなあ」

　倉田由子だった。

「おトイレに起きちゃったんです。そしたらお二人の声がしたから。ごめんなさい、お邪魔でしたか？」

　世良田が微笑んだ。それはどこか、受付嬢が客を迎えるそれに似ていた。

「とんでもない、歓迎ですよ、どうぞ」

　と、横の切り株に座らせた。

「こいつ、オリンピック候補だって言われていたのに、水泳やめて、そのあと大学もやめて、突然フラッと海外放浪ですよ。なに考えてんだって、みんな心配してました」

「へえ。どうして水泳、やめたんですか。今までどこでなにをしてたんですか」

　由子の眼が真っ直ぐオレを見つめていた。水泳を引退すると発表した理由として『このまま続けても金メダルをとれないから』とネットに書いたら、その発言を叩くものはいても、『本当の理由はなんだ』と訊くものはいなかった。誰もが勝手に憶測し、『そうなんだろう？』と答え合わせを望んだ。

　怪我、トラウマ、恋愛問題、進学問題、世良田とのライバル関係、話題性、遅れた反抗期、スキャンダル隠し……およそ考えつく限りの〝真相〟がひねりだされ、それは推薦で進学した地元の大学でもぶつけられ続けた。

「巡回映画、知ってますか」

オレは、話を飛ばした。

「はい。映画館のない地域に、スクリーンと映写機持っていって、上映するんですよね。古い日本映画で、学校の校庭で映画を上映しているのを見たことありますが、ああいう感じですか」

オレは頷いた。

「オレも最初はテレビで見たんですよ。インドか、パキスタンか、もしかしたらイランだったかもしれないけど、そこを舞台にした映画をやってて。若者たちが、ひょんなことから巡回映画の車を預けられて、村々を回るんです。するとそれを楽しみにしていた人々が、遠い場所から集まってきて、まるで無人のようだった村で、カーニバルが始まっちゃうんですよ。夜になると映画の上映。人々はスクリーンに夢中で、子どもたちがニコニコ笑っている。それを見てね、なんだかこれだ、と思っちゃったんですよ」

そうだ。オレは自分にできることを探していた。できそうなことなら、なんでもよかった。ただ、人が笑ってくれることなら。もしかしたら、水泳とは一番かけ離れたことを探していたのかもしれない。

大学に入ってから、青年海外協力隊や、各国の大使館などに問い合わせ、ボランティアで巡回映画をやることも可能だとわかったので、バイトした金で単管プロジェクターを購入し、ハードディスクにダウンロードした映画を溜めこんで、そのまま旅立ったのだ。

「で、どうでした。映画もテレビも見たことない子どもが、眼ぇキラキラさせて集まってくるんでしょう。わたしね、昔聞いたことがあるんです。生まれてから一度もテレビを見たことがない国の子どもって、眼の光が曇ってないんだって」

「だったら、そんな子どもたちには映画だって見せないほうがいい」

と、オレは苦笑した。

「実際に行ってみるとね、確かに映画館がない地域は沢山ありましたよ。でもね、そこにもゲームはあった」

子どもたちは、中古の携帯ゲーム機を所有し、それに夢中だった。僻地であればあるほど、緊急時用にインターネットや携帯電話は必須だったから、当然それに対応したアンテナも建てられる。彼らはゲーム機を通して、簡単に世界中と繋がっていた。

オレの映画に見向きもしない子どもたちが、地べたに座りこんで海の向こうの見知らぬプレイヤーと格闘通信ゲームで対戦して嬌声をあげているという光景は、最初はあまりにも衝撃的だった。

だがあきらめる気にはならなかった。

「プロジェクターはすぐに壊れた。電圧が不安定な地域に対応してなかったんだ。こうなると粗大ゴミでしたよ」

「それで、どうしたんですか」

「日本大使館に頼みこんで、古い16粍映写機を持っている人を探してもらった。日本では一応免許みたいなのを持ってないと上映できないんだけど、そんなことといってられないからやり方習って。金持ちがコレクションしてた映画のフィルムも譲ってもらって、今度はそれを見せて回ることにしたんです」

「すごい」

由子が顔の前で手を合わせた。

「あきらめなかったんだ。絶対あきらめなかった。すごい。そうですよね。喜んでくれる人がいるんだもん」

すごいことじゃない。いつの間にか、そうするしかなくなっていただけだ。水泳はやめた。大学も退学した。いまさら日本に戻ったところで、なにもしたいことなど思いつかない。あの人たちに――合わす顔がない。

思いだされる、オレを育ててくれた人たちの笑顔。

あの笑顔に報いることを、オレはまだなにひとつ成し遂げてない。

退路が気づかぬうちになくなっていた。

「フィルムにしたからって、子どもたちが喜ぶわけじゃなかったですけどね。映画館のないところを探すうちに、どんどん観光客なんか行かない地域に入りこむようになっちゃって、何度も知らないで国境を越えちゃってたこともあって」

「一体なにやってんだよ」

　世良田が顔をしかめる。

「だいたい、ちゃんと習ったわけでもない映写技師に、錆びついた映写機だから、二度に一度はトラブるんですよ」

「トラブルって？」

「まず虫ですね。ランプとスクリーンに向かって夜行性の虫が突進してくるんです。あるときやけに画面が暗いなと思ったら、ビッシリ虫が張りついていただけだったり」

　だが、観客たちはその虫を追い払うオレの姿に、喜んで拍手を送った。

「機械にフィルムを巻きこんじゃったり、あと、回転が止まってランプの熱でフィルムが燃えだしちゃったり」

　そしてスクリーンに映しだされたものが溶けていくたびに、また観客たちはわいた。オレは彼らの笑いを受け止めることもできずに、汗だくでフィルムを繋ぎ直していた。

「いいですよね、映画って。苦しい生活を送っていても、ひとときの夢や希望を与えることができて」

「映画を喜んでいるわけじゃない。異国人のオレが滑稽で笑ってるんですよ。映画なんてどうでもいいんだ。面白いのはフィルムが融けることなんですよ」

「わたしはそうは思いません。きっとあなたの姿を、大人になって思いだす子どもがたくさんいますよ。そしてその子たちが大きくなって、またあなたみたいに」

「それじゃ、まるで呪《のろ》いですね」

世良田が茶々を入れて、由子は黙った。

オレは世良田の言葉を何度も、心の中で反芻した。〝呪い〟。そのとおりだ。オレは呪われている。

「車の屋根にスクリーンは載ってるけど、映写機はどこにあるんですか」

オレが答えて、その夜は終わった。

「捨てました」

二日目、車は人が住まない地域に入った。森を抜け岩だらけの山を登っていく。ブディは時折思いだしたように道を指示したが、懐かしそうな顔もせず、知人の姿を探し求める様子もなかった。

一日中、車を走らせて、人影も見ないまま、日が暮れた。岩山の山頂近くに広場状の空間を見つけ、そこで野宿すると決める。

山賀がギターを持ちだすと、焚き火を囲んでの合唱が始まった。オレもよく知らない、日本の古い歌を次々にメドレーしていく。

最初、大きな声を出すのは反政府組織を刺激することになるのではないか、と考えたが、ブディが大丈夫だ、と言った。こんな人も通わない場所には盗賊はもう現れない。そして歌声に気づいて反政府組織の人間が近づいてくれれば、かえって手間を省けるのではないか、と。

（それも、そうか。しかしブディはやはり、早く反政府組織の連中に会いたいのか）

表情が殆ど変わらないブディの真意を推し量ることは難しかったが、オレはそう納得することにした。

簡単な食事を終えて、合唱は続いた。ブディも安田の膝に座らされ、彼らの歌を聞いていた。日本語の歌なんて聞いても仕方ないだろうと思っていたが、本人が動こうとしないので、放っておいた。

オレは一人、車の傍らから離れなかった。もしものときすぐにエンジンをかける必要があったし、いつまでも続く莫迦騒ぎに参加する気にもなれなかったのだ。彼らはキャンプファイヤーのつもりかもしれないが、ここはK国で、いまも政府軍が反政府組織への包囲を狭めている紛争地域なのだ。

一人でいる理由はそれだけではなかった。前夜のことがあったからか、由子は運転しているオレに、隙あらば話しかけてくるようになっていた。殆どは巡回映画で廻った先の村や子どもたちの反応についての質問だったが、それに混じって『なぜ水泳を突然やめたのか』『どうして映写機を捨ててしまったのか』という問いが混ざっていた。オレはその質問が出るたびに、わかりやすく不機嫌な反応を示したつもりだったが、由子はまるで意に介さず、少しするとまた質問を繰り返した。

やっとそれから解放されたつもりだったが、気づくとまた由子が近くにきていた。歌声は山賀の独壇場になっているようだ。

バックドアをあけっぱなしにして、そこに腰掛けていたオレの横に座ると、車内に手を伸ばす。

「わあ、キレイ」

それは、土産品に加工するために切り刻んだフィルムの一部だった。コマ数が中途半端なので、そのへんにうっちゃった切れ端が、シートに張りついていたらしい。

オレはそれを受け取ると、お湯を沸かしていたシングルバーナーのガソリン・ストーブに投じた。瞬時に燃えあがって、消える。

「もったいないの……」

「土産物にもならない半端品だから。栞や飾り以外に、使い道もないし」

「だからって映画の断片なんでしょう」

「だからって、役に立たないことに変わりない。いや、映画だって、歌だって、断片じゃなくったって、結局ここではなんの力ももたないのかもしれない」

その言葉に、由子がこちらを睨んだ。

「歌も、ですか」

「失礼。〔戦場で歌う会〕でしたね」

「もしかして、私たちのこと莫迦みたいだって、思ってますか？」

「とんでもない」

オレは、わかりやすく嘘をついた。もちろん相手に嘘だと伝わるように、だ。

「大変、立派だと思ってますよ」

「どう考えられてるか、わかってます。日本でも、散々云われてきたんだから。ううん、もっとひどいことも云われたなあ。売名行為だとか、自殺志願だとか」

その口調に『だけど自分たちは違う』という自信を感じて、オレは反撥した。

「じゃあ訊くけど……わざわざ平和な日本から紛争地域に出かけてって、歌うたって、それでなにか変えることができるんですか？」

「本物の戦闘をしている国にくるのは今回が初めてです。でも今までも、家族や両親を戦争や災害で喪くした子どもたちの施設で歌わせていただいて、疲れきった子どもたちに、一瞬だけでも笑って貰うことはできたって、思っています」

「その満足感が報酬？」

自分の言葉がどんどんキツくなっていることはわかっていた。だが、由子の言葉、一つ一つが癇にさわって仕方がない。

「そりゃ笑うでしょう。子どもが笑うのは、あなたたちが滑稽だからですよ。あとはお菓子もくれるからかな。子どもたちは莫迦じゃない。あなたたちのことなんて、とっくに見抜いています。あなたたちが、自分たちのために来たんじゃないってこと。誰かのために本気でなにかをしようなんて、これっぽっちも考えていないってこと。だから、笑うんですよ。だけどあなたたちは、歌い続けるしかない。自分たちがなにかを変えていると信じこんで。それはね、自分自身が、無力でちっぽけな存在だと認めたくないだけだ」

由子は眼を大きく見開いたままで、必死になにかに耐えている。ただ涙だけは一筋、頬に線を描いて、落ちた。

言い過ぎだとはわかっていた。そもそもまだ会って一日足らずの彼女らのことなんか、オレにわかるわけがない。投げつけた言葉は、どれも本当は――。

「それは、ご自分のことですか？」

大野だった。後ろに世良田もいる。大野の言葉は穏やかだが、二人が怒っているのは、さりげなく由子を立たせて後ろにかばう動きからあきらかだった。

「いろいろと悩みがおありのようですね。うちは一応、代々神職でして、なにか悩みがおありなら」

大野は、こちらを窺うような目つきで、合掌してみせた。

「大丈夫ですよ、こいつは。さ、倉田さん、歌いましょう」

世良田が促し、大野が由子を焚き火の方に連れて行く。

残った世良田は、無言でさっきまで由子のいた場所に座った。小さく溜息をつく。

「ぼくの顧客なんだ。快適な旅を約束している。邪魔はしないでくれるか」

そう云うと、メモリー・カムをこちらに向けた。観光客への記念サービス用に持ち歩いているのだと云っていた。

オレは、コッヘルの湯にインスタントコーヒーを混ぜて、差しだす。世良田は軽く手を振って断ると、尻ポケットからスキットルを取りだし、口に運んだ。かすかにウイスキーの香りが漂う。

そのまま、暫く黙っていると、山賀のギターにのせて、由子の歌が聞こえてきた。前日ブディに歌っていたのと、同じ曲だ。

　夢の中では青い空を
　自由に歩いていたのだけれど
　夢から覚めたら飛べなくなって

「アニメの、歌だってさ」

世良田が、ポツリと言った。

「そうか。そっちはクラいからな」

「どっちにしろ、ぼくたちが生まれる前の歌さ。彼女のお父さんがアニメ好きで、よく聞かせてくれたとか」

そんな、どうでもいい話をボソボソとしていると、歌がサビに入った。

ああ　ボクはどうして大人になるんだろう
ああ　ボクはいつごろ大人になるんだろう

「世良田はすっかり大人だな」

まだ冗談のつもりでオレが言うと、世良田は真剣な顔になった。

「もう、自分探しはいいだろう」

それがオレに向けられた言葉とは、一瞬わからなかった。そのときまで〝自分探し〟などというのは、もっと暇で目的意識がないやつがするものだと決めつけていた。

「そんな、安っぽい言葉で、人の人生をまとめないでくれ」

「じゃあ、どう言えばいい？　どんなに否定しても、ぼくから見れば、おまえがやってることは、自分探しそのものだ」

冗談じゃない、そんなものじゃない、否定しようとするが、言葉が出てこない。

「日本に帰れ。こんなとこにいても、なんにもならない」

「それはできない」

「意地になるな」

「オレは、まだなにもしていない。なにひとつ、できていない」

「じゃあ、なにをしたいというんだ」

そのまま、また沈黙が訪れた。

やがて眠りこけたブディを佐分利が抱いてきて、それを機に世良田は自分たちのテントへと引きあげていった。


シートを倒したスペースで、ブディと眠った。夜中過ぎに気配を感じて眼を開けると、ブディの頭越しに、由子の顔があった。いつの間にか車に入りこんで、一緒に横になっていたらしい。

さっきの涙を忘れたような穏やかな笑顔で、こちらを見ている。どれぐらいの間寝顔を見られていたのかわからず、オレは眼を背けた。

「なにやってんだ」

と訊くと、由子は唇に人差し指を当てた。

「ブディくんが、淋しがってるんじゃないかと思って」

「それで添い寝か。独り寝なんて慣れてるよ、日本の子どもじゃないんだ。大体オレだって一緒だ」

「それでも多分、わたしが安心できるから。こうやって寝ている顔を見ると」

オレは、由子がまた綺麗事を云っているように感じた。

「ああ、つまりそういうことだよな。別にブディのことが本当に心配なわけじゃない。単に自分が満足したいだけなんだ」

由子は、今度は泣かなかった。

「それも、あなたのことですか。大野さんが云ってたみたいに」

責めるではなく、優しい気遣うような声だった。

オレはなにも言い返さなかった。そのとおりだったからだ。もう隠すことなどできなかった。さっき由子に投げつけた言葉の一つ一つが、オレ自身に云ってやりたかったことに他ならなかった。自分で自分に嘘をついて、気づかないふりをしながら、本当は自分はもう一生なにもやり遂げられない、ちっぽけな人間だと認めるのを恐れていた。

あのとき、オレは、どんな顔をしていたのだろうか。

由子が手を伸ばしてきた。オレの髪に触れ、優しく撫でる。幼児をあやすように。オレはされるがままにしていた。

「いたっ」

と小さく呟き、由子は一度手を引っこめると、今度はソッとオレの髪に指先を差しこんだ。そして五齣程のフィルム片をつまみだす。ゴミが髪の中に潜りこんでいたらしい。

二人で顔を見合わせて、苦笑した。

由子はそれを、月明かりにかざした。

「これ、もらっていい、ですか」

「ただの、ゴミだよ」

「でもキレイです」

そのとき、オレは彼女の質問に答える決心をしていた。いや、前日に歌を聞いたとき、もうしていたのかもしれない。だからこそ無理矢理に彼らについてきたのではなかったか。

「どうして水泳やめたのか、って訊いたよな」

彼女がこちらを向いた。

「水泳は、人に喜んで貰える唯一のことだった。子どもの頃から、それぐらいしか自慢できる特技はなかったから――」

オリンピック代表候補になれる、という声が聞こえだすと、応援してくれる人がグッと増えた。これまで世話になった人だけでなく、見知らぬ大人たちもプールサイドに詰めかけ声援を送ってくれるようになった。それを迷惑だなんて思わなかった。オレの生い立ちを知る人たちから、高校生になっても義援金が送られてきていて、オレはその封筒の差出人を見知らぬ観客たちに重ねあわせて感謝していた。

「子どもの頃からずっと『きみがいつか、人のためになるようなことをしてあげれば、それが一番の恩返しだ』と云われてきた。オレは両親を亡くしてから、本当に沢山の人に世話になって生きてきたから、その人たちへの恩返しは、自分が誰かのためになることだと、信じていた。そして考えた。オレにできること。それは笑顔だと。泳いで一等になれば、みんなが喜んでくれる。笑顔で応援してくれると、そう信じた」

だがいつからか、自分の中で不思議な感覚が生まれた。泳ぐことが、競うことが、楽しくて仕方ないのだ。世良田という、良きライバルもできた。同じ学校に通っていた彼とは、当然地区大会で一位を競いあう仲になった。勝っても、負けても、それは楽しい経験だった。そして、それではいけないのだ、と気づいた。

「どうして、いけないの。水泳が好きなら、楽しくて当たり前じゃない」

と、由子が訊く。

「違う。ダメだ。オレは自分のために泳いでいたわけじゃない。誰かを喜ばせるために、笑顔になってもらうために、泳いでなきゃいけなかったんだ。そして次第に自分の限界がわかってきた。このままだとオリンピック候補に選ばれたところで、世界の舞台で金メダルをとることなんてできない。そういう見極めがついてきた。だけど、たとえ勝てなくても水泳を続けたいという気持ちがあった。だから、オレは、水泳をやめたんだ」

「——どうして」

「オレが負ければ、金メダルをとれなければ、きっと悲しむ人が出る」

「みんな、あなたが頑張れば、笑顔で迎えてくれるわ」

「だが、一人でも笑顔を失うなら、それは意味がないんだ。オレは自分のために泳いでいるのか、人のために泳いでいるのか、自分の心の奥で本当はなにを望んでいるのか不安になった。だからやめたんだ。やめなければいけないと思った」

次の目標はなんでもよかった。水泳を楽しいと感じてしまった自分に罰を与えるような、それとはかけ離れたものであれば。

そしてテレビで見た巡回映画に飛びついた。それまで英語をはじめ、外国語を熱心に学んだこともないし、外国に憧れたことは一度もなかった。だが、自分が一度も興味をもったり好きになったりしたことがないからこそ、それで笑顔をうみだすことができれば、それは人のためになることなのじゃないのか、そう思ってしまったのだ。

しかし、結局それは自己満足以下の結果しかもたらさなかった。

「オレは、人に笑顔を与えることなんて、できやしなかった」

「そんなことはない。夕べ云ってたじゃないですか。映画を見て、みんな笑ってくれたって」

「それはオレが笑わせたんじゃない。機械を壊し、フィルムを燃やして右往左往する姿を笑われてただけだ。オレがなにかしたわけじゃないんだ。その証拠に」

オレは、ブディの頬に触れた。

「オレはブディの笑顔を見たことがない。こいつに笑顔一つくれてやることができないんだ」

集落の埋葬を終えて、ブディをこの車に乗せた時、オレは巡回映画を説明しようと、リールからフィルムの端を引っ張りだしてブディに見せた。

「ブディはそれを口にくわえたんだ」

「え？」

「映画どころか、フィルムだって見たことがなかった。疲れきったところにオレが差しだしたもんだから、フィルムを食べられるもんだと思ったのさ。ガムか、キャンディーみたいにね」

ブディはすぐにフィルムを吐きだし、オレを見た。騙した、と怒っているわけでも、不味いと悲しんでいるわけでもなく、ただ無表情だった。

オレはそのとき気づいた。ブディは、ただの一人の子どもではない、と。彼の後ろに、オレが今まで出会ってきた多くの人々がいた。その人たちはみんな同じように無表情にオレを見ていた。

オレは、その人たちのだれにも、なにもしてあげられていない。

オレが受け取ってきたものの、恩返しなどできてはいない。

「だから、オレはブディの集落跡に、映写機を捨ててきた。もう必要ないものだったからだ。オレは誰かに笑われることはあっても、本当の笑顔なんて一つも作りだせやしていなかったんだから」

唇が震えて、最後のあたりはちゃんとした言葉にならなかった。

由子が、オレの手をそっと握った。

「どうして、話してくれたの」

「きみには、できたからさ」

「なんのこと」

「やっぱり、気づいてなかったんだな。昨日、初めて会ったとき、きみはブディに歌いかけた。ブディはすぐに走り去っただろう」

「うん、逃げられちゃった」

「違うんだ。あのときブディの表情はかすかに動いた。こいつの唇の端がこう、持ちあがって、笑いかけたんだよ」

きっとそれは、オレにしかわからない僅かな変化だったろう。だが何度もブディを笑わせようとして失敗してきたオレにはすぐにわかった。彼は思わず笑顔を浮かべかけて、恥ずかしくなって走りだしたのだ、と。

「オレにできないことを、きみはやってみせた。オレは完全に打ちのめされたよ」

「違うわ。わたしはなにもしていない。あなたはちゃんと人のためになることをしてきた。だって、笑われるのと、笑わせるのと、そんなに違うことかな。相手が笑顔になるなら、それってどっちでもかまわないんじゃない」

由子の瞳が、真っ直ぐオレを見つめている。

オレが彼女に手を伸ばそうとすると、間にいたブディが寝返りをうって、なにかを呟いた。

オレと由子は、思わずふきだした。声を殺しながら、その場で笑い転げた。

笑いながら、考えていた。オレはまだ、彼女に全てを話したわけではない、と。オレにはずっと、もう何年も考え続けてきたことがあった。

そもそもオレは本当に、だれかのためになりたかったのだろうか。

翌日、車は岩山の谷間に迷いこんでいた。両側が崖で、車一台分の幅しかない道が曲がりくねって続いていた。ブディも実際に来るのは初めてのようで、すぐに方向の指示ができなくなっていた。

それでも世良田は熱心に、なんとか谷から抜けだす道を見つけようと、周囲に目をこらしていた。

オレは前夜に由子と話したことで、彼らと一刻も早く離れたい気持ちになっていた。自分が由子に惹かれているのはわかっていた。だからこそ、これ以上一緒にいれば、離れがたくなる。しかし彼らはそれを喜ばないだろうし、自分を連れて行ってくれなどと恥ずかしいことを言いだすこともできない。

そもそも自分は次になにをすべきなのか、それが見つからないままで女を求めるなど、水泳から逃げて巡回映画に飛びこんだ愚を繰り返すようなものではないのか、という躊躇いがあった。

そんなことを言いだすタイミングもないまま、ただ車を走らせていると、午後になって突然、車の後ろで爆発音が起きた。

爆風のためか、車体が後ろからフワッと持ち上げられる感触があり、タイヤが横滑りした。オレは慌ててブレーキを踏んだが、加速は止まらなかった。

「止まるなっ」

と、世良田が叫んだ。

バックミラーを見ると、すぐ後ろで土埃が舞いあがっているのが見えた。車のエンジンかなにかが破裂した音かと思ったが、そうではないらしい。

続いて、鳥の鳴き声のような飛来音がしたかと思うと、左側の崖が爆発する。その衝撃で車はコントロールを失いスピンするのを、オレは必死に立て直す。

車内は由子や安田の悲鳴で満ちていた。

「なにが起こっているんですか。安全運転。安全運転でお、お願いしますよっ」

佐分利が叫ぶ。

「なにかが、飛んできている」

さっきから、世良田に借りたメモリー・カムで車窓からの風景を録画していた大野が、叫んだ。

「見ろ、崖の上に人影がある」

大野が、ファインダーモニターをひねって、こちらに向けた。電子ズームで拡大された右の崖の上の映像が、激しいブレの中に撮されている。そこには、何人もの人影があり、一様に、釣り竿ケース大の物体を肩に担いでいた。

「対戦車ロケットだ。多分RPG」

世良田が、云った。

「ロシア製? じゃあ反政府組織か。なんで問答無用にこっちを攻撃してくるんだ」

オレは懸命に走らせながら、喚いた。曲がりくねった谷間の隘路では、加速することもできない。とにかくできるだけ蛇行した道に入りこんで、崖の上からの死角に入りこむしかない。

山賀が後ろの席から身を乗りだし、オレと由子の間に座っていたブディの髪を摑んだ。

「こいつが案内したんだから、話をさせればいいだろう。お、おい、あいつらにやめるように云えよ」

ほっておくと、そのまま窓から放りだしかねない勢いだ。由子が無言で、山賀の手を払いのけた。

「いきなり攻撃……そうか、荷物だ」

世良田が天井を指した。

「ルーフに、スクリーンが二本、丸めて縛りつけられている。遠目にはあれが兵器に見えているのかもしれない」

いまさらそんなこと云われても、停車して荷物を外すこともできない。三発目、四発目が次々と背後に着弾した。車との距離はどんどん縮まっている。

そして五発目が、今度は行く手に着弾した。左側の崖に命中し、土埃が舞いあがり、岩が崩れてくる。視界を失い、急ブレーキをかけようとするオレに、世良田が叫んだ。

「あそこだ、裂け目がある」

指差したのは、破壊されたばかりの崖だった。岩肌が崩れ、そこに暗い窪みのような空間ができている。どれぐらい奥があるのかはわからないが、頭上からの死角になるのは間違いなかった。

オレはブレーキから足を離し、加速した。

車一台入れるほどの崖の裂け目に入りこんで、途端、車がつんのめった。

地面が無かった。

崖にあいた空洞と見えたのはそのまま、地下深くに至る、深く長い亀裂だったのだ。

もはや悲鳴を上げるものもなかった。車体はほぼ真っ逆様に、滑り落ちていく。

十数米垂直に落ちたところで斜面になり、そこで車は横倒しになった。尖った岩に覆われた斜面を転がり、やがて平たい地面のある場所に放りだされた。

車内は、苦痛の呻きに満ちていた。日本人らしく律儀にシートベルトをつけていたものが多かったが、車が縦に横に転がったのだ。殆ど意味はない。唇を切ったり、手足をぶつけていないものはいなかった。

オレ自身、ハンドルに肋骨を叩きつけられていたが、その痛みに耐えながら、フロントグラスを肘で割り除き、車外に這いでた。

すぐにガソリンの臭いに気づく。横倒しの車体の下に、黒い染みが広がりつつあった。

オレは車内に身体を乗りだし、逃げろ、と叫んだ。そしてブディや由子を引っ張りだそうとする。

天を向いているサイドドアから、世良田や大野たちが脱出する。

シートベルトを外すのに手間取っている安田のために、もう一度車内に戻り、ベルトを外してやって身体を車外へ押しだした。全員が脱出したのを確認して、オレもフロントガラスのあった場所から外に出ようとしたとき、ガソリンに引火した。電気系統のショートだろう。

一気に車が跳ねあがり、ドアや外装の一部が吹き飛んだ。オレは熱と爆風に翻弄されながら、車体から放りだされ、そのまま空中を飛んで離れた岩壁に叩きつけられた。首の後ろ側になにかが突き刺さる感じがあって、視界が真っ暗になる。

1

別天王会で会師の補佐を勤める牧田《まきた》全作《ぜんさく》は、困惑していた。会師大野妙心に心酔し、彼の指示に従うことを喜びとしている牧田だが、今日の来客についてはどうしても納得できなかった。

汚らしいコート姿で、髪も髭も伸び放題の〔探偵〕、いかがわしいことこの上ないが、こちらはまだ我慢できる。

彼が連れている、パンダ柄のマフラー帽をかぶった少年は、何者なのか。やけに白い肌で、まるで少女のように睫毛が長い整った顔立ちをしているが、さっきから案内する牧田に従わず、あちらこちらビルの中を飛び回り、その度に捕まえるのに苦労している。

しかも名前が〔因果〕だと。もちろん仮の名だろうが、神聖なこの別天王会本社に畏れる様子をまったく見せない態度が、不遜だった。

「速水警視は、まだ懲りていないようですね。今度はあなたのような人間を送りこんでくるなんて」

牧田は、情報を集めておこうと、探偵に質問を投げかけた。

「オレが一緒にいたのが、速水だって知ってるんですね、もしかしてもう一人も？」

「東京地検の虎山検事でしょう。速水警視はなぜかあの人には頭があがらない。検察と警視庁の公安は、この別天王会を破防法の対象として弾圧したくてたまらないようですね」

探偵は、牧田の口調になにかを感じたのか、ああ、と頷いた。

「あなたが警察のスパイだった人ですか」

牧田はまったく動じない。彼は別天王につかえることで、過去のあやまちを浄化している最中なのだから。

「はい。お恥ずかしいことです。私は警視庁公安捜査一課の人間として、別天王会に潜入いたしました。しかしいまは別天王さまに疑いを持つなど思いもよりません」

「あなたが［ヤミヨセ］を隠し撮りしたんですよね」

「お恥ずかしいことです」

「映像にはなにも映っていなかったということですが、あなたは見たんですか、その……〝獣〟を」

牧田は誇らしい気持ちで頷いた。そうだ、ヤミヨセの獣。それが邪心を持つ信者に覆い被さり、その首筋に牙を突き立てる光景を、彼は確かに見た。それが彼の別天王崇拝のキッカケだった。

「ええ、見ました。その場にいたもの全員が見ております」

「だったらその獣がどこにいったのかも知ってるはずだ」

「いいえ。ヤミヨセの獣は、別天王さまのお力によって、その夜にのみこの世に形為《な》す存在です。役目を終えれば、帰っていくだけでございますよ」

「それでは、別天王や大野妙心の殺人の証拠はない、ということか」

この男もその程度の理解しかできないのか、と牧田は情けない気持ちになった。なぜ大野会師はこんな男にわざわざ会うことを許可されたのか。

「殺人など、ここでは一度も行われておりません。ただヤミヨセの獣の裁きがくだっただけにございます」

「その毛モコモコって、いつみれんの」

因果が、訊いた。

「今夜は月に一度のヤミヨセですから、もしその場に不信心者や悪心を抱くものがおれば、顕れることでしょう。私はそんなことはないと祈っておりますが」

そう云って牧田は合掌した。

本社の長い通路の先にある大扉を抜けると、螺旋階段がある。そこから本殿が見下ろすことができた。本殿は大学の講堂ほどの大きさがあり、別天王と大野は正面にある幕から出入りするようになっていた。

その階段を降りていく途中、探偵がまた訊いてきた。

「ところでさっきのあれ、どうやったんですか」

「あれ、とは」

「まただまた。大野妙心が、『警察の人間は入れない』と云った。すると公共保安隊だっけ、その車輛と公安の車がトラブルを起こして、本当にそれどころじゃなくなり、誰もオレたちについてくることはできなくなった。あれ、無線で保安隊に連絡とったのはあなたですか」

牧田は立ち止まり、探偵を見つめた。本当にこの男は度し難い莫迦だ。

「私どもはなにもしておりません。そもそも公共保安隊の方々は、大野会師を護国の鬼なとと賞賛しておられますが、私どもと協力体制にあるわけでもなく、連絡先も存じ上げません」

「ではたまたま、あのタイミングで事故が起きた、と。そんなことってありますか」

「それになんの不思議がありましょう。『警察の人間は入れない』と別天王が発せられたならば、それは必ず現実になるのです」

「別天王の言葉が現実になり、接触事故が起きますか？」

牧田は、決然と答えた。

「ならば逆にお聞かせください。私もあの場におりました。明らかに事故は保安隊側からではなく、公安の車がカーブを曲がり損ねて、起きたものに見えました。私どもが保安隊と共謀したとしても、こんな事故を演出できますか。公安が協力しなければ有り得ないことでしょう」

ようやく探偵は言葉を失い、牧田は満足した。そうだ、別天王は真の現御神《あきつみがみ》なのだ。そのことに疑いを挟むものを、私は救っていけばいい。かつての私が救われたように。

階段を降りきると、大野会師と別天王が、既に待っていた。牧田はその場で深く礼をするが、探偵も因果も突っ立ったままだ。

大野はそんなことを気にもとめずに、両手を広げた。

「実に懐かしい。まさかご無事とは思いませんでした。あれからどうされていましたか」

「大野、妙心」

探偵は不敬に呼び捨てするのをやめない。牧田は注意すべきかどうか躊躇った。すると探偵はそのままスルスルと大野に近づいて、すぐ前に立った。

「あんたは、死んだ筈だ」

「死んだ。私が」

「だから、あんたは大野じゃない。復員したものが、顔を隠して別人になりすます。ありふれた手だ」

もう我慢できなかった。牧田が探偵を取り押さえようと前に出たが、それより早く、彼は許し難い行動に出た。

手を伸ばし、大野の顔に巻かれた包帯を摑んだのだ。

「人を見る、それは樹の如きものの歩くが見ゆ――か。オレにもあんたが樹のように見える、棒っきれだ。下手な芝居をしている、でくの棒ってやつだよ」

摑んだ包帯を一気に引っ張る。伸びた包帯が緩み、隠されていた大野の素顔があらわになる。

「さっきの電話はなんのつもりだ。正体はとっくにわかっている。いつまで遊んでいるつもりだ、世良田蒔郎」

探偵が叫んだ。

オレの前に、由子、安田、佐分利、山賀、大野がいる。さっきまでオレの運転するワゴン車に乗っていた〔戦場で歌う会〕のメンバーたち。

オレたちの車は、ロケット弾で攻撃された。同乗していた世良田は、ルーフに積んだスクリーンが武器に見えてるのだと叫んだ。確かに太い筒状で二本あったから、遠目にはミサイルのようにも見えただろうか。

だが、そのスクリーンも今は燃え、世良田の姿も見あたらない。

車は崖に開いた亀裂に呑みこまれ、そのまま地下深くの空洞に落下して、炎上爆発してしまったのだ。その前に車から離れて、誰一人怪我しなかった様子なのは、不幸中の幸いだ。ただ一人、オレが死んだことをのぞけば。

「もう我慢できない。ミダマを喰《は》むよ」

オレの口から、意味のわからない言葉が紡ぎだされる。口だけではない。オレの手足、身体の全てを支配しているのは、いまやオレの中にいる〔因果〕を名乗る存在だ。何者かはわからない。だがそいつは確かに意志を持っている。オレは視ることも聴くことも考えることもできている。だが指先一本動かす自由は失っていた。

因果は、オレが死んだ、と云った。確かにさっきまでオレの首には、野球バットほどもありそうな太さの尖った木片が、首の後ろから喉に向かって、貫通していた。乏しい知識でも、それが脊髄から大動脈まで破壊していることは簡単にわかる。生きていられるわけがない。

だがオレの身体は動きだし、いまは呼吸もしている。心臓が鼓動を打つ音も聞こえている。さっき触れたとき、首に開いた穴が消えて新しい皮膚が張られているのも確認した。全てが因果の仕業なのだとすれば、既にオレは死んでいて、肉体は因果のものになっていると考えるよりない。オレはどこか他人事のように、自分に起きた事態を捉えていた。

足が前に向かった。地面にへたりこんでいる由子以外の四人が、後ろに下がる。彼らにとってもはやオレは一種のモンスターなのだろう。当たり前だ。瀕死の傷がみるみる治癒し、わけのわからぬことを言いながら立ちあがったのだ。オレだって、できることなら逃げだしたい。

「ミダマを喰むのは、いったいいつぶりだろう」

因果がさらに進む。由子はようやく立ちあがったが、他の連中のように逃げようとはせず、逆にオレに近づいてきた。

「よかった、無事なんだよね。傷、見せて」

と、手を差し伸べる。オレはとてつもない悪い予感に襲われ、必死に身体をとめようとするのだが、どうにもならない。

そのとき、なにかがぶつかってきて、オレの（因果の）前進が阻まれた。子どもが、オレの足にしがみついていた。ブディだ。

「悪魔だ。本当だったんだ。悪魔がいたんだ。こいつの中に入りこんだ」

ブディが叫びながら、オレの足を叩く。由子たちにその言葉はほとんどわからなかった。

「あ、あの子、いままでどこにいたの」

「仏像みたいなのが並んでいるだろう。あの後ろから飛びだしてきたぞ」

「ちょっと待て。あの子、〝悪魔〟がどうとかって言ってないか」

四人はこちらの様子をうかがいながら、ひそひそと話しあう。由子だけはブディの肩に手をやろうとしたが、強く払われた。

「ブディくん？」

ブディがオレの足を摑む。小さい指だが、それでも食いこんで、痛みを感じた。因果に支配されていても、痛みはきっちり伝えてくれているらしい。

「爺さんたちが言ってた。昔々、このあたりで戦《いくさ》があったって。戦を起こす悪魔がいて、そいつに会うとみんな喰われてしまうんだって」

ブディがオレを見た。泣きだしそうな顔をしている。感情を失くしていた筈なのに。

（オレの中にいる悪魔ってのがそんなに恐いのか、ブディ）

「じゃあ、まずおまえからにしようかな」

オレの（因果の）手がブディの髪を摑み、そのまま引っ張りあげた。ブディが抵抗して、足でオレの胸や顔を蹴る。痛みは確実にあるが、オレの身体は微動だにしなかった。

「やめてください。子どもですよ」

由子が飛びついてきたが、オレの足がその腹を蹴った。

「さあ見せてよ、ミダマを」

因果が、言った。

ブディの眼から光が失われ、その手足が力なく垂れさがった。口が半開きになる。

(――光る、蝶)

オレには、確かにそう見えた。

ポロリ、ポロリと、ブディの口からこぼれ落ちてくるものがある。それは光を放つ蝶のような形をしていた。次々に絶えることなく現れ、くちづけをねだるように飛んで、オレの(因果の)口に吸いこまれていく。歯がそれを噛みしめる。舌が絡めとる。なにかが存在するという感触はない。なのに、オレの口の中いっぱいに、熱くとろけるような甘美なものが広がった。年代物のポートワインか、貴腐ワインを含んだような、いやそんなものとは比較にならない。液体でも固体でもない。光そのものを味わっているような、その感覚にオレは一瞬で痺れた。

そして蝶と同時に、ブディの口から言葉が溢《あふ》れだしていた。まるで彼の言葉がそのまま光の蝶に変じていくように、オレには思えた。

最初は呟くようだったが、次第に大きく、はっきりとしていく。

「みんな、死ねばいい、みんな、死ねばいい、みんな死ねばいい、みんな、死ねばいい」

表情は虚ろだが、声ははっきりと憎悪をまとっていた。

「みんな、みんな、悪魔に喰われて死ねばいいんだ」

ブディの口がハッキリと開いていく。その度に光る蝶が現れる。次々と口に飛びこんでくる甘美なそれを、オレは中毒になったように求めた。そして気づいた。ブディの顔が次第に恍惚としていくことに。まるで言葉を吐きだすことで、快感を得ているように。

（もしかして、光の蝶を喰うだけでなく、産みだすことでも、同じ感覚を味わうことができるのか）

そう考えれば、ブディの声がどんどん大きく、そして加速をつけていくことも納得できる。オレもいまや（もっと、もっとたくさん）と、光の蝶を口いっぱいに頬張りたくなっているのだから。

「ぼくはしらない、しらない、しらない。子どもたちがいる村なんてしらない。聞いたことない。悪魔がいる場所。きてはいけない場所につれてきたんだ。見物にきたガイコクジン、ぼくたちの国笑いに来たガイコクジン。ざまあみろ。みんな悪魔に喰われて死んでしまえ」

ブディが叫ぶ。オレにだけはわかっていた。それが、ブディの心の底から吐きだされている、真実の叫びだと。そうだ、この甘美、これは秘めた真実を露わにすることで得られる禁断の味なのか。

（これが、ミダマ）

オレは、脳天から爪先まで突き抜ける強烈な熱さに似た快感に意識を集中させながら、理解した。

目の前で、ブディの胸が内側から爆《は》ぜた。

肋骨が外側に突きでて、筋肉が引きちぎれ、肺が破れ、血が煙のように舞いあがる。

そこから無数の光る蝶が、いや、ミダマが飛びだす。口からポロポロとあらわれていたのとは、大きさも光も量も比較にならない。大量のそれがオレの（因果の）口に、一気に飛びこんでくる。

因果は全てを喰い尽くすと、ブディから手を放し、唇を拭った。地に落ちたブディの身体は、まるで体内で巨大な風船が膨れて破裂したように、腹から首にかけて大きく裂けた状態で、とっくに生命の兆候を感じさせないものになっていた。

そのときになって安田が悲鳴をあげた。空気が続く限り叫んで、短く息を吸うと、さらに叫ぶ。甲高い悲鳴がいつまでもいつまでも続く。

佐分利も山賀も止めようとしなかった。冷静な青年宗教家のような言動をしていた大野も、小刻みに震えている。

由子の眼にも、もはやオレへの心配や同情はなく、恐怖のみが浮かんで見えた。

「ブディ……くん」

それでも立ちあがろうとした由子を、山賀が押しとどめ、ギターをオレに突きつけた。

とにかくなにかを武器の代わりにしないと、立っていられない様子だ。

「その子になにをしたんだ、おい」

佐分利が掠れる声で云った。

「みりゃわかるだろっ。殺したんだ、こいつが」

山賀が喚き返す。

「でも、どうやって。彼は子どもを摑んで持ちあげていただけだ。突然大きく口を開けて、子どもがわめきだしたかと思ったら、口から胸にかけて……爆発するみたいに」

大野が、答えを求めて呟く。それが山賀を刺激したようだった。

「そんなこといったら、あいつだって首んとこぶさってなってたの、見ただろ。なのにその傷も消えて、へらへら〜て平気顔じゃねえか。まともじゃねえんだよ。さっき、ガキが悪魔って言ったんだろ。そうだ、悪魔だよ、ゾンビだ、ゾンビ！」

「ゾンビは嚙みつくものだろ、身体が内側からはじけるなんていうのは、超能力でもない限り」

佐分利が反論したが、誰も答えようとはしない。

「もういや！」

安田が絶叫した。

「帰りたい。お願い、帰らせて。世良田さん、世良田さんはどこ。どこですかぁぁ」

だが世良田の姿は見えない。

(オレと同じように、爆発に巻きこまれて吹き飛んだのか)

昔の友が瀕死で倒れているかもしれないというのに、それもオレにとってはどこかテレビの中の出来事のようだった。もはやオレの興味はさきほど体験した、甘美にしかなかった。ブディが最期に放ったものはひときわ強烈で、一瞬は満足したが、すぐに倍増す餓《かつ》えが襲ってきていた。

(ミダマ……)

「はは、そうだ、ミダマが欲しいだろう。あれほどのものはほかにない」

(ミダマって、なんだ、人の、命か。おまえは人の命を喰う……悪魔なのか)

オレの口から、イヒヒヒ、とひきつるような声が漏れた。因果が、嗤《わら》ったのだ。

「いひ、命ぃ? 人間の命なんか、そんな大したものなのかい。教えてあげるよぉ。ミダマっていうのはね、きみたちのなかにあるものだ、奥の奥の、一番奥に蔵《しま》ってあるものなんだよ」

その言葉は、由子たちにはっきり聞こえているようだった。

「わたしたちの、中にあるもの」

由子と大野が、顔を見合わせる。山賀はそれ以上聞きたくないというように、ギターを振りあげた。

「ぶつぶつ、ぶつぶつ、気持ち悪いんだよっ。ゾンビなら、頭潰せばいいんだよな。潰せるよ。潰してやるってばさあ」

渾身の力でギターを、叩きつけてきた。

だが、弦の切れる音が響いて、ギターはオレの顔のはるか手前で停止した。

なにか太くぬめぬめとしたものが、ギターに絡みついていた。つきたての餅を伸ばしたようなそれは、見ればオレの肩から生えている。腕だ。オレの左腕が変形してうごめきながら、山賀のギターネックに何重にも絡みつき、大蛇のようにその自由を奪っていた。その締めつける力で弦が断ち切れたのだ。

「ひゃあああああ」

山賀がわめきながら、必死にギターをもぎとろうとすると、締めつけられた部分からネックが割れるように折れた。ボディが転がって、マヌケな音をさせる。

残ったネックをナイフのように突きだそうとした山賀の首に、オレの腕が絡みついて、一気に引き寄せた。

「やめてぇえ」

これから起こることを予感したのか、安田が叫んだ。だが誰も近づこうとはしない。

山賀のひきつった顔が、オレのすぐ前にあった。首を締められているのに喚き続ける。

「なにすんだよ、おれはこわくねえぞ、いつ死んだっていいんだ、おれは。やんのか。ええ、やってみろよ、てめえなんか、か、か、か」

オレが(因果が)見つめると、山賀の顎がガクンと垂れさがり、よだれとともに光の蝶をしたたらせ始めた。ブディのものに較べると、小粒で光も鈍い。

ミダマを因果が啜りこむと、山賀の声が強くなった。

「わかってるさ。オヤジに言われるまでもない。オレの歌なんて誰も本気で聞いちゃいない。道で歌っても、ハウスで歌っても、喜ばれやしてないんだ。まして外国で歌ったって、誰も喜んじゃいない。みんなあの莫迦って顔してるんだろ。だけど忘れられる。ここなら、言葉もわかんない。嘘でもありがとうって言って貰える。ぜんぶ忘れて、歌ってられる」

山賀の身体が弾けて血の霧が漂うと、中でミダマがふわふわ舞った。もはや安田の悲鳴も聞こえない。オレは因果が口に運ぶミダマに集中する。

由子が大野に話しかけていた。

「いま、山賀さんが言ってたこと、聞こえましたか」

「うん。まるで死を前にした告白みたいだが、たとえそう思っていても、絶対に口にしないことじゃないか、今のは。まるで本音だ」

「無理矢理、云わせたみたいでした」

「いや自分の考えていることなんて、誰にもわからない。自分が思ってもいないようなことだって、心の奥底には眠っていることがあるかもしれませんね」

大野は、確かに宗教者らしく、冷静に分析しようとしているようだった。だが由子は、首を振った。

「あれが山賀くんの本音だなんて、私は思いません」

もはや、オレを（因果を）止めるものはなかった。

怯えて動けない安田紅美は、天を見上げながら、歌うようにミダマを吐きだした。

「あはははは。あたしたち一人一人が世界を変える力になる、あたし、いつもそう云った。だから自分がまず変わらなくちゃいけないんだって。自分が変われば世界も変わる。人の想いって凄いんだって。私の想いが、世界を変える力になるんだって。そんなことあると思う？　ないない。ないない。ぜっったい、あるわけない。でもそう云うとすっごい気持ちいい。なんにも努力なんかしないで、ただ思うだけで、気持ちだけで、世界が変わるって信じると、なんかたまんなく気持ちいいの。だからあたし、このまま、なにもしたくない。変わりたくなんかもないない。あたしはあたしが大好き。あたしはあたしのままでいいの。あたしが変わる必要なんかない」

真っ赤に染まって安田が動かなくなると次は佐分利だった。リーダーでありながら、佐分利は逃げだそうとしていた。岩肌をよじのぼろうとしたが、爪が剝がれるだけで終わった。

オレは（因果は）佐分利の足首を摑むと、そのまま地面に引きずり倒した。それでも佐分利は匍匐前進のような姿勢で、前に逃れようとする。グルッとひっくり返してやると、眼が合った。途端にだらしなく口が開き、太く膨れたミダマが次々にあふれだした。

「どうして私だけ、運が悪いんだ。どうしてあいつらだけ馬鹿みたいに金を稼いでいて、私はいつまでも貧乏なんだ。私は誰よりも頭が良いんだ。一番努力している。だから私は金をもっていて当たり前じゃないか。もっと私に注目しろ、もっと私をとりあげろ。お父さん、あなたは云いましたね、新聞記者が一番偉いんだ、オレの記事が世論を動かしているって。あはは、だったらぼくはあなたの新聞に載ってやる。新聞は、テレビはどこだ。こんなところまできてやっているんだ。莫迦みたいに歌を歌ってやってるんだ。凄いだろ、凄いだろ、凄いだろ私を褒めろ、褒めろ、褒め」

蝶というよりも、丸ごとのハムに小さな羽根がついたような形のミダマが、後から後から産みだされた。胸だけではなく、腹からも、手からも足からも噴出が続き、全てを因果が口におさめる頃には、もはやそこに佐分利の面影をとどめるものはなく、融けた雪だるまのような異様なものが地べたに張りついているだけだった。

オレは残る二人に向き直った。大野妙心と倉田由子。ミダマを貪り尽くしたいという欲望に支配され、安田も佐分利もミダマが詰まった缶詰のようにしか見えていなかったが、由子だけは違った。昨夜のことを思いだす。オレにはできなかったこと、ブディに表情を取り戻させることができた女。

無力でちっぽけな、もう一人のオレ。

(なあ、因果。ミダマって誰にでもあるのか)

「そうだなあ。ごくたまに、殆ど持ってない人間もいるね。でもここにいるやつらは、どいつもこいつも丸々と膨れあがったのを溜めこんでいる。もちろんキミもね」

(わかるのか)

「そもそも、それがぼくを起こしたんだよ。ぼくはずっと眠らされていた。誰もここにくることはなかったからね。でも久しぶりの人のミダマを感じて、その断片が流れこんで、眼を醒ましたんだ」

オレの血が流れたことを言っているのだとしたら、こいつはオレのミダマに触れたのか。

(いったいどんなミダマだ、オレのは。知りたい、オレは知りたいんだ)

「なんで自分のミダマがわからないのさ。溜めこんだのも自分自身なんだよ」

自分のことは全てわかっているつもりだった。

人々に恩返しをするために、誰かの笑顔のために、自分にできることを探すんだと決めた。それ以外のことは全部忘れた、そのつもりだった。

だがオレは、そのために生きてきたと本当に言えるだろうか。

映画をもって歩き回った。プロジェクターが壊れて、映写機に変えた。何度も何度もフィルムを巻きこんで、燃やして、クシャクシャにして、そのたびに笑われた。それはオレが望んだことじゃなかった。

とうとう映写機も捨て、フィルムを切り刻んで売っているオレは、それでもまだ誰かの笑顔のために生きているのか。人のためになにかすることで恩返しをしたいと。それがオレの本当の望みか。心の中でオレが、本当に求めているものは、まったく違うものではないのか。

心の中なんて、知りたくもないと思っていた。

それも嘘だ。知りたいのだ、オレは。そしてブディや山賀や安田や佐分利のように、全てを吐きだして、死んでしまおう。口に喰むミダマがあれほど甘美なら、ミダマを発するときはそれに勝る喜びをオレに与えてくれるだろう。

(わかっていたはずだった、だがいまはもう違う)

「人間の習性ってほんとに不合理だなあ」

(知りたいんだ。誰かのためになる、そんなの本当は最初から願っていやしなかったんじゃないのか。水泳を諦めたのも、単に自分の限界を悟っただけなのに、人の笑顔を言い訳にしただけじゃないのか。オレは、本当はなにを望んでいた。なにをしたかった。なにになりたかった。オレは、誰だ)

因果が、言った。

「——教えてあげるよ、最期に」

それがオレには、神のお告げのように聞こえた。由子を見た。それをミダマの缶詰だと思いこもうとする。

（わかった……なら……すまそう）

オレは（因果は）大野に向かった。由子がむしゃぶりついてくる。

「ねえ、待って。あなたはなにかに操られている、そうなんでしょ。さっきから変だもの。ほんとうのあなたはどこにいるの。正気を取り戻して」

（ほんとうのオレか。それを知るために、おまえたちを喰むのだ）

オレの手が由子の頬を張った。

彼女がよろめいた隙に、大野を掴む。両手で顔を挟みこんだ。大野は合掌し眼を閉じていたが、逃れられないと悟ったのか、薄目を開いた。

途端に口からミダマが噴きだしてきた。

「私は見たかったんだ。地獄が。人と人が殺しあう、本当の地獄が。それは戦場に他ならない。そこで私は知ることができる。この世には神も仏もいないのだ。人は、他人を殺すために、ただそれだけのために生まれてきたのだと。そして決心できる。親がやっているように、口先三寸ですがってくる信者たちをたぶらかし、その財産を巻きあげ、ただただ自分たちの快楽のために生きる。土地を買い、建物を築き、女を囲い、商いにのみ励む。自分の欲望のために神の名を口にする。そうだ。それが地獄だ。私は、私の手で地獄を作りだしたかったんだ」

巨大なミダマが、大野の口から出てこようとしていた。それはミリミリと音をたてて口を押し広げたが、それでも出てくることができない。

ついには口が裂けた。あごから喉が割れ、そのまま胸がはじけた。上半身全てが裏返るようになって、ようやくあらわれた巨大な光る蝶は、オレの（因果の）口にあっさりと呑みこまれていった。

2

牧田は、あまりのことに一瞬動きが遅れた。

既に大野会師の顔を覆っていた包帯は足下に落ち、探偵は手を伸ばした姿勢で固まっていた。

包帯の下からあらわれたのは、もちろん大野会師自身の顔だ。額から鼻にかけて、焚き火を押しつけられたという火傷痕が広がり、頬には、口にナイフを突っこまれそのまま切り裂かれたという大きな傷がひきつれて残っている。だが元の顔立ちはその状態でも見て取ることはできた。

大野は、自分の顔に触れてみせた。

「ひどい有様でしょう。いかがですか。私の顔、思い出していただけましたか」

探偵は、納得できないように、因果という子どもを見た。

「因果、こんなことがあるのか、こいつの顔」

「うん。傷はひどいけど、大野妙心だね」

因果も不承不承というように頷く。

「世良田、とおっしゃいましたね。確か旅行会社のガイドさんだった。行方不明のままだとうかがっています。それで私と間違えられたのですか」

「そうじゃない。オレは、確かにあんたを」

「私を、どうされたと」

「生きていた、というのか」

「記憶が混乱されているようですね。あなたが運転する車が、反政府組織に襲撃された。あの子どもは最初から私たちを罠にかけるつもりだったのですよ。ゲリラたちは私たち五人にしか興味なかった。あなたや世良田さんが日本人だとは思わなかったのかもしれない。だから二人は放りだして、私たちだけを連行した。最後にあなたを見たのは、ライフルで殴られ、崖下に突き落とされる姿でした。ですからお元気な姿を見られて本当に嬉しい」

大野は再び手を広げた。包帯をとるという非礼をされてもなお、この男を抱擁しようというのだ。牧田は会師の器量にあらためて感服した。

だがそれを探偵は、無にする暴挙に出た。

いきなり会師の胸倉を摑んだのだ。

「ならばなぜ包帯で顔を隠していた。この別天王とかいう少女はどこから連れてきた」

もはや許せなかった。牧田は探偵の肩を後ろから摑み、大野から引き剝がした。

「会師は傷を負われた顔が子どもや女性に怖い思いをさせるのではないか、という優しい心遣いから包帯されているに過ぎない。貴様、検察になにを吹きこまれたか知らないが、ヤミヨセは神聖なる儀式だ。凡俗には理解できまい」

思わず拳が出ていた。探偵の顎に命中する。

探偵がよろける。

「出ていけ、即刻出ていけ」

牧田は叫び続けていた。

3

公共保安隊の部隊長と速水警視の話しあいが続いている最中、探偵と因果が本社ビルから姿を現した。彼らを迎えたのは虎山泉一人だった。探偵は顎に手をやり、痛そうに顔をしかめていたが、なにがあったのか訊いても答えようとはしなかった。

「大野妙心はあくまで今夜のヤミヨセを行うそうだ」

「そんなことは許可できない。その場でまた信者が死亡する可能性がある」

「だったら大野にそう言うんだな」

泉は、思わず探偵を睨んだ。公共保安隊とのトラブルは、保安隊を所管する自衛省との問題になりつつあった。既に東京地検に自衛省から抗議がきているという連絡もある。このまま強引に強制執行をかけるような許可は誰も出してはくれないだろう。あくまで大野たちが信者たちを殺害している、という確かな証拠が必要なのだ。

「あなたの、推理を訊かせてちょうだい」

泉の問いに、探偵は、

「大野が、今夜のヤミヨセに招待してくれた」

と答えた。

「あなたが、ヤミヨセに？」

「すべてはそれを見てからだ」

そう言うと、そのまま立ち去ろうとする。

「どこにいくの。ヤミヨセまで何時間もない。それまで車で待機してちょうだい。監視カメラをとりつけさせてもらう必要もあるし」

だが探偵はそれを承諾しなかった。

「これから行くところがある」

泉は、もしかしたらこのまま逃げられてしまうのではないか、という不安からなんとか引き留めようとした。すると探偵は、強い調子で、

「オレは、検察の依頼で別天王会を調べるわけじゃない」

と云った。

「なら、どんな理由があるというの」

「オレは、K国で死んだ五人を知っている。だからはっきりさせたいだけだ。全てを」

探偵は歩きだした。何かを口ずさんでいる。泉の知らない歌のようだった。

「ああ、ぼくはどうしておとなになるんだろう……」

4

大矢は、そのずんぐりとした身体を、公園の茂みの中に押しこんでいた。

彼が潜んでいる場所から、遊歩道を挟んで反対側に位置するベンチに、探偵を名乗る男と子どもが座って、なにかを待っていた。

倉田美津子から通報を受けてすぐに駆けつけたときには、検察を名乗る女が現れたことで退散したが、大矢は諦めてはいなかった。

本部に照会すると、あの眼鏡をかけた小生意気な女は、確かに東京地検の二級検事だった。公安部に所属しているということから、これまで大矢たちとの接触はなかった。女が現在担当している事件が〔別天王会信者連続不審死事件〕であることを知り、あの場に現れた理由もあきらかになった。別天王会の大野は、倉田由子たちと同じ〔戦場で歌う会〕メンバーであり、ただ一人の生き残りだった。あの探偵とも顔見知りだったということなのだろう。

それはつまり、大矢たちにとって垂涎の捜索対象である、世良田蒔郎とも同行していたということを示している。

世良田の消息で、公式に確認されたのは、K国でのことであり、そのときあの探偵や戦場で歌う会と同行していたことは確かである。一度はそのまま殉職したと考えられていたが、最近になって世良田を目撃した、という情報が散発的に寄せられた。いずれも非公式なものであり、彼が生存して帰国しているという証拠はない。

だが別天王会の周辺で彼が目撃されたことから、その関係が取りざたされ、大矢たちは世良田の消息を再確認する必要に迫られたのだ。

そうした矢先にひっかかってきたのが、あの探偵だった。

予想どおり探偵は、倉田家のあと、別天王会に現れた。大矢たちはあらかじめ先回りして監視体制を敷いており、検事と別れたあとも探偵を尾行してきたのだ。

探偵と子どもが、皇居に近いこの公園に入ってもう十分ほどになる。明らかに彼らはなにかを待っていた。

イヤホンからは、指向性マイクで捉えた探偵たちの声がはっきりと聞こえてくる。さっきから聞こえる、ガサガサというノイズは、探偵がせがまれて買ってやった菓子パンの袋を、子どもが開けているものだ。

因果、という名の子どもについて、大矢たちは情報を持っていなかった。探偵や世良田、大野たちに、K国で現地人の子どもが同行していたことは確認されている。だが因果は銀髪に白い肌で、K国人の浅黒い色とはまったく異なるし、流暢な日本語で探偵と会話している。いまも楽しそうにパンを頬張る姿は、K国からの密入国者にはとても思えなかった。

ただ一つ気になるのは、探偵が入国したときの記録に、因果らしき子どもは併載されていなかったことだった。

探偵は、自分もパンを口に運びながら、因果をまじまじと見て言った。

「ミダマでなくても食えるのか」

先ほどから二人の間には、このミダマという言葉が何度か出てきているが、大矢はその意味を摑んではいなかった。

因果は髪を搔きあげて、まるで大人の女性のように色っぽい目つきをすると、

「身体は、人間だからね。忘れたの？」

と答える。掻きあげた髪の下から覗いた顔の右半面は、紫を帯びた黒い痣に覆われていた。

身体は、人間。では中身はなんだというのか。戦争中に発売禁止になった、人間ソックリのロボットでR．A．Iというのがあったが、自分はそれだとでもいうつもりだろうか。しかしロボットならばますます、パンを口にするわけがない。

大矢は混乱しながら、盗聴を続けた。

「ミダマってのは結局、人が隠している秘密のことなのか。それとも、真実か」

「そんなややこしいもんじゃないよ。まだわかんないの。本当に人間は人間についてなにもしらないんだね。あれは、叫びだよ」

「さけ……び」

「全ての生物にはそれぞれ習性がある。例えばある種のアリは胎内に蜜に似た成分を溜めこむし、駱駝は瘤に水を溜めている」

「あれは水じゃない」

「そうだっけ？　とにかくさ、それと同じように、人間は、ミダマを溜めこむんだよ」

因果は、妊娠したことを示すように、腹の膨れた手真似をしてみせた。探偵は、わからん、という顔で袋をクシャクシャと丸めた。

「要はさ、人間そのものだよ」

「ますます、わからなくなった」

「わからなくてもいいさ、そのうち教えてあげる」

「ああ、そういう約束だからな」

わからないのは、こっちだ、と大矢が呟きたくなったとき、木のきしむ音がした。

慌てて茂みを透かし見ると、探偵たちの隣のベンチに、一人の男がきて腰掛けたところだった。

探偵がそちらを見て、息を呑む。男は探偵に顔を向けないまま、呟いた。

「よく、戻ってこれたな。日本はどうだ」

確認するまでもない。長髪を後ろに束ね、ダークカラーのスーツに身を包んだその男は、大矢たちが探し求めていた男——世良田蒔郎だった。

周囲に張りこませていた部下から、次々に通信が入ってくる。彼らも世良田の顔を確認し、驚きながら、すぐに確保するのか、と聞いてきていた。

だが大矢は、しばらく静観するように指令する。世良田がいままでどこにいたのか、なんの目的で探偵たちに接触したのか、それを確認してからでも遅くない。

既に包囲は完了している。大矢の部下は警察のような甘い手段はとらない。全員が武器を携帯し、場合によっては手足を撃ってでも、必ず世良田を捕獲するよう命令を受けている。逃がす心配は万に一つも無かった。

「この人、誰」

と身を乗りだした因果を無視して、探偵が声をかけた。

「世良田。やっぱりあの電話はおまえだったんだな」

「こちらを向くな。おまえもぼくも監視されている」

世良田の言葉にヒヤッとなったが、こちらの見張りがばれていたとしてもいまさらどうすることもできない。一人や二人の部下は、世良田の視界に入っているかもしれないが、まさか十数人がこうして周囲に潜んでいるとは、彼も気づいていないはずだった。

おそらく世良田は、尾行を予測し、たとえその姿が見えなくても、監視されていると判断しているのだろう。逆に言えば、それだけの危険を冒しても、どうしても探偵に会わなければいけない理由があったことになる。それはなんなのか。

「どうして、オレがあの家にいるとわかったんだ」

「倉田由子の家か。おまえが日本に帰ってきたら、きっと彼女の家を訪ねるだろうと思っていた。なにしろお気に入りだったからな」

「オレが帰国したとは、いつ」

「そんな話は、いい。時間がないんだ」

倉田美津子が世良田と名乗る人物から電話があった、と言っていた。ではあれは、本当に世良田からだったのか。

「大野妙心は、危険だ」

と、世良田は相変わらず、探偵たちと他人を装い、足下の鳩を見つめながら言った。

「あれは、本物の大野なのか。大野は死んだはずだ」

大野妙心が死んだ、とは新情報だった。おそらくあの探偵はなにか混乱している。大野は本人名義のパスポートで帰国し、顔が著しく損傷していたため、わざわざ自分から歯形による身分確認を申しでたほどなのだ。本人はDNA検査でもかまわないと言ったが、外務省はそれには及ばないとした。歯型は一致する、と複数の医師が断言した。

「いいか。全ては大野の陰謀だったんだ。彼はK国で、奇妙な力を手に入れた。それが別天王だ」

「奇妙な、力だと」

「おまえならわかるはずだ」

ちらりと世良田が探偵を見た。探偵が因果を見て、それから世良田に向かって頷く。その仕草の意味も大矢にはよくわからなかった。

だが以前から大野妙心は、強力な催眠術のようなものを使っているのではないか、と言われている。或いはそれに用いる薬物を入手したというのも考えられる話だ。

なるほど、大野は平和的なNPOを装って、海外で違法薬物を手にした。そして証拠を消すために、反政府組織に、仲間を始末させた——とでもいうことか。そう考えれば、いくつかの疑問は解消される。

世良田が言葉を継いだ。

「大野をこのままにはしておけない。それはおまえも同じだろう」

「大野が日本に持ち帰ったビデオ映像のことを言っているのか。あれも全部、偽造だというのか。しかし」

世良田が頷く。

「全てを明らかにするには、証拠が必要だ。今夜ぼくはヤミヨセに侵入するつもりだ」

「オレもそこに招待されている」

「やはりな。大野はおまえのことも『K国での生き残り』として信者たちにお披露目し、また過激な好戦方針を明らかにするつもりなんだろう。ぼくはその場に乱入してヤミヨセのからくりを暴く。頼む、協力してくれないか」

探偵は、しばらく考えているようだった。因果がしきりに袖を引いているが、無視している。

「世良田。どうしてオレに頼む」

「友達だからだ。違うのか」

世良田の言葉に、探偵はまた黙りこみ、やがて一言。

「わかった、では今夜」

世良田は嬉しそうに頷き、ベンチから立ちあがった。

大矢は、部下に指令を出した。公園の出口で世良田を捕獲する。世良田と探偵が、別天王会の秘密を暴こうとしていることに興味はない。大矢たちにとっては、これ以上世良田を自由にさせないことだけが重要だった。

茂みの中を移動する大矢の耳に、悲鳴が届いた。

もはや隠れている余裕もなく、茂みから飛びだした。

悲鳴の主は世良田だった。

〝獣〟が巨大な顎で、世良田の腕から胸にかけて、くわえこんでいる。

見たこともない獣だった。大きさは小型トラックぐらいか。眼や鼻らしきものは見あたらず、牙が鮫のように何列も並んだ顎だけが、顔の前面にある。手足はあるが、全身はツルッとしており、毛に覆われているようにも見えない。そしてその声。まるで信号音が鳴り続けているようなそれは、木枯らしがビルの間を吹き抜ける音色にも似て、とても生物が発するものとは思えなかった。

探偵と因果が駆けつけてきていた。

「世良田」

探偵は獣に驚きながらも、まだ呑みこまれていない方の、世良田の腕を掴もうとした。

だが間に合わなかった。底なし沼に沈んでいくように、世良田の身体は一気に獣の口の中に消えていき、一瞬後にはそこにはなにもなくなっていた。

「こいつ」

因果が獣に摑みかかろうとしたが、獣が高く跳んだ。また木枯らしの音色がする。そしてそのまま空に溶けこむように、獣は消滅した。

全ては悪夢の中の出来事のようだった。すぐには起きたことを理解できず、大矢はそのままふらふらと、世良田と獣が存在していたアスファルトにへたりこむ。

「あんた、倉田の家にきた人だな」

探偵が、大矢に気づいて、そう声をかけた。そのときになって大矢は、姿をさらした愚を悟った。慌ててイヤホンマイクに、

「撤収！」

と叫ぶと、走りだす。探偵も因果も、追ってくる気配はなかった。

世良田は、死んだのか。だとしたら、この五年あまりにおよぶ大矢の任務も終わりを告げたことになる。

だが、さきほどの獣が現実に存在したのかどうか、大矢はまだ確信できないでいた。いまはただ公園から一歩でも遠ざかりたい。大矢の頭を占めているのはそれだけだった。

第四章　探偵結城新十郎

1

ヤミヨセの儀式は、日没後にはじまると決められていた。本社ビルの中の殆どの空間を占めている、本殿と呼ばれるホールには、厳しく身元確認を受けた信者千人近くが集合し、揃いの会服を羽織り、会師と教祖の到来を待ちかまえていた。

それだけの人がいるというのに、僅かな衣擦《きぬず》れをのぞけば、咳《しわぶ》き一つしない。既に三ヶ月連続で死者が出ているということが、信者たちに特別の緊張を強いていることは一目瞭然だった。

その中で唯一、チリンチリンと鈴の音を響かせながら、せわしなく動く小さな影がある。因果だ。もともと子ども同伴でくる信者は殆どおらず、死者がでてからはなおさらだから、それだけでも目立つのに、パンダ柄の帽子をかぶった少女のような眼をした美少年が、あちらこちらと駆け回るのだから、信者たちはどう反応していいのかわからずにいるようだった。

『ねえ、ヤミヨセの獣って見たことある』

『今日もだれか殺されちゃうのかなあ』

『どんな人が殺されちゃうの』

『別天王ちゃんて、無口だよね。あの子、なんかちょっとやな感じだと思わない？』

あきらかに別天王会に敬意を払っているとは思えないその態度に、眉をひそめるものもいる。

だが因果と、その連れである〔探偵〕は、最初に会師の助手である牧田から『会師の旧知の人物であり、本日のヤミヨセの大切な客人』であるとの紹介がなされている。その牧田は会師たちを迎えに退室してしまっている。

もしも因果と探偵が会師にとって大切な存在ならば、それに対して声を荒らげたり、叱ったりしたら、それ自体が別天王への不敬となり、〝罪あるもの〟として裁かれてしまうかもしれない。信者以外からみれば子どもじみた妄想にしか思えないが、ここに集まっているものたちはみな、そんな恐怖を内心に抱えていた。

既に速水たちは、何人かの信者の家族から、この一週間ほどで急速に、別天王会が浄財と称して献金を集めたことを調べあげている。先月のヤミヨセでまた死者がでたことを受けて、会師名義で、信者たちに手紙が送付され、『ヤミヨセにできれば参加しないように』と申し渡されたのだという。そこには『ヤミヨセの獣は、別天王の意志によって顕現するのではなく、信者たちの悪意や罪に反応して、勝手に出現するのであるから、会としては事故死を防ぐ手段をもたない。よって心に迷いがあるもの、別天王会に危険を感じているものは、参加しないことを推奨する』と書かれていた。

（なかなか巧妙なやり方だ）

と、手紙のコピーを見た速水は舌を巻いた。この文面は、警察関係者などが見ることも予め予想し、裁判沙汰になったとしても問題が起きないように計算されたものだったからだ。

文章だけを読めば、別天王会におけるヤミヨセとは、一種の超常現象の場であり、危険を予防できないと、親切にも信者に警告を発しているようにとれる。だがもちろん、それが真意ではない。

よく読めば、この手紙の奨めにしたがって次回のヤミヨセに参加しないものは『自分に悪意や罪があるという心の迷いがある』と、認めたことになるのだ。たとえヤミヨセの獣に襲われなくても、会師や教祖に対して自分は罪人であると宣言したことになる。

結果として信者たちは率先してヤミヨセへの参加を申し入れ、今夜は抽選が必要になったのだという。そして抽選に洩れたものたちは、こぞっていつも以上の浄財に励んだ。ほとんど全財産にあたるものを会に投げ出したものも、一人や二人ではない。彼らは別天王が本当に人の罪を見抜くと信じ、その言葉が現実になることを畏れたのだ。

速水たちの試算では、この一週間で別天王会が集めた臨時の浄財は十億円近いと思われた。

「ねえ、ヤミヨセの獣は現れると思う？」

速水と並んで、車によりかかっていた虎山泉が、訊いてきた。

「そんなものは存在しません。絶対になにかのトリックがあるはずです。ガスかなにかで集団催眠を起こして、その間に信者のなかに紛れこんだ殺人者が被害者を惨殺している筈です」

「でも前回も、直後にビルを上から下まで調べたのに、凶器はおろか、そんなガスの発生装置も、なにも見つからなかったわよ」

「それは、そうですが」

だがそれでも速水は、絶対にこれは何らかのトリックによる殺人事件だと確信していた。

そして今夜こそその証拠を自分の眼で見つけだす絶好の機会だと。

速水と虎山が並んで見あげているのは、別天王会本社ビルに設置されている、巨大な街頭モニターである。

普段は別天王会の教義を表すイメージビデオが流されているそのモニターに、今夜は本殿内が生中継されていた。それが録画などではない証拠に、虎山が連れてきた探偵の仏頂面と、その連れの因果がはしゃぐ様子がさっきから映しだされている。因果の靴につけられた鈴の音も、静まりかえった夜の街に響いていた。

これは会師大野妙心が突如発表した措置だった。彼は警察だけでなく、マスコミ各社にまで、今夜のヤミヨセを公開すると発表し、その言葉どおり、さきほどから生中継を始めたのだ。同じ映像はネットにも配信されていた。

興味津々のマスコミと、速水たち警察は、本社ビル前に詰めかけて、このモニターを見上げていた。公共保安隊が正面玄関を固めている以上、それ以外にできることはなにもない。

「我々がこうして見ている前で、また信者が変死するようなことになれば、かなり問題になるでしょうね」

「彼らが、その前に謎を解いてくれればいいけど」

「ほんとうに信じているんですか、あの探偵を」

「少なくとも海勝麟六は信じているわ。そして海勝がこれまでにいくつもの事件を解決していることは否定できない。第一、もうわたしたちには、論理的に別天王会の事件を解き明かす手段が残されていないじゃない」

「そうでしょうかね」

速水は、自分よりも、怪しげなネットビジネスの成功者にすぎない海勝を信じる虎山に不満を感じないではなかった。だが海勝に認められることは、自分の将来が保証されることでもある。

スピーカーから、信者たちのざわめきが聞こえ始めた。檀上の幕が上がり、会師大野妙心と、教祖別天王が姿を見せたのだ。大野は包帯を巻いたいつもの姿であり、別天王はうつむいて無表情のままだった。同時に、左右に設置された祭壇に炎が点火された。

信者の一人が『ヤミヨセを』と叫んだ。それがきっかけになって、次々に『別天王さま、どうぞヤミヨセを』『私をおためしください』『私どもの罪なきことをあかします』などという声があがり、たちまちスピーカーからワーンという反響音が広がる。

信者たちはそうやって自らヤミヨセを望むことで、それを畏れていないと見せようとしているのだ。

大野が手をあげると、信者たちの声が止んだ。腕を組んで、面白そうに見回している因果の姿が、ちらりと映った。

『今宵、おのが内に罪を抱きたるもの、ヤミヨセの裁きを受ける。ヤミヨセの獣が、罪を喰らう』

大野が、宣言した。静寂が訪れる。

虎山が生唾を呑む音がした。

「見て、あれを」

その声を待つまでもなかった。速水も見た。モニターの中で、別天王の姿が揺らぎ始めていた。まるで蜃気楼のように、姿が歪んでいく。

レンズによる効果などではないことは、周囲のものがなにひとつ形を変えていないことから明らかだった。精巧な合成映像であれば別天王だけが変形するように見せかけることは可能だろう。だがこれが生中継映像であることは何度も確認済みであり、映りこんでいる探偵の啞然とした顔が、彼もまた別天王が変形していくのを目撃していることを示していた。

〝獣〟が、出現していた。

熊や虎よりも一回り大きく見えるそれは、眼も鼻も持たず、顔面には牙が鮫のように並んだ巨大な顎だけが大きく開いていた。手足は生えているが、全身はノッペリとした質感で毛が生えているように見えない。地上のいかなる生物にも似ていなかった。

ありえないことだったが、速水や虎山の見守る前で、別天王はこの獣に変貌したのだ。

獣が高く跳ねると、待ちかまえる信者たちの中に躍りこんだ。

信者たちの反応は様々だった。目の前に迫る巨大な不条理的存在に耐えきれず、悲鳴をあげて逃げだすものが殆どだったが、中にはその場に跪《ひざまず》き自ら獣に首を突きだすものもいる。あるいは両手を広げて、歓喜の表情を浮かべているものもいる。

獣はそんなものたちに目もくれず、前を塞ぐものがあれば容赦なく弾き飛ばした。

速水は眼を凝らして、これがどのような現象なのか確かめようとしていた。そのとき、スピーカーから、悲鳴以外の声がした。

『大野。これがヤミヨセの獣なのか』

あの探偵だった。

カメラが切り替わり、祭壇の近くにいる大野と、それに詰め寄る探偵の姿を映しだす。大野は怯えるように後ずさったが、炎をあげた祭壇に行き当たりそれ以上動けなくなっていた。

『まだ催眠術かなにかだと思っておられるのですか。あなたも見たでしょう。別天王の中からヤミヨセの獣が顕現するところを』

『ああ、見た。だが見るのは初めてじゃない。ついさっきここではない場所で見た』

いつしか信者たちは、獣への恐怖や信心をいっとき忘れ、壇上のやりとりに眼を奪われていた。因果は探偵のそばについているだけで、つまらなそうな顔をしている。

「虎山検事、これもあなたの指示ですか」

速水の問いに、虎山は首を振った。

「まさか。そもそも彼は指示したって従うはずもない。結局隠しカメラも、マイクもつけるのを拒否したじゃない」

「信者の中には、昼間彼が大野の包帯を剝がしたことを知っているものもいるかもしれません、このままではまずいことになりますよ」

「もうなってるわよ」

虎山が示した正面玄関付近では、モニターを見上げていた公共保安隊たちが怒色を明らかにしていた。背負っていたライフルを胸元に抱え直すもの、ホルスターから拳銃を取りだすもの、また装甲車の要員は飛び乗り暖気運転を始めていた。彼らはいずれも〔探偵〕が検察の関係者であることを事前に言い渡され、警戒していたらしい。

そしていま探偵が動いたことで、いつでも建物内に突入できるよう、また警官隊が動かぬよう、用意を始めたのだ。

『ヤミヨセの獣を見た、どちらで』

『オレの、友人が殺された、世良田蒔郎だ』

探偵がなにを言っているのか、速水にも虎山にもわからない。

『また世良田さんですか。昼間は私が世良田ではないかとお疑いだった。そして今度は、その世良田を殺したとおっしゃるんですか』

『世良田は、あんたがすべてを仕組んだと言っていた。真偽はわからない。だがやつがオレの目の前で、あの獣に喰われたのだけは確かだ。オレは』

探偵が昂奮して大野に摑みかかる。逃れようとした大野は、足が絡まったのか、そのまま後ろに倒れこんだ。そこには炎を噴きあげた祭壇がある。

包帯に引火すれば、あとは一瞬だった。

大野の顔が炎に包まれたかと思うと、それはたちまち衣装に燃え移った。一本の松明と化したかのような大野は、叫びをあげて転げ回った。

炎の中から、声がした。

『わたしは滅びても、あなたの罪は消えない。あなたは、必ず信者たちによってその命を奪われるだろう』

それはひどく通る声だった。そして大野は動きを止めた。

人々が信じられない様子で見守っていたが、やがてどこからともなく『会師様』『会師様が』『あの男が会師様を』『殺した』という声が沸きあがった。そして一斉に壇へと押し寄せる。モニターがとらえた探偵の最期の姿は、大野の横にしゃがみこんでいるのを、因果に手を引かれて立ちあがらされている場面だった。たちまち壇は信者に埋め尽くされ、探偵も大野も見えなくなる。

「ひ、非常事態だ、ただちに現場を封鎖する。捜査官は中へ」

速水が叫んだ。警官隊が鳥居の乱立する山門広場を突破し、本社ビル正面玄関へ向かう階段を登り始める。だがその行く手に公共保安隊の装甲車が走りこむと、機関砲を警官隊へ向けた。

「警察権力の介入を、断固拒否する」

公共保安隊からそう声があがる。隊は二手に分かれると、一隊は正面玄関からビル内に突入し、もう一隊は何列もの人間の壁となって階段を封鎖した。

装甲車によって警官の何名かが轢かれかけたため、警官隊も殺気立ち、銃に手を掛けているものもいる。たちまち一触即発の状態ができあがった。

「速水くん、警官隊をさがらせて。いまはあの探偵たちを無事に保護しないと」

そう囁く虎山に、速水は珍しく反撥した。

「できるとお思いですか？　信者たちの前で大野を殺したんだ。今頃は信者たちにリンチにかけられている。だったら、むしろ好都合だ。彼の死を理由に強制捜査をかけられます。このまま突入させます」

虎山が強く睨んだ。

「あなた、それでも警察官なの。探偵と因果くんが死んでいるとどうして言えるの。それに大野だってまだ生きているかもしれない。わたしたちはあのモニターを通してしか見ていないのよ。衝突は避けなくては。彼らの救出を優先すべきです」

速水にとって、虎山の怒りは不満だった。

「変だな。虎山検事。あなたはあの探偵が嫌いなんだと思っていました」

「え」

虎山が、眼鏡の奥で、眼をまん丸にした。

「そうでしょう。身形もだらしないし、奇妙な子どもを連れているし、態度も無礼だ。海勝会長のような権力者の云うことを聞くのだって、あなたにとっては不本意なことだと思っていましたよ」

その指摘は図星だったのか、虎山は答えに迷っているようだった。

「ぼくは気にしませんけれどね。この国の治安を預かっているのは警察であり、その裏付けになるのは権力だ。だから海勝会長の威光を利用して、彼にとって都合のよい捜査をすすめることに、反対しなかった。でも虎山さんは内心、そういうやり方にはずっといらいらしているんだろうと考えていたんですよ」

ぼくはそういうあなたのことが気に入っているんです、という言葉はさすがに呑みこんだ。自分とは正反対の性格でありながら、自分と同じようなやり方をしなければいけなくなっている虎山泉という女性を見ていることは、速水にとって複雑な喜びを秘めていたのだ。

「そうね、でも、わたしはあの作文を読んでしまったから」

「作文」

速水は首をかしげたが、それ以上訊く猶予はなかった。

突然正面玄関が開くと、中から信者たちが一団となって飛びだしてきたのだ。突入していった公共保安隊ともつれあって、大混乱になっている。

「犯人は。会師さま殺害犯はどうした」

保安隊の中から声があがる。

「追ってきた、どこにいる」

信者たちがわめいた。彼らは本殿から、探偵たちを追ってきたが見失い、そのまま正面玄関に至ってしまったらしい。つまり探偵と因果はまだ生きているということか。

「警官隊。信者たちを一人も建物の外に出さないように」

虎山が勝手に声をあげた。血気にはやった警官たちはもはや誰の命令であるかに頓着せず、一気に前進した。装甲車によじのぼり、運転手をひきずりだす。階段を駆けあがり、手当たり次第に公共保安隊員を殴打する。信者たちはたちまち悲鳴をあげはじめた。

突然、破裂音が響いた。

「発砲禁止」

速水と、保安隊長がほぼ同時に叫ぶ。

だがそれは銃声ではなかった。ビルの正面に、割れたガラスが降り注いだのだ。保安隊も警官も信者たちも、絶叫しながら逃げまどう。

見上げれば、数階上のフロアで、表に面したガラスが割られていた。そしてそこからなにかが飛びだす。

緩い放物線を描いたそれは、山門の鳥居の一つにひっかかった。

「あいつだ」「いたぞ」

信者たちが叫ぶ。

確かに、鳥居の最上部に折れ曲がった身体を引っかけてぶらさがっているのは、あの探偵だった。だがなかば意識がないようで、そのまま落下しそうになっている。

そこに、もう一つの影が飛来した。

ビルから飛びだしたそれは、確かに人間のようだったが、はっきりとした形を見ることはできなかった。

白と黒に彩られたそれは、十数米を軽々と跳ぶと、鳥居の上に立ち、探偵を小脇に抱えた。そして再び跳躍。

二者は道を飛び越え、対面のビルの屋上へと消えていった。

一瞬呆気にとられていた一同だが、すぐに信者たちが犯人を求めて、移動しようとする。それを警官隊が制止する。すると警官隊に保安隊が襲いかかる。双方の上司が「発砲禁止」と叫ぶ。

その大混乱の中で、現場の指揮をとらなければならない速水は、呆然と立ち尽くしたままだった。

「速水くん、すぐに彼らを追わせて。どうしたの、ぼおっとして」

いらいらと虎山が、肩を掴む。

「虎山検事、いまの、なにに見えましたか」

「探偵を摑んでいったもの。ヤミヨセの獣ではなかったわね」

「とても人間業には思えなかった」

速水には、それが一瞬、女性に見えていた。長くボリュームのある髪に、露出の多い服を着て、白と黒に塗り分けられたファーのようなものをまとった。

だが速水はそれを口にすることはできなかった。

2

海勝梨江が、父の仕事部屋の様子を見に行くと、入り口の前でメイド長が立ち往生しているところだった。

トレイにミルクたっぷりの紅茶とフルーツを載せたまま、じっと待機している。

「どうしたの」

と声をかけたが、その答えを待つまでもなかった。

『最初からそのおつもりだったんですか』

と激しい詰問口調の声が、扉の中から響いてきたからだ。梨江はすぐにメイド長からトレイを取り上げた。

「いけません、お嬢様」

「どうして。遠慮することないわ。もしもお父様が危害をくわえられてたらどうするの」

梨江はそう云い、扉を開けた。

来客は、数日前と同じ、スーツを着こなした眼鏡の女性検察官だった。

（たしか、虎山泉、さんだっけ）

作り笑いで前に進む。虎山は梨江の気配に一瞬躊躇ったが、立ったままで話を続けた。

「どうかお聞かせください。最初からそのつもりで、あの探偵に事件を依頼させたんですか」

海勝は仕事用の椅子に座ったままで、組んだ脚をぶらつかせていた。泉は激しい剣幕だが、まったく意に介していないようだ。梨江はそれでこそ我が父だ、と感心しつつも、間に入った。

「どうしたんですか、大きな声を出されて。お父様、虎山検事が怒るようなことをされたんですか」

「違うんだよ、梨江」

海勝はソーサーごとカップを受け取ると、紅茶を口に含み、甘味に微笑んだ。

「わたしは虎山さんに依頼された事件を推理して、解決してあげたつもりなんだ」

「推理。これが推理とおっしゃるんですか」

虎山は、応接机にファイルを叩きつけた。挟まっていた写真が数葉落ちる。そこには長髪に汚いコートの青年と、銀髪の少年が映っている。別の写真では、その青年が、別天王会の会師の胸倉を掴んでいた。

梨江もさきほど配信されたニュースで、別天王会会師が殺害され、教祖別天王と、犯人はそれぞれ行方不明であると聞いていた。虎山はそのことで、父の元に駆けつけてきたのだろう。

「〈別天王会信者連続不審死事件〉は、会師大野妙心と共謀した公共保安隊の仕業。ひそかにビル内に潜伏し、小型爆薬弾で信者を狙撃し、獣に襲われたような傷を作った、ですか」

「彼らの多くが、海外の民間軍事会社で訓練を受けているからね、そういうことも可能なんじゃないかな。証拠もある」

「大野と保安隊員との間の電話の盗聴録音ですね。確かに殺害をほのめかしているようにも聞こえます。しかしこれは本物ですか。音声合成ソフトによるものという可能性は」

「これはＪＪシステムが本物である、と保証しますよ。もちろん裁判で社員に証言させてもいい」

「本物ですか、とお聞きしているんです」

「ですから、本物であるとＪＪシステムが証言します、と申し上げたんですが」

虎山ははっきりと海勝を疑っているようだった。だが梨江には、彼女がなにを怒っているのかよくわからない。父が確かな証拠として提出したものなら、それは本物に違いないではないか。

一つ溜息をついた虎山は、続いて青年の写真を示した。

「そして大野妙心殺害は、この探偵によるものだ、と」

「うん。これは疑いようもないだろう。なにしろ君たちだけでなく、数万人が同時にネット中継を見ていたんだ。彼が大野を祭壇の炎で焼くところをね」

「直接手を下す場面は映っていません。事故死の可能性もあります。大野の死体の引き渡しを別天王会が拒んでいますが、司法解剖のあと、死因を特定してから」

海勝が、冷たい声で遮った。

「そんな必要はないよ。明日の朝、私の推理を発表すればいい。いつものようにね。大野会師殺害は、無頼の探偵を名乗る男によるものである、と」

「動機はなんですか」

「そうだねえ。彼はK国で〈戦場で歌う会〉と同行していた。そこでなんらかのトラブルがあった。たとえば、こんなのはどうだろう。歌う会には女性もいたそうじゃないか。その女性の一人に彼は横恋慕していた。だが彼女たちは反政府組織によって殺害され、大野一人が生き残った。彼はどう思うだろう。どうだい、梨江」

突然海勝が、梨江を見た。

「えっ。そうですね。——もしも好きな人が死んで、一人だけ生き残った人がいたら、もしかしたらその人に責任があると考えるかも。恋は盲目っていいますから」

「うんうん、それだ、さすがだね梨江」

梨江は自分でもあまり良いと思わなかった答えに、父が拍手したので、照れて顔を伏せた。

「恋は盲目なんだよ。だから彼は大野妙心に、歌う会の四人が死んだ責任を問おうとした。彼は帰国してまだ数日だよ、それなのに歌う会の遺族の元を訪れ、次には別天王会に押し掛けた。最初から大野を狙っていたんだ、ねえ」

「待ってください。確かに彼は倉田由子の実家に現れました。しかし別天王会に連れて行ったのは私です。それを示唆したのは会長じゃありませんか」

「いずれにしても彼は大野を訪ねていた筈だよ。そして問い質したが、芳しい返事が得られなかった。それで夜になって再度来訪し、儀式の最中で油断した大野の衣服に火を放った」

父が言うと、そのとおりに思えてくるのが、いつも不思議だった。梨江はたちまち写真の〔探偵〕が別天王会会師を殺害するに至った動機を理解した気持ちになって、その純情な心持ちを勝手に想像し、涙ぐみそうになった。そして虎山さんは同じ女性なのに、どうしてそういう純情さがわからないのかしら、とも思った。

「海勝会長。もしおっしゃるとおりに発表したとします。するとどういうことになるでしょうか」

虎山がまだまったく納得していないという様子で訊いた。

「そうだねえ。まず信者連続殺人という罪で、大野妙心は被疑者死亡のまま起訴、別天王はおそらく未成年だろうから何らかの施設で保護されるかな。ああ、JJシステムが、戦災孤児を支援するプログラムをもっていることはご存じでしょうか」

さすがお父様だわ、と梨江は思った。別天王とかいう怪しげな教祖であっても、未成年であればJJシステムで生活支援してあげてもいいといっているのだ。

「公共保安隊の部隊長と、その部下は信者殺害の罪で逮捕されることになるだろうね。その後の取り調べはあなたたちの仕事だ」

「その結果、おそらく別天王会は解散となります。また公共保安隊に関しても、このまま放置していてもいいのかということになり、何らかの法改正が検討されるようになるでしょう。いずれも検察が以前から悲願としていたことです」

「ああ、そうだったか。それは偶然とはいえ、願ったり叶ったりだ」

海勝は何度も小さく頷いた。

「自衛省も公共保安隊の暴走だとして、検察への抗議は控えるでしょう。そして探偵と因果も、もし存命のまま逮捕できれば」

「そうですねえ。しかし因果くんだっけ、子どもの方はともかく、探偵は難しいんじゃないかな。信者にも公共保安隊にも恨みを買っている。果たして無事に警察署まで移送できるかどうか」

「逮捕しても、暗殺されるというんですか」

「その可能性は非常に高いと言わざるをえませんね。残念ながら」

海勝は、悲しそうにそう言って、指を組んだ。まるで祈るようだ、と梨江は思う。

「まるで検察、警察が望んだとおりの結末です。カルト集団別天王会は自然崩壊し、目の上の瘤であった公共保安隊にも一矢を報いることができる、最高の結末」

虎山はまるで嬉しくなさそうに言った。

「全ては、あの探偵を別天王会に連れて行ったことから始まりました」

「探偵が、大野を訪ねた、ですね」

海勝が細かく訂正する。

「探偵が別天王会に赴いたのは、私が事件の解決を依頼したからです。そしてそのきっかけは会長、ここであなたからいただいたいくつもの情報でした」

「おや、そうでしたか」

海勝は困ったように眉をひそめた。

「そうです。あなたはあの探偵がK国で大野たちと知人だったことを知っていた。それだけじゃない。彼の高校時代の作文も入手し、私に彼の複雑な性格を示して興味をもたせた。彼がI国で探偵業をしていたことも知り、帰国したばかりであることも把握されていた。そして彼を大野のもとに誘《いざな》った、私という案内人を仕立てて」

それじゃまるで、父が大野を殺させようとしたみたいじゃないか。梨江はムッとして口を挟もうとしたが、それより早く海勝が、

「それは誤解ですよ、虎山検事」

（そうよ、誤解に決まっている）

梨江は心中で、父を応援する。

「私はたまたま探偵くんのことを知っていました。彼ならば大野の過去を知っているのではないか、そこに連続不審死事件を解くヒントが隠されているのではないか。そういう意味であなたに申し上げたんです。事件解決を依頼しろなんて、言ったおぼえはありません」

「それは」

虎山が絶句した。

（そうだ、そうだ）

梨江も、虎山が訪ねてきたときのことは憶えている。話は途中からだったが、父は一度

も『この探偵に事件を依頼してみたまえ』などとは言わなかった。言うはずがないのだ。

「虎山検事。私は探偵なんて看板はあげていない、一介の企業のＣＥＯにすぎません。しかし警察や検察の方々から難しい謎の多い事件をご相談いただくことがあると、なぜかわくわくしてそれを解き明かしたくて仕方なくなるんです。一種の病気、いや子どもみたいな性格なんですね」

そういって笑うと、本当に海勝は十歳は若く見えた。

（さすがに子どもには見えないけれど）

「そんな私が、わざわざわたし以外の探偵に事件解決を依頼したら、なんてお奨めするわけがないじゃありませんか。非常に興味深い事件なのに、自ら推理する愉《たの》しみを放棄してしまうことになる」

「それは、そうですが、しかし会長は随分熱心に彼について触れておられました」

「ええ、もちろん。最後のパーツだと、申し上げました。事件の推理にはさまざまなパーツが必要です、パズルのようにね、パーツが揃っていないパズルは決して解くことはできない。ですから私は、私自身が推理するための最後のパーツをあなたが蒐《あつ》めてきてくださることを期待して、あの探偵のことをお話したのです。探偵と大野が出会うことによって、大野の隠されていた過去が明らかになり、推理パズルが完成する、と考えていました」

梨江からみて、海勝の説明は完璧だった。だが虎山はなおも納得していない様子で。

「そうですか、会長。しかし不審死事件の犯人が公共保安隊であるというなら、それはあの探偵なしでも推理することが可能だったんじゃないですか。最後のピースである盗聴録音は、会長のお手元にあったんじゃないですか」

(あら)

その指摘は、一見もっともだ。

「ははは、虎山さん、確かにパズルに例えましたが推理パズルの場合、ピースの形が絶対に決まっているというわけではありませんよ。私はあの探偵クンが最後のパーツだと思っていた。しかし公共保安隊の存在もふと気になって、調査してみたら別方向から大野と隊長の会話録音が見つかったというわけです。いわばもう一種の『最後のパーツ』ですね。さすがに神ならぬこの海勝麟六、これぐらいの失敗は見逃していただけませんかね」

そう言って小さく舌を出した。

梨江には、わざわざ自分を『神ならぬ』なんて謙遜してみせる父が、とても頼もしく見え、ついさっき虎山の指摘に頷きかけたことを恥じた。

(ごめんなさい、お父様。やっぱりお父様の推理はいつだって完璧ですのね)

しかし虎山はそうは思わないようで、

「あの探偵が来なければ、大野が死ぬことはなかった。しかし大野がまだ存命なら、公共保安隊との共謀などという推理は成立しましたか。盗聴録音があっても、さらなる証拠を求められたでしょう。それ以外の証拠は全て大野が処分したなど、彼が認めたとは思えない。つまり会長は、大野が死んだことで、死人に口なしという状況で、都合の良い推理を――」

虎山が不意に言葉を呑んだ。

海勝が虎山を見つめていた。その眼鏡の奥の目の光が、虎山から言葉を奪ったようだった。海勝がどんな顔をしているのか、梨江の位置からは眼鏡が反射していて見えない。少し動いて覗きこめばわかるだろうが、なぜか梨江はそれを知りたくないと思った。

海勝の唇がゆっくりと開いた。

「都合の良い推理、ですか。それは、誰にとって都合が良いのでしょう」

「それは」

虎山が、言葉を探す。

「検察や警察にとって、です」

「言い換えれば、社会正義にとって大変都合が良い、ということですね、違いますか」

渋々、というように虎山が頷く。

（正義――！）

梨江はその言葉が父の口から出たことで、言いしれぬ快感をおぼえた。そうだ、父は世間で言われているような目立ちたがりでも、金の亡者でもない。警察や検察が父に意見を求めてくるから、忙しい仕事の合間に無理に時間をあけて応対しているにすぎない。もしそこまでする理由があるとしたら、それはやはり『正義』のために違いない。決して海勝がそう云うことはないだろうが、梨江はそう信じていた。

「もしこの世に本当に正義があるならば、それが正しい答えを私たちに示すために、あの探偵を大野のもとに招き寄せた。ちょっとファンタジーがかりますが、そんな風に考えてみてはいかがですか」

虎山は、拳を握り締めて肩を震わせていた。そしてもう一度海勝を辛《つら》そうに見返す。

「正しい答えが、全て明らかになった、とおっしゃいますか。しかしそれはいかがなものでしょうか。そもそも別天王会信者連続不審死事件の謎とは、ヤミヨセの儀式に於いて謎の獣が出現して、信者たちを食い殺す、だが直後に現場検証してもそのような獣はどこにも存在しない、という点にありました。検死医の意見も、こんな大きな傷は獣以外では考えられないというものや、そうではないのではないかという意見もあって一致をみない。そしてそもそも別天王の言葉は全て現実になるという、到底受け入れられない問題。大野が帰国したときに公開したビデオ映像が見える人間と見えない人間がいるという点。わたし自身も体験した、確かに言葉が現実になったとしか思えないような事故の連鎖。これは催眠術なのか、それとも別の現象なのかというのが根本的な謎であった筈です。なるほど、小型爆薬弾による狙撃ということで、傷口に関してはなにかしら説明がつく可能性があります。しかし検死で火薬類が一切発見されていないことは明らかであり」

海勝が、軽く片手を上げた。

「そうかな。虎山検事」

「そうかな、とは」

「本当に、検死で火薬類は発見されないだろうか。たとえばもう一度詳しく、残っている検体を分析し直せば、火薬類の痕跡が発見されるのではないだろうか」

海勝の言葉は自信に満ちている。虎山はなにを言われているかわからないという顔で見返していたが、やがて突然、なにかを悟ったように、ヘタヘタとソファに座りこんだ。

まるで梨江には聞こえないテレパシーの会話がなされたような瞬間だった。

「会長。まさかあなたは、証拠を捏造しろとおっしゃっているんですか」

「そんな風に聞こえたら失礼。私はどんなすぐれた医学者にだって見落としというのはあるものじゃないかな、と言ったつもりだったんですが」

それにね、と海勝は言葉を続ける。

「あなたはまだまだたくさん謎が残されているとおっしゃった。でもそうだろうか。たしかに大野と別天王は、ちょっと見には一種の超能力を発揮したようだ。だが裁判でそんなものを裁くことはできないし、訴状にさえとり上げることはないのはあなたもよくご存じの筈だ。裁くことができないなら、そもそも謎として検討すること自体意味がないことだとは思わないかな。殺害法と殺害犯が明らかになればあとは枝葉だよ」

「しかしそれでは真実が」

「真実か。真実とはそんなに大切なものかなあ」

梨江は耳を疑った。たぶん自分は二人の高度で専門的な会話についていけなくて、とんでもない聞き間違えをしているのだろう。

誰よりも正義を愛しているはずの父が『真実は大切ではない』と言うなんて、ありえない。

「そもそも真実とはたった一つのものだろうか」

海勝の言葉に、虎山は掠れ声を返した。

「そうか。そうだったんですね。〔海勝番〕とはそういう意味だったんだ。あなたからもたらされるのは、情報でも真実でもなかった。そんなものはあなたにとってどうでもいいものだったんだ」

「そうだね。言葉は悪いが、私にとってもっとも大切なのはこの戦後の厳しい時代の中で、多くの人が安寧に幸福に暮らしていけること。その安心感にくらべたら、たった一つの真実なんて幻想は、はるかに価値が落ちるね」

梨江は自分がなんの聞き間違いもしてなかったことを悟った。優しい口調の父が、突然自分のまったく知らない別の人間に入れ替わったようなゾッとする感覚。

「ところで虎山検事、先日もお話ししたように、東京地検特捜部は戦時中の不祥事のこともあり、近々廃止されることになっています。それに代わって検察庁内に、〔連合調整部〕という部署が作られることになっています。ナイショですよ」

指を一本立てて『ナイショ』のポーズをとるが、それも先ほどまで感じられていた茶目っ気よりも、無言の圧力を発していた。

「現在日本は、米国はじめ連合国による監視状態にあります。反日テロリストによる破壊活動と、それに対する保安措置が、一種の内戦とみなされたからですね。対外的な法律はもちろん、重要な犯罪の摘発なども、連合国におうかがいを立てなければなりません。連合調整部は、いわばそれを一括して行うことができる組織になるでしょう。政治や宗教、財界、軍事など、通常の警察力は介入できない事件でも、連合国の認可があれば自由に捜査する権限が与えられます。いわば戦前の『聖域はない』特捜部の理想を再現しようという組織なのです」

手を伸ばし、虎山の左手を軽く握った。

「もし異存なければ、わたしはあなたをこの部署の特別捜査官として推薦するつもりです。もちろんそのときには特例ですが検事一級に任官されるはずです」

そして海勝は虎山の返事を待った。梨江から見ても、虎山の中で激しい葛藤が起きていることは明らかだった。ソファにへたりこんだ姿勢のままだが、視線はあちらこちらへと動き、額に汗が滲んで前髪が張りついている。何時間にも感じられるほどの、実際には数秒が過ぎ去り、虎山が姿勢を正した。

そして、自分から海勝の手を握り返した。

彼女の中で、どのような葛藤から解決が導かれたのか、それは梨江にはわからない。しかし虎山を責める気持ちにはならなかった。梨江にも父が正しいことを云っているのか、間違っているのか、まったく判断することができないままだったからだ。

冷めた紅茶を入れなおそうと梨江は身をかがめた。そのとき、かすかな声が聞こえた。誰かが呼びかけているような小さい声。それは虎山の鞄からしているようだった。

「虎山さん、あの」

梨江が指差すと、虎山が慌てて鞄をあける。中から小さなイヤホンマイクと受信機を取りだす。声はそこからしていた。

「それは」

と海勝が尋ねると、虎山は緊張した顔で、

「あの因果という少年の帽子に、盗聴マイクを仕掛けておきました。その後大野がヤミヨセを生中継すると言いだしたので必要なくなったのですが、そのときにはもう二人はビル内にいましたので、取り外す時間もなくて」

海勝は受信機を受け取り、仕事机のアダプターに接続した。すると卓上のモニターから、声が流れ出した。

『検事。虎山検事。おーい、おいおいおい、おーい、聞こえてるんだろっ。おいっ』

受信機のスイッチを切り替えて、海勝が声をだす。

「もしもし。もしかしてきみは探偵クンかな」

ノイズ音がして、警戒した声が出た。

『警察の速水ってやつじゃないな。あんたはだれだ』

「はじめまして。JJシステムという会社の海勝麟六というものです」

『海勝……』

虎山が、弁解するように語りかけた。

「東京地検の虎山よ」

『ああ。どうやって連絡をとるか迷ったんだが、よく考えりゃずっとこれで盗聴してたんだからな。使わせてもらった』

『ひどーい、泉ちゃん、ぼくのボーシにこんなのいれて』

これが因果、という子だろうか、明るい声が場違いに響いた。

「よく、逃げられたわね」

『えへへ、ぼくがちょっとがんばって、ピョーンとね』

因果がよくわからない冗談を言う。

『言っておくが、オレは大野を殺していない。だが信じては貰えないだろうな』

「そうかね。だが私は明朝にはきみを犯人として発表するつもりだ」

『それが真実ではないとしても、か』

「だれもが望む真実は、こちらではないかな」

再びノイズが聞こえる。その後ろから、にぎやかな店の中のような、ざわめきが聞こえていた。

やがて、また探偵の声がした。

『オレはこの事件のからくりを解ける』

「そうかな」

『時間をくれ』

「そういって逃亡するかもしれない」

『逃げる気はない。なんなら今いる場所を明らかにしていい』

そして探偵はある地名を口にした。旧新宿駅南口付近、現在は立ち入り制限地域、の名で知られている一帯だ。

「ちょおっと待ってくれるかな。確認してみよう」

『監視カメラで、か。残念だがこのあたりは電気も携帯電波もロクにきていない。監視カメラなんて見つかり次第住民がスクラップ屋に売っちまってるそうだ』

「ささて、それはどうかな」

海勝が魔術師となり、両手を空中で複雑に動かした。空間投影型のモニターがいくつも現れては消える。指先の動き一つ一つが信号になって、壁に内蔵されたメインコンピュータに指令を送っているのだ。

やがていくつかの映像が空中に浮かんだ。破壊された通信会社のビルが横倒しになって、付近にあった大型書店を押しつぶし、その一帯が大火災になった。JRの駅ビルもテロにあい、結局その付近は一切立ち入りが出来なくなった。鉄道は大久保方面に大きく迂回するルートとなり、新宿南口から代々木駅にかけての地域は現在も復興対象地区として放置されたままだ。

あまりに破壊が凄まじかったせいもあるが、最初のテロが起こった場所としてどこまでその記憶をとどめるべきなのかという議論があったり、渋谷区と新宿区に跨っているために責任の所在で揉めていたり、隣接する明治神宮に関する問題もあると聞いている。とにかくテロが起きて四年近いというのに、テロの傷跡がそのまま残ったこの地域は、名目上は一切の民間人の立ち入りが禁止されたままだった。

だが実際には、家を失った人間や、外国人だというだけで地域住民から差別を受けたもの、そして犯罪者などが逃げこみ、共同体を作りあげているのは公然の秘密となっている。

いま梨江の前に現れた映像は、いずれもその地域を、かなり遠距離から撮影したもののようだった。一つはおそらく西新宿の高層ビルのいずれかにセットされた定点観測カメラ、もう一つは新宿歌舞伎町付近の商業ビル屋上にある警察の監視カメラ、さらに原宿方向からのものもあった。最初は光学的に、続いてコンピュータによる映像加工で、遠景がみるみる拡大していく。

やがて線路際に、ラーメンや焼き鳥などの屋台が立ち並んでいるのが見えてきて、その一台の前に腰掛けている、探偵と因果の姿がとらえられた。探偵は手に、釦《ぼたん》のようなものを持っている、それが虎山が仕掛けた盗聴器なのだろう。

「お待たせしたね、ははあ、焼き鳥か、いいねえ、私も食べたいよ」

『見えるのか』

画面の中で探偵が、首を巡らせた。だがやがてカメラ位置を確認するのは諦めたようだ。

『なかなかうまいぞ、食べにくればいい』

「いや、私は遺伝子組み換え食材は口にしないことにしているので」

まるで世間話のようだ。焦れた虎山が口を出す。

「いまからわたしが向かう。保護してやるから動くな」

『そんなことより、一つ頼みを聞いてくれないかな。多分、これで犯人を見つけることができると思う』

「頼みだと」

「いいとも」

　海勝が答えた。

『マスコミ向けではなくていい。検察、警察、その一部で多分十分だ。世良田蒔郎が、ここに潜伏中だという情報を流して欲しい』

「どういう意味だ。世良田蒔郎。その人物がどんな関係がある」

『いいから頼む。朝までには犯人を見つける』

「できなければ、きみは大野妙心殺害犯として指名手配される」

『勝手にしろ』

　激しい金属音が轟いた。映像の中で探偵が、盗聴器を握りつぶして、廃線路に投げ捨てるのが見えた。

「すぐに向かいます」

　と云う虎山を、海勝が押しとどめる。

「いや、彼の言うとおりにしてみよう。どうせあそこ以外の場所に逃げられるとも思えない。彼はいまの東京に土地鑑がないんだ。それに世良田蒔郎が生きているのだとしたら、大変興味深いじゃないか」

　梨江は、海勝の態度に驚いた。さっきまで自分が犯人扱いしていた探偵を、いまはかばおうとしているように聞こえたからだ。

「ご存じなんですか、その世良田という男を」

「さあ。もしそれが私の知っている男なら、とっくに死んでいる筈だ。五年か六年……戦争の始まる以前にね」

そして海勝はたのしそうに微笑んだ。梨江は、もう二度と自分は父親を、以前のような眼では見られないと確信した。

そこにいるのは、父親の姿をした、なにか別のおそろしいものに他ならなかった。

ワゴン車から上がる炎も、小さくなっていた。月も裂け目の上から移動し、地下の空間は闇に閉ざされつつある。聞こえるのは、まだかすかに燃え残った車の部品がはぜる音を除けば、ピチャピチャと唇をなめ回す、オレの舌が発するそれだけだった。

そこに残った生者は、倉田由子一人だった。オレはもうとっくに自分が生きているなどとは思わなくなっていた。由子は尻と両手を地面につけた姿勢で、一歩一歩近づくオレを見上げていた。左頬が赤くはれている。さっきオレが(因果じゃない)殴った場所だ。

少し前からオレの身体を動かしているのは、因果だとは言い切れなくなっていた。オレはミダマの甘美な感覚を知り、それを求めた。さらに因果がオレ自身のミダマを引きずり出してくれると約束したことで、早くことを終わらせたいという気持ちが芽生えた。途端に、因果の意志はオレと同一になり、もはやオレが自分で身体を動かしているといってもよいようだった。

だがいざ由子を前にすると、手を伸ばすことができない。

由子はすでにオレにとって特別な存在になっていた。それを思い知らされずにはおれなかった。

それでもミダマの誘惑は、それに増した。

「大丈夫よ、大丈夫。きっとあなたは元に戻れる」

由子はこの状態になってもまだオレのことを心配しているようだった。いままでの連中が吐きだしたミダマを聴いていなかったのだろうか。誰もが心の奥底に溜めこんでいたのは、普段なら耳を覆いたくなるような、汚らしい、自分勝手な、一般的な倫理に外れた、浅はかな欲望ばかりだったではないか。人の本性が、いやいっそ、真実がそういうミダマであるならば、いまさらとりつくろってどうするというのか。

(この女のミダマを見てみたい)

「ああ、見たいな、きみのミダマを」

オレが(因果が)由子まであと数歩というところまで近づいた。

「わたしは、死ぬんですか。みんなみたいに、あんな姿で」

「仕方ないじゃないか。キミたち人間というものは、どういうわけか、溜めこんだミダマを、他人に見せずに隠しておこうという習性がある。それを全部取りだそうとすると、どうしたって包んでいるものが破けてしまうんだよ。ほら、キミたちもいうじゃないか、えと、卵を割らなければ、石油はでない」

由子が、首をかしげた。

(それを云うなら『卵を割らなければオムレツは作れない』か、『穴を掘らなければ石油はでない』だ)

「そうだっけ、まあどうでもいいんだ」

オレは奇妙な感じを受けていた。この因果というのは、一種の人間の幽霊みたいなものなのだろうか。しかしいまあげたのはフランスと中東のことわざだ。こいつはそのどちらからかきたというのか。

「だから、キミがミダマを隠さなければいいんだけど、そうもいかないみたいだし」

「でも、わたし、死にたくありません」

由子の声が震える。

「どうして」

因果が冷たく尋ねる。

「わたしは、ここに歌うためにきました。子どもたちのために、歌ってあげるために。一つでもいい、それで笑顔を見つけることができたらって。なのに、まだ歌っていません。こんなのおかしいです。そうでしょう。夢見ることはきっとほんとうになるはずなのに」

(子どもたちのために、だれかのためにできること、か)

それは、オレがかつて信じていたかもしれない願い。

「キミのミダマはそうは言ってないよ」

オレと由子に向けられた、因果の刃。

「さあ、見せてごらん。心の奥底を。真実を。ミダマを」

「いいえ」

由子が云った。その手にいつの間にか握られているものがある。

「わたしが本当は、なにを求めているか……ですって」

それはさっき山賀が取り落としたギターネックだった。因果によって割られたそれは、鋭く尖っていた。由子はその先端を自分の胸に向ける。

そして、歌った。


ああ、ぼくは、どうしておとなに、なるんだろう

そのまま破片の先端を、心臓に向けて突き刺した。

3

（やはり、罠だったか）

大矢は心中で舌打ちした。

部下も連れずに、立ち入り制限地区などというところに駆けつけた自分の迂闊さを呪うしかない。

いま大矢の前を塞いでいるのは、既に昨日二度も会っている男だった。〔探偵〕だというこの男が、大矢を待ちかまえていたのだ。

「立ち話もなんだろう、こっちへ」

探偵が、近くの建物の中へ案内する。テロのあと、何年も放置されていたただの廃墟だ。中には瓦礫やゴミが散らばり、天井は落ちて夜空が見えていた。

「大矢さん、だったか。本名ですか」

「そんなこと、関係ないだろう。オレはおまえなんかに興味はないんだ、帰らせてもらう」

踵をかえそうとしたが、因果が手を引っぱった。それが子どもとは思えない怪力で、大矢は動けなくなってしまった。

「騙しあいをする気はない。世良田蒔郎を探しにきたんだろう」

大矢は顔を背けた。まんまと罠にはまった自分が愚かしかったのだ。

「世良田はK国で死んだ。大野妙心はそう言ったし、オレもつい昨日までそう思っていた。死ぬところを見たわけじゃないが、あの状況で生き残れたとは思えなかった。だがやつは生きていた」

大矢にとって、探偵の告白は意外なものだった。てっきり世良田と探偵はつるんでいるものだとばかり考えていたからだ。世良田と探偵の関係は既に調べあげていた。彼らはK国で出会う以前、高校時代からの友人であった。

その二人がK国で接触していたのが偶然とは考えにくい。大矢たちのような組織に属しているものなら、ますますそう考える。

そして世良田はK国で殉職したと見せかけて、ひそかに帰国していたのだとすれば、探偵との接触も必然であった。そう大矢たちは情報を分析していた。

「電話があり、公園で会うまでオレは半信半疑だった。大野妙心のことを聞き、世良田が大野を名乗って帰国したのだとも考えた。だが世良田は別人で、そして公園で獣に喰われた。あんたも見ていたよな」

いまさら否定することもできない。大矢は軽く顎を引いて、認めた。

「だが、気づいたんだよ。なんで世良田はわざわざあんな場所でオレに会おうとしたのか。

その理由を考えていたとき、あんたたちの存在が頭に浮かんだ」

探偵は大矢を見た。

「最初に会ったときあんたは警察を名乗ったが、泉ちゃん、あ、あの検事さんな、あいつが現れたらとっとと逃げだした。つまり偽刑事だということだ」

たしかにあの場では退散するしかなかった。だがそれだけではなんの証拠にもならない。

「しかし遺族全てに連絡し、世良田の情報を集めるやり方は、単なる民間人だとすればリスクが多すぎる。そして公園での待ち伏せだ。あわてて公園から駆けだした数から見るにあんたたちは少なくとも十人以上の態勢で潜んでいた。つまりオレと世良田の電話を盗聴していたか、或いは別天王会からずっとオレを尾行していたということだ」

「だから、尾行してるやつらがいるって、ぼくが教えてあげたじゃん」

因果が褒美をねだる犬のように、探偵の足にまとわりついたが、無視されている。

「民間組織がそこまでやれるか。まあ外国の諜報機関か、ヤクザなら絶対にやらないとは言わないが、その場合、倉田家などで警察を名乗ることは避ける筈だ。そこでオレは考えた。あんたたちは、警察などに問い合わせされても誤魔化すことができる程度には、そこに近い位置にいる人間なんだろうってな」

「すべて憶測だな」

我ながらありがちな台詞だと思ったが、大矢としてはできるだけ平凡な人間に思われたかった。

「私たちは、世良田蒔郎の個人的な信用調査を依頼されただけだよ」

「はは、興信所だってか。それは通らないな。ならなぜ今夜、ここにきた。まともな人間なら昼間だって絶対にこないという、南新宿の立ち入り制限地区に」

「それは、世良田蒔郎が潜伏しているという未確認の情報があって」

「ほう。だがあんたは世良田が獣に呑みこまれるのを見ているじゃないか。普通に考えれば、その情報は信じ難い。なのにきた。つまりあんたにとってその情報は絶対に確実な筋のものだったんだ」

顔から血の気が引いていくのがわかる。

「世良田蒔郎が潜伏しているという情報はオレが流させた。但し警察と検察の一部にだけだ」

「そ、そうかね」

「つまりあんたたちは、警察関係者しか知らない情報をすぐに手に入れることができる立場の人間だということだ。それでいて、警察ではない。さあて、いったいどういうことなんだろうね。そしてなぜ世良田蒔郎を探している」

これ以上は危険だ、と脳内のアラートが鳴り続けていた。この探偵を甘くみていたと、あらためて思い知らされた。彼が言っていることはすべて憶測に過ぎない。だがそのかすかな点と点を結びつければ、もはや答えは目の前に浮かびあがろうとしているのだ。

「失礼する」

因果が手を放している隙に、立ち去ろうとした。ふと、なにかが変だ、と気づく。そうだ、夜空だ。さっきまで見えていた星が見えない。建物に天井はないはずなのに、なぜか自分は紫がかった闇の中に立っていて、上も下もわからなくなっている。

そして突然、目の前に女の顔が現れた。

ボリュームのある銀色の髪で顔の右半分を隠しているが、色白の顔はきわめて美人といってよい顔立ちだ。背が高く、外人モデルのようにめりはりのある体型を、露出の多い服装で惜しげもなく見せつけている。

大矢は、思わず中途半端な愛想笑いを浮かべた。

女の両手が、大矢の顔を挟みこんだ。頬骨がきしむほどの怪力で締めつけてくる。

「な、なにをするんだ、あんた」

女の後ろで、探偵が腕組みをしていた。

「その女の名は因果」

因果、それはあの子どもの名前ではなかったのか。

「さあ、教えて、大矢さん」

女が、とろけるような声をだした。

「なにを教えろというんだ。だいたいあんたはいったい」

半開きの唇からチロリ、のぞいた舌が唇を濡らす。

「世良田蒔郎がK国に行った理由はなに。彼はそこでなにをすることになっていたの」

「そ、そんなことは」

自分の心音が聞こえるようだった。世良田と自分の関係、あるいは彼の過去であるならば聞かれてもいくらでも誤魔化す自信があった。だがこの質問はそれらはすべて承知した上でのように、核心に切りこむものだった。大矢にとって、絶対に聞かれたくない質問であり、その答えを明かすことは職務的な死を意味する。

なのにどうしたことか。女に見つめられるうちに、大矢の身体のうちの、もっとも深い部分からなにかが突きあげてこようとしていた。しかもそれは不快ではない。むしろこれまで感じたことがないような、強烈な快感をともなっている。それを口から吐きだしてしまえば、どれほどの満足感が得られるのだろうと考えている自分に気づいて、慌てて口を閉ざそうとするが、意志に反してどんどん開き始める。

「無駄です。そいつの質問に人は誰でも一問だけ答えてしまう」

探偵が告げた。

そのときになって、大矢の脳裏に、ここに来るまでにチェックしていた探偵についての報告資料がよぎった。I国で日系人中心の探偵業を営んでいたこの男には奇妙な噂があった。必ず人の口から秘密を聞きだしてしまうという、怪しげな力をもっている、と。それがこれなのか。だがもう遅い。

大矢の内から突きあげたものは、言葉になって溢れだした。

「世良田は自衛隊中央情報保全隊に所属していた。二〇〇七年に各自衛隊に独立していた情報保全隊が統合されたものだ」

「世良田が、自衛隊だっただと」

探偵が口を挟んだ。その間にも大矢の言葉は止まることがなかった。

「彼は一般大学から防衛大学に転学し、優秀な成績で幹部候補生として入隊した。最初から情報《インテリジェンス》方面に強い興味を持ち、保全隊に迎えられた。その頃オレは陸上自衛隊中央情報隊所属だったが、ある極秘の勉強会で世良田と出会った」

それは自衛隊の若手幹部だけでなく、財界、宗教界、各省庁の官僚に加え、新聞や出版社の人間までも加わった、巨大なシンクタンクのようなものだった。

日本の未来について自由に討論するという目的だったが、次第に『自衛隊の海外派兵』についてが主たる議題になっていった。あるいは会の主催者は最初からそのつもりで、大矢たちの議論を巧みにそちらに導いたのかもしれなかった。

その頃日本は、増大する一方の外国移民、不法入国者の処置に加え、長引く不況からの脱出路を探していた。基地問題によって米国との間に激しい摩擦が起き、海外市場における影響力も減少。若者の中に反日、反政府的な言動が見られるようになり、かつての学生運動をより先鋭的にした動きもはじまっていた。そんな中で、再び国際政治の舞台で日本の発言力を強め、同時に国内における政権の安定をはかる意味で、自衛隊の自衛軍への昇格と、海外派兵は必須の条件だと考えられていた。

大矢たちが注目したのは、その頃連合国が介入を開始していた、東南アジアのK国だった。宗教的な対立が原因で生まれた反政府組織との長い内戦が続いていたが、ゲリラたちが女性などに対して差別的行為を行っているという噂があり（実際には米国に本社があるPR会社による宣伝工作であったことが、いまでは明らかになっている）、連合国は政府軍への援助を行っていた。自衛隊がそこに参加すれば、一人前の軍隊として認めてもらうことが可能になる。だがそこには問題があった。民間レベルでは、日本は反政府組織側と深い交流があったのだ。昔から文化的支援などを行っていたNGOなどは、むしろ政府の宗教弾圧が内戦の原因と考えており、経済不況からも国内に海外派兵を是とする世論は形成されていなかった。

そんな中で、大矢にK国への〔現地情報隊〕を派遣したらどうか、という勉強会からの提案があった。現地情報隊とは、自衛隊が海外派遣される際、先行して現地に潜入し安全状況などの情報を収集する非公式の諜報部隊のことであり、二十一世紀になってから数度編成されたことがあった。

だが一つ問題があった。これまでと違い、日本政府はＫ国への軍事介入を一切認めていない。その時点で非公式とはいえ陸自の人間が情報収集を行い、もしも反政府組織にとらえられたりでもすれば、大スキャンダルとなる。おいそれと動くわけにはいかなかった。

「そんなある日、世良田がオレを庁外に呼びだした。久しぶりに会ったやつは、私服で髪を伸ばし始めていた。そしてオレに一枚の書類を差しだしやがった。それはやつの父親の戸籍抄本で、その息子の欄に大きなバツがつけられていた。どういう意味かわかるか」

「その息子は、死亡しているということか」

探偵が呟いた。そのとおりだ。話が早い。大矢はもっともっと話したくて仕方なかった。話せば話すほど、背骨に沿って熱いものが駆け上がり、脳髄に快楽物質を発生させるような、たまらない状態だった。

「そうだ。世良田は、自分を殺してきたんだよっ。勉強会に参加していた警察関係者に医療施設を紹介してもらい、交通事故で死亡した行旅死亡人を自分であるかのように偽装した。止める間もない。なにしろもう奴の死亡届は受理されてしまっていたんだから。実家の親が上京する前に、遺骸の状態が悪いからと火葬にしてしまう手際の良さだ。そうして奴は現地情報隊に志願してきた。もしも現地でトラブルが起きても、奴という人間の戸籍は存在しないことになる。一応パスポートは用意したが、それもわざわざC国製の偽造品だ。絶対にやつの素性が辿れないような」

「それが、世良田蒔郎の目的だったのか。現地に入り情報を集めることが」

「はははは、莫迦を言うな。そんなことのために自分の戸籍を抹消する人間がどこにいる。奴は、世良田は、日本のために、自衛軍のために、礎になるために行ったのだ。そうだ。日本人が反政府組織の攻撃を受けた、という状況を作り出すためになっ」

探偵がこちらを見つめていた。そうだろう。驚いているだろう。ああ、絶対に言ってはならないことをオレはいま話している。

「その目的は見事に達せられた。元々の計画では、ロケット弾攻撃を受けて、一人二人負傷すればいいだろうということになっていた。対象は最初から戦場で歌う会と決めていた。反政府組織に近く、実に平和的で、しかもメンバーに女性がいる。そんな団体が襲われれば、日本人一丸となって反撃しなければならないという機運が盛りあがることは間違いない、という計算だ。だが世良田はそれ以上のことをしてみせた。なんと反政府組織によって五人のうち四人まで虐殺され、やっとの思いで一人だけ帰国。しかも虐殺の様子を記録した映像が残っているというのだ！　我々は外務省を通じて大野妙心を保護し、彼の主張を全国に流した。彼を公共保安隊に警護させることで、徹底抗戦の空気を作りあげた。すべて成功したのだ」

大矢は天に向かって叫んでいた。なにかが口から飛び出していく。それはまるで光の蝶のように見えた。だが蝶は因果と名乗った女のほうに飛んでいくと、そこで消えてしまった。幻覚――だったのだろうか。

とてつもない快感の余韻にひたっていると、探偵が暗い声を投げてきた。

「意図的に日本人を死亡させ、海外派兵の理由とした。その結果として反日テロが起こり、何千という自衛軍と、何十万という国民が死んだ――そういうことだな」

大矢はなにも答える気にならなかった。こいつはなにもわかっていない。日本にとって戦争は必要なことだったのだ。それを引き起こした我々は、いわば英雄だ。

「だがあんた等には計算違いもあったな。一つは大野妙心の存在だ。彼は別天王という少女を連れてきて、怪しげなカルト宗教をはじめた。戦争中はそれでもよかったが、戦後になってはただの邪魔な存在だった筈だ。だから公共保安隊を張りつかせ、ずっとその動きを監視していた。そしてもう一つが、世良田蒔郎だろう」

そのとおりだった。世良田が殉職したとは最初は信じられなかった。意図的に消息を隠し、大野の口から惨劇を伝えさせたほうが効果的だと判断したのだろう、と大矢たちは思った。

しかし世良田からはその後も連絡がなかった。そして戦争が終わってしばらくした頃、今度は世良田を目撃したという情報が舞いこみ始めた。

いまとなっては大矢たちにとって、世良田は絶対に存在してはいけない存在だった。

「だから、世良田を見つけだし、始末するつもりだったのか」

探偵の言葉に、突然震えがきた。自分が取り返しのつかないことを口にしてしまった、ということに気づいたのだ。なぜこんなことになったのか。

いつの間にか空には星が戻り、あの女の姿はどこにもなかった。

そのとき、どこからか声がした。

「獣だ。獣が罪深きものを裁く。この国に戦争をもたらし、かつての友の命をつけねらう、薄汚れた豚の喉笛をかききる」

聞き覚えのある声だった。そしてビルの間を風が抜けるような、奇妙に甲高い音が響いたかと思うと、大矢の正面に、獣が出現していた。

大きさは小型トラックほどもあろうか。眼も鼻もなく、顔面には鮫のような牙列が並んだ巨大な顎が開いていた。

（そうだ、世良田の声だ）

そう思ったときには、既に大矢の胸に獣の牙が深々と突き刺さっていた。大矢は自分の心臓が止まるのをはっきりと感じた。

4

獣が別天王の姿に戻り、世良田の横に駆け寄った。探偵はその場から一歩も動けないままで、因果という名の子どもは子犬のように歯を剥き出しにして唸り声をあげていた。

世良田は、自然に声をだした。

「よお」

それは世良田と、今では探偵と名乗っているあの男との間で、かつて何度もかわされた挨拶だった。別にノスタルジーで、それを選んだわけではない。ただほかに思いつかなかっただけだ。

「よお、世良田——元気そうだな」

探偵が、内心の動揺を押し隠して、なにごともないように挨拶を返してきた。だが世良田にはわかる、彼の声がわずかにうわずっていることを。それはそうだろう。二人の間には、いまさっきまで嬉しそうな顔で、世良田と自分について語っていた大矢が、胸から血を流して倒れているのだ。口からも血が混じった泡を噴きだしながら、四肢を痙攣させている。傷は肺まで達しているのだろう、もう助かることはない。

探偵に世良田の〝獣〟を見せるのは、これが三度目だ。一度目は夕方の公園で、他ならぬ世良田自身を丸飲みにした。二度目はその後の別天王会本殿で。だがその二回では獣が直接人に危害を加える姿は見せていない。世良田に襲いかかった場面でも、その後死体を残したように見せかけるのが手間だったので、牙をたてずに丸飲みしたように見せた。いま探偵と因果は、はじめて獣がどのように信者たちを殺してきたのかを目の当たりにし、自分たちの理解が及ばない存在に打ちのめされているはずだった。

「どうした。本当なら二度と姿を現さないつもりだったんじゃないのか。世良田」

探偵が挑発的に云った。

「いろいろと計算違いがあってね。高校時代と同じだよ。準備万端でレースに臨んでも、当日どういうわけかおまえに出し抜かれて、一着を奪われてしまう」

「そうだったかな。だったらそれは単に油断していただけだろう」

探偵の言葉が、いちいち刺激してくるが、世良田は片手をポケットに突っこみ、余裕のある姿勢を崩さずに聞き流そうとした。

「おまえの計算とやらでは、オレは大野を手にかけた直後、信者か公共保安隊に殺されているはずじゃなかったのか。それに大矢も公園でおまえが死んだものと思い、探索は打ち切られると期待したか。残念だったな」

確かに彼の言うとおりだった。世良田は今夜から別の顔で生きていくつもりで、こんなところに足を運ぶ予定はなかった。

「なぜ、大矢を呼びだそうと思いついたんだ。彼が警察などの情報を手に入れることができる立場の組織の人間だということは推理できても、殺人犯として逃亡しているおまえの助けになるわけもない」

「おまえに会いたかったからだよ、世良田」

「大矢を呼び出せば、ぼくが姿を現すと確信していたと。嘘をつけ」

「現にこうして現れたじゃないか。大矢の口から真実を明らかにさせないために。違うのか。ただ一つの誤算はおまえが大矢をあっさり手にかける――そんな人間になっていたとは思わなかったことだ」

探偵の言葉に、世良田は肩をすくめてみせた。これから死んでもらう相手に『おまえを殺す』とはなかなか口にしにくいものだ。

「だがぼくは公園で獣に喰われた。それをおまえもはっきり見ていたはずだ。なのに、どうしてぼくが生きていると――」

「最初はわからなかったさ。公園では本気でおまえとの再会を喜び、そして獣に喰われたと信じて悲しんだ」

喜び、悲しみ、だと。世良田はその表現に苦笑する。

「だから、ヤミヨセの場で、獣を眼にしたとき、全ては大野の企みだったのかと一瞬勘違いした。世良田、おまえは大野の悪行を暴こうとして殺されたんだ、と。そしてそれを問い質そうとした瞬間、大野が炎に包まれた」

「おまえが炎のなかに突き落としたんだよ。ネットで見ていた。ひどいことするなあ」

「よく言うぜ。全部おまえの仕掛けだったんだろう、世良田」

ほう、と世良田は呟いた。こいつ、やはりすべてわかった上で、大矢を呼びだしたのか。

「たしかに映像だけなら、オレが大野に摑みかかり、焼死させたように見えただろう。それはオレが、公園で獣を見て怒っていたからだ。おまえが殺されたと思いこんで、な。これは随分出来すぎじゃないか。そして気づいたんだよ、おまえの電話に」

電話。倉田由子の家にかけた電話のことだろう。世良田が生きているという情報を伝えなければ、探偵の行動をコントロールすることはできない。やむを得ずとった手段だったが、たしかにあまりうまい手ではなかったかもしれない。

「おまえは倉田由子の家にオレが行ったことを知っていた。だがいつ来るともわからないオレのために、ずっと倉田家を監視盗聴していることもできない。つまりおまえは、オレがあの前日に帰国するということを知って、用意していたことになる。なぜだ。どこから情報を得た。そして思い出した。オレがI国で依頼された最後の事件だ」

世良田ももちろん、それは知っていた。波川という外国航路の貨物船船長が、船員にかけられた殺人容疑を晴らして欲しいと依頼したのだ。

「I国で一人の男が殺された。殺された比留目氏は自分の元から去った妻を捜しに来ていた。妻が、彼の元を去った原因は、彼女がある宗教にはまり『あなたの夫は別人だ』と吹きこまれたためだという。その宗教の名は」

「別天王会、だろう」

「ああ。そして現地の警察から比留目氏の渡航目的や、殺害原因について、日本に問い合わせがあっただろう。殺人の原因は、彼の妻が、別人と間違えられて埋葬されてしまったことに起因していた。とうぜん妻の身元確認が必要になり、日本にいたとき最後に在籍していた別天王会にも問い合わせが入った筈だ。つまり別天王会の大野であれば、オレがそのあと日本に向かったことを知ることができたということになる」

探偵が、世良田に指を突きつけた。

「だが、倉田由子の家に電話してきたのはおまえだ、世良田。なぜおまえが、オレの帰国を知っていた。大野とおまえが通じていたのか。だったらわざわざ死んでみせる必要などない。答えは一つだ。帰国以来、おまえ自身が――大野妙心だったからに他ならない」

別天王をここに伴ってきた以上、いまさらそれを隠すつもりはなかった。しかし世良田はもう少しからかうつもりで、訊いてみる。

「おやおや。たしかおまえは昼間、大野妙心の包帯をはいで、その顔を確かめたんじゃなかったのかい」

「どうしてそれも知ってるんだ、とは訊かない。隠すつもりもないようだしな。そうだ、オレは最初おまえが大野になりすまして帰国したんだと考えた。だが大野の素顔を見てそれが誤りだったと思い、直後におまえが獣に喰われる場面に遭遇したことで、完全に大野は本物だと思いこまされた。それも狙いだったんだろう。一度疑いを否定されれば、二度と同じ疑いをもつことは難しい。だが真実は違った。やはりおまえが大野だったんだ。オレはそう確信し、おまえを誘《おび》きだすために、大矢というエサに思い至った」

「ほう。じゃあぼくはどうやって、大野に見せかけることができたんだい。どんなトリックを使ったのか、教えてくれるんだろう、探偵さん」

「トリックなんかじゃないさ」

因果が口を挟んだ。

「トリックなんかじゃない。おまえはそこにいる別天王の力を使ったんだ。そいつは、人ではない。人を超える力を持っている」

世良田は今度こそ、声をだして笑った。

「そうか、その坊やにもちょうど興味がわいてきたところだったんだよ。別天王会からおまえを助け出すとき、姿を変えて人間業ではない跳躍をみせた。そしていまも大矢に不思議な力を使ったな」

因果は、敵意を込めた眼で世良田と別天王を睨みつけている。だが襲いかかってきたりはしないとわかっている。別天王を内心では畏れていることが、その眼の色からうかがえた。

「正当に謎の解明を求めるものには永遠にわからなかっただろう。だがオレにはこの因果がいた。人ではないものが存在するということを知っていた。だから、わかった。おまえもまた同じような力で、大野になりすましただけだ、と。オレの目に、包帯の下の顔も大野だと見せかけた。それだけじゃない。獣を出現させてその存在した証拠も残さず、信者から金品をむしりとったうえで殺したのも、全部おまえの犯行だ、世良田」

「そうか。ところでそこの坊やとおまえ、どこで会った」

探偵は答えない。思い出したくもない記憶が、脳裏を巡っているのだろう。

「言いにくいなら、ぼくが云ってあげよう。あの洞窟だ。戦場で歌う会の五人と、現地の少年一人をおまえが殺したあの地下の空間で、見つけたんだろう」

探偵は、無言のままで、それ自体が雄弁な肯定であると、世良田はとった。

「こいつも、あそこにいたんだよ」

そう云って、別天王の頭に優しく触れる。

「別天王が、あそこに」

「と、いうよりも、そもそもあそこは別天王のために作られた祭祀場のようなものだったんだ。ぼくの任務——あ、任務だったことはもう大矢さんから聞いていたから、説明の必要はないな——とにかく任務は、歌う会のメンバーをK国で反政府組織に襲わせることだった。だけど、実は誰にも言ってなかったが、ぼくにはもう一つ目的があった。旧い文献にある『別天王』と呼ばれる存在を見つけるという」

さすがに探偵の顔が曇った。そうだろう、こいつはなにもわかっていない。世良田の思うように動かされてきたことなど。だからこそ、いまになって思惑から外れた行動をするなど、許されないのだ。

「あの洞窟に車が転がり落ちたのは偶然だ。だがあの付近に、かつて日本人が残した遺跡のようなものがあるという情報は得ていた。だから転落した後、ぼくはすぐに行動を開始した。おまえは気づかなかったろうが、あの洞窟にはさらに奥に通じる通路があり、その先に美しい菩薩を思わせる神像とそれを祀る祭壇のようなものがあったんだ。ぼくはすぐにそれを見つけることができた」

車が炎上した場所はいわば、祭壇の前庭のようなものにすぎなかった。あそこに並べられたり、壁に彫られていた像は、世良田が発見した祭壇の主を称え、その威光を示すためのものにすぎなかったのだ。

整然と並べられた祭壇の奥にあった、一際大きな女神像。あのとき世良田は、それが自分が探していた別天王であると直感した。そして自らの指を傷つけ、血を滴らせた。これが日本民族によって生み出されたものだとしたら、同じ日本人である世良田の血によって目覚めるのではないか、と考えたのだ。

世良田の血を吸収すると、女神像は少女の姿へと変貌し、世良田の頭の中に語りかけてきた。それは明瞭に言葉にできるようなものではなかったが、意味は理解できた。

別天王は飢えていた。ミダマに。人の心の奥底に眠る、強烈な思いに。だから与えてやったのだ、世良田のミダマを。

「おまえが無事で、あの洞窟の奥にいたなんて、まるで気づかなかった。どうして姿を見せなかったんだ」

「悪いな、こいつに夢中だったんだ。それに、声をかけようにも、おまえあのとき、死んでいたじゃないか。首に太いものが突き刺さって」

世良田は、自分の首に手を当ててみせた。

「おまえ、自分がなにに突き刺されたのか、わかっているか。その顔じゃ、知らないみたいだな。因果、きみはどうだ、説明してやったら」

因果は黙っている。それはそうだろう、と世良田は内心で嗤った。

「おまえに刺さったのは、あそこに並べられていた木像の一体だ。中に特に破損が激しいものがあり、割れて先端が尖っていた。おまえはそこに後頭部から突っこんでいったんだよ。さてここで問題です」

世良田は指を一本立てて見せた。

「その像はいったいなんのためのものだったでしょう」

探偵が、強がって云った。

「教えてもらうまでもないな。因果だ。こいつがあの中に眠っていたといいたいんだろう」

「ふふふ、正確に言葉を使え。そいつは別天王によってあの像に、封印されていたんだ。

別天王とは格も存在の意味も違う」

世良田の言葉に、因果が動揺するのがわかる。だが探偵はそれでも、信じないという様子で。

「どう違うというんだ。同じ洞窟にいた、人間以外の存在に違いはないだろう」

世良田は、別天王を促すと黙って歩きだした。建物の外にでると、すぐに屋台から漂う炭火焼きの匂いや、人の喧噪が届いてきた。深夜二時をまわっているはずだが、もともと電気など満足に供給されていないこの地域では、人々は自家発電機やランプを使い、いつ果てるともしれない宴をくりひろげているらしい。

探偵と因果もついてきたことを確認して、世良田はゆっくりと手を開いた。

「突然……空に爆撃機が出現し、いずこからか砲撃も開始される……戦争だ。また戦争が始まったのだ。破壊がくる。すべてが破壊し尽くされる」

その言葉に呼応して、別天王が深く息を吐いた。世良田の声がよくとおったため、屋台に群がっていた人々が一斉にこちらを見て、不審な顔をしていた。彼らが別天王を見た瞬間、それは起こる。世良田の声と、別天王の姿、それが別天王の神事のきっかけなのだ。

何人かが天を指してわめきはじめた。探偵もつられて空を見る。

見よ。そこには現在も異国で使用されている最新鋭の大型爆撃機が、編隊を組んで、夜空を覆いつくしているではないか。

半年前までの戦争でも、反日勢力が手にすることが出来たのは戦車や、民間のヘリなどまでで、日本に対する軍用機による空襲は太平洋戦争以来のことになる。

爆撃機の腹がひらき、爆弾が投下されていく。たちまち閃光と地響きが轟き、破壊の炎があがった。

つづいて、屋台が吹き飛ぶ。どこからか砲撃されているのだ。戦車砲の鈍い発射音も轟き渡る。

たちまち人々はパニックに襲われ、逃げだしはじめた。その間も爆撃は続き、砲弾があちらこちらへと着弾する。辛うじて残っていた建物が大穴をあけて崩れかかる。

さすがに心配そうに因果が、探偵の袖を摑んだ。

「心配するな。話が終わるまで、ここは安全だ」

世良田がそういうと、別天王の眼がかすかに反応した。すると見えない壁でもあるかのように、世良田たちのいる場所だけ、爆風も熱も迫ってこなくなった。周囲では逃げ遅れた人々がものかげに隠れ、爆撃の音もつづいているというのに、四人のいる空間だけは静けさに包まれた。

なにかに気づいたように、因果が呟いた。

「そうか。言葉だ」

探偵も頷く。

「これが、別天王の力なんだな。おまえの口にした言葉をすべて」

「現実に、する」

世良田が引き取って、答える。探偵に決定的な敗北感を与えるように。

「人間の考えたことはかならず実現する。言葉にしなければはじまらない。夢はかならずかなう。人間はこういう言い回しが好きだな。そうそう、人の想いが世界を変える、というフレーズもあったな。だが実際にそんなことができる人間は、ぼく一人なんだよ。どうだい、因果クン、きみにもこれと同じ事ができるかな」

因果が首を振った。

「ぼくは、別天王じゃない。ただミダマを喰むだけだ」

「よくわかっているね。その通りだ。キミはミダマを求めて、それをあらわにすることができる。それはせいぜい人間一人の秘密をあばく役にしかたたない。だが別天王は違う。これが求めるものもミダマだ。だがこいつはそれを暴いたり、喰ったりするのではない。それを拡大して、世界に向けて放つ。ぼくのミダマ、ぼくの願い、ぼくの言葉を受けて、そのように世界を作り変えてしまうんだ」

「本当に、現実を変えられるとでもいうつもりか。そんなことができるのは」

「できるのは、なんだ」

世良田は楽しそうに訊いたが、探偵は答えない。認めたくないのだろう。だから世良田が代わって答えてやった。

「――そうさ、これは、神だ」

探偵が、首を振った。

「神だと。いつからそんなに信心ぶかくなった世良田」

「わかっていないようだから、教えてあげよう。ぼくは自衛隊の中央情報保全隊の中でも、いわゆる国内向け広報戦略を担当する部署に所属していた。具体的には、どのように世論を操作して、自衛隊の軍昇格を容認させるのか。あるいはシビリアンコントロールの限界を示して、軍事力による国体の一層の強化をはかるには、どういう思想や言論が有効であるか、ということの研究だ。そこにはありとあらゆる関連文献が集められていたよ。特に明治以来、政府がマスコミや文学者などにどのように戦争に協力する発言をさせてきたか。戦争をテーマとする映画やテレビが作られるとき、そこにこめられたメッセージをどのように見せかけることで、観客の意識を操ることが可能か。もちろんアイドル歌手による洗脳的ヒットソングなども、実際にぼくたちの部署で研究し、世に出したものもあった。その中でやはりもっとも絶大な影響力をもつと思われたのは、〝宗教〟だった」

世良田は、客を失った屋台のベンチを起こすと、別天王と並んで座った。

人々の悲鳴や、砲弾の音が、快いBGMのように聞こえている。

「よく考えてもみろ、戦争と神はきってても切り離せない関係だったんだ」

「それは、十字軍や、中東における宗教対立のような話をしているのか。確かに宗教が戦争の原因になることは多いが、それだけじゃない」

「違う違う、そんな話をしているんじゃない。いいかい、例えば戦国時代日本にはじめてやってきた西洋人の多くは、キリスト教の宣教師たちだった。彼らが熱心な冒険者だったことは認めるが、それだけじゃない。宣教師でなければならない理由があったんだ。彼らは、自分たちの神を、他国に連れてくる、という大切な使命があったんだよ。わかるか。ある国が、別の国に入りこむときには必ず同時にその国の神を連れていく。それが戦争ということなんだ」

さまざまな史料を研究するなかで、世良田はその結論を揺るぎないものだと考えるようになっていった。

日本でも遣唐使や遣隋使には必ず僧侶や神職が加えられた。それは彼らが、自国の『神』を伴ったということ。異国に自国の神を送り届けることで、異国との間に対等な関係を築く。つまり神と神の戦いによって国同士の優位性が決まると、古代から国家を統べるものたちは信じていたのだ。

統治者だけではない。剣豪と呼ばれるものたちや、武将は、必ず戦いの前に神域に参り、その力を我がものにすることを望んだ。彼らにとって戦いとは、神を背後において、あるいは身にまとって行うものだったのだ。

だからこそ鎌倉時代の蒙古との戦いでは〝神風〟という概念が喧伝された。これもまたお互いの国が連れていく〝神〟同士の戦いであると認識されたからだ。

豊臣秀吉が朝鮮半島に兵を送った際にも、選ばれた武将の中には切支丹大名が含まれた。これは日本古来の神に加えて、その当時最先端の存在だった、西洋の神を味方にして戦いを有利にしようという思考回路ではなかったか。

「かつては日本だけでなく、どこの国でも民族でも政治と宗教は密接な関係にあったということだけだろう。そして宗教家は、より遠い地域にも自分たちの教義を広めることを求める」

世良田にとってまったく意味のない反論を、探偵がした。

「つまり神が迷信にすぎないという認識が一般化した科学万能の近代以降では違う、と。そうだろうか。旧日本軍は、皇族を指揮官として多く配置した。これはまさに生ける神の眷属を、戦いの護りにしようというものではなかったか。ああ、言うまでもなく戊辰戦争で使われた〝錦の御旗〟も同様だ。そして太平洋戦争末期には、敵国の大統領を呪殺するという目論見で、多数の宗教家が集められたという。その成果はさておき、まさに神や仏の力を借りて、敵国の神に対抗した行為といえるだろう。

これらのことから明らかなように、この国は遙か昔から兵士を海外へ送り、そのとき神も共にいたのだ」

秀吉や太平洋戦争だけではない。白村江の時代から、台湾やシベリアへの出兵まで、それは繰り返されてきた。現代において自衛隊が海外派遣されるときも、そこに神は付随する。たとえば『日本は神国である』『神の加護』という言葉が、マスコミや市民によって放たれれば、それは神と化してともに向かうのだ。

「だが戦には勝敗がある。異国での戦いに敗れるということは、単に兵士たちがそこで散華するということだけではない。彼らとともに送りだされた神々もまた、異国の神との戦いに敗れて、その地に放置されるということになるのだ。兵士たちの肉体は朽ちていく。だが神は死ぬこともできない。永遠にその戦場に取り残される——留まり続けるんだ。ぼくのようなものに見つかるまでは」

探偵が、まじまじと世良田と別天王を見た。

「信じて、いるのか？　これが、神だと。神が肉体を持って実在しているんだと」

「忘れたのか、ぼくの言葉は必ず現実になる、つまりもはやこれが真実なんだ」

そして世良田は肩をすくめる。

「もちろんぼくたちのグループだって、ほんとうに〝神〟が見つかるなんて考えていなかった。かつて日本から送りだされた兵士たちに帯同していたであろう〝神〟という概念。たとえば神像であるとか、なにか文字の形で書かれたもの。それをK国で見つけることができれば、そこに神秘的な価値を誘導し、自衛隊の派兵を後押しできるのではないか、という計算があった。K国では太平洋戦争以前、江戸時代にも多くの日本人武士や商人が移住し、結局滅亡させられたという歴史があったから、そうした〝神の痕跡〟を見つけることを期待していたんだ。だが案に相違して、ぼくは——ほんものの〝神〟を見つけてしまったのさ。だってほかにどんな言い方がある。おまえだってわかるだろう、おまえが連れている坊やを、じゃあなんと呼べばいいと」

探偵が、息を吐いた。世良田の言葉を認めるしかない、と観念したように。

「おまえは、大矢たちの意図に沿って戦場で歌う会を死亡させ、同時に別天王を手に入れた。そして大野妙心として帰国したんだな」

「ああ。あのとき公開したビデオ映像は、実際にはロケット弾を受けたとき、大野が撮影していたもので、K国の空しか映っていない。だけど、ぼくが『四人が処刑される光景が映っている』と言えば、別天王の力で、ぼくの声を聞き別天王の姿を見たものには、衝撃映像が見えてくる。歯のレントゲンも同じだ。ぼくが『同じものだ』と口にするだけで、医師にも役人にも、まったく違うぼくの歯形と、大野のそれが同一に見えてくるんだ。面白かったなあ」

「なぜ、わざわざ大野になりすます必要があった」

「わかるだろう。ぼくたちの工作で日本は戦争に突入した。だから放っておけば、生き証人であるぼくだって口を塞がれる。現に大矢はぼくのことを血眼で探していた。それになにより」

世良田は別天王を膝にのせて、その髪を撫でる。

「これをとりあげられたくなかったからね。だから入国の時はずっと『ぼくは一人です』と言い続けた。そうすることで、機内でも空港でも、だれの眼にも別天王が見えることはなかった。その場にいるっていうのに、ぼく以外には見えなくなってしまうんだ」

「それで、教祖にして、言葉が現実になると信じた者から金を吸いあげた。だが戦争が終わり、会から離れようとするものや、教祖の教えに疑問を抱くものがでてくるようになると、今度はヤミヨセで命まで奪った」

「ぼくは口にしただけさ。不信心には裁きがあると。そして獣がそのとおりにした」

不意に探偵の顔が歪んだ。まるで泣きだす寸前のように。

「なぜだ、世良田。別天王の力が、本当に神の力だというなら、世界を変えられるというなら……なぜそんなことにばかり使ったんだ。もっと、あったはずだろう。もっと別の、なにか……もっと」

懇願するような口調だった。だが世良田にはそれは、高校生の頃から変わらない、この男の甘さにしか思えない。

「もっと別の、たとえば人のためになるようなこと、とでも言いたいのか」

嘲られてるのを感じたのか、探偵は黙った。

「おまえはいつもそんなことを言っていたな。誰かのためになること、笑顔になるようなことをしたい、しなくちゃいけないんだ、と。だがそれで結局おまえはたった一人でも他人を幸せにすることができたのか。笑顔を生み出せたのか。それどころか、おまえが水泳をやめ、居場所もわからなくしたことでどれほどの人が悲しんだと思う。それは不幸にしたということじゃないのか。なにが恩返しだ。おまえは結局、人のためになることをする、という言葉に酔って、判断を失い、呪いにかかって抜けだせない自分の愚かさを直視できていないだけだ。なぜならそれが一番楽だからな」

高校時代からずっといってやりたいと思っていた言葉が、世良田の口からポンポンと飛び出した。四年前K国で会ったときに、ほんとうは全て吐きだしたかったが、任務中だったためにできなかった。だがいまは違う。世良田を押しとどめるものはなにもなかった。

「ぼくはそんなおまえを見て、気づいていた。結局、自分以外の誰かのために生きるなどということは、妄言にしか過ぎないのだ、と。違う、というのか。だったらおまえが別天王の力を得たらどうする。――世界中から戦争を無くすか。それとも、てっとりばやく、ここにたむろしているホームレスたちに、家でも与えてやるか。そうしたら、今度は家をもらえなかった連中が、不公平だ、オレは不幸だと騒ぎ始めるだろう。そいつらにはどうしてやる。そんなくだらん者も救うのが、神か。現におまえはその因果という坊やを使っても、人の犯罪行為を暴くぐらいのことしかしてないじゃないか。もっとほかにやれることはあったんじゃないのか」

「世良田……おまえ、そんなこと考えていたのか」

「ぼくはおまえのような奇麗事は言わない。プールの中で考えていたことは自分が勝つことだけだ。この世界で、生きること。生き抜くこと。そのことしかいまは考えない」

世良田は立ちあがり、空に向かって言った。

「戦争は、なかった」

別天王がその言葉に反応して、まばたきをする。

すると、全てはもとに還った。

空に爆撃機はなく、砲声も聞こえてはこない。破壊されたはずの屋台は、ただ逃げた人々のせいで横倒しになっているだけで、そのままの形を保っている。崩れ落ちたはずの廃墟にも変わりはない。ものかげに潜んでいた人々が、ちらほらと立ちあがり、なにが起こったのかわからずに顔を見合わせている。

「言葉によって戦争が生じ、いまはまた戦争がなかったという現実が生まれた。これが神の力だ。さあ、そろそろ終わりにしよう」

世良田の言葉に、別天王の姿が揺らぐと、たちまちそこに〝獣〟が出現した。四つ足だが、毛は生えておらず、顔に眼も鼻もなくただ大きな顎だけが牙列を見せつけている。

「大野妙心という存在を消し去る潮時をはかっていた。そこにおまえが帰国してくると知り、この事件を起こしたのさ。ぼくはこれからも生き続ける。別天王の力をぼくだけのために使って。誰も知らない名前と姿になって。でもその前に、おまえにだけはさよならを言わなくちゃいけない。おまえもその坊やも怖くはないが、計算どおりにことが運ばないのは昔から嫌いなんだ」

「おまえの計算では、オレはとっくに死んでいるはずだったんだよな。別天王会で」

「ああ、そうだ。そして計算は修整された。大野妙心を殺すという大罪を犯したかつての友が——ヤミヨセの獣に裁かれる」

世良田が大仰に叫ぶ。その言葉はあたかも光のように獣に吸いこまれ、その力となった。獣は全身をバネのようにたわめると、一気に跳び、探偵に上から襲いかかった。避ける時間などない。探偵は両肩を獣の前足で押さえこまれ、地面に倒れた。

因果が走り寄った。その手がまるで餅のように伸びて、獣に迫る。だがそのまま突き抜けてしまった。何度繰り返しても結果は同じだ。

「どうしよう、こいつ、触れない」

「しっかりしろ。さっき世良田が言ってたろう。おまえだって、神さまの端くれなんだろうが」

世良田は探偵の勘違いがおかしくてたまらず、思わず話しかけた。

「はは。そうだ、言い忘れていたよ。おまえはババを引いたんだ」

そう、トランプのジョーカー。あのとき因果の像に向かって吹き飛ばされたのが世良田で、洞窟の奥の祭壇を見つけていたのが探偵だったら、いまと状況は変わっていただろう。だがそうはならなかった。それは神である別天王が世良田を選んだということだ。

「かつてこの国から旅立った兵士たちは、かの地で倒れ土にかえった。だが異国で満足して死んでいけるものなどいない。望郷の思い、自分を送りだした国でまだ生き続ける人々への嫉妬、家族を案じる執着、そして自分たちを護ってはくれなかった〝神〟への憎悪。それらの悪しき妄念は、肉体が消え去ったあともこの世にとどまり、たとえばその地に元から存在していた霊や、神像といったものに宿って、力をつけていく。それをなんと呼ぶ。そう、悪魔だ。あの洞窟にあった像の一つ一つにそんな悪魔と化した兵の怨念が宿っていた。別天王像がなぜあそこに祀られていたのかわかるだろう。もちろん祀ったのは日本兵なんかじゃない。悪魔の跳梁に頭を悩ませた現地の民が、それを鎮めてくれる存在として別天王を見いだし、同じ洞窟に鎮座ましましたのだ。〝日本人の遺跡〟というのは誤った伝承だったんだよ。その坊やはな、別天王によって封印されていた悪魔だ。修学旅行で四天王像の足の下で踏みつけにされてる小鬼を二人で見ただろう。あれとおなじだ」

探偵は、胸にのしかかる獣の重みに耐えながら、因果を見た。因果は世良田になにも言い返せず、小さく笑ってみせる。

「別天王の化身である獣に、悪魔が触れることなどできるはずもない」

その言葉どおり、獣がブルッと身を震わせると、突風が生じ、因果は弾き飛ばされた。

因果は触れられなくても、獣からは因果を攻撃することは自在なのだ。

そして獣が牙を、探偵の首もとに突き立てた。それはかつて彼の首を貫いた傷の位置だ。

鮮血が噴きだす。だが探偵はまだ意識を失っていなかった。

(こいつ、なにかを呟いている)

世良田は耳を澄ませた。

獣の声に混じって聞こえてきたのは、かすれかすれの歌声だった。

「あ……ぼくは……いつごろ……おとなに……なるのだろう……」


由子の胸に深々と、ギターネックの破片が突き刺さっていた。女性の力でも、肋骨の間をすり抜けるように刺して、心臓に近い場所まで達したのか、顔が見る見る青ざめていく。

「な、なにをしている」

因果がわめいた。その気持ちはオレにもわかった。既にいくつも口にしたのだから、一つぐらいは無駄にしてもいい、というものではない。ミダマはそんなものとは根本的に違うのだ。一つ喰めば、次の一つを求める。そこにあるミダマを一つ残らず自分のものにして、甘美にひたりたい。それしか考えていなかった因果にとって、ミダマを得る前に由子が死んでしまうなど、絶対にあってはならないことだったのだ。

突然、オレの身体からなにかが抜けでるのがわかった。眼には見えない。しいていえば、強い風が吹き抜けたような感覚だった。風はオレから由子に向かって一直線に吹いた。

「なんだ、いまのは——因果」

と、口にして、なにが起こったかわかった。オレの口から、オレ自身の言葉が発せられていた。いままでずっとオレの声は頭の中で響くだけで、口からでていたのは因果のそれだったのに。

慌てて両掌を顔の前で、握り締めまた開いて、を繰り返す。思った通りに動く。誰にも支配されている感じはしない。オレの中から因果が消え去っていた。

自由になった喜びで顔を上げたオレは、由子の視線に出会った。由子は胸に破片を刺したままの姿勢だが、その指先や肩のあたりがビクビクと痙攣している。それは傷の痛みによるものというよりも、なにかが由子の意志に反してその肉体に入りこもうとしているかのようだった。

「因果が、そこにいるのか」

オレは、信じたくない思いで、言った。

「因果っていうのね。なんだか子どもみたいな声が、頭の中で響いている。ミダマをよこせとか、殺さないとか、人間はよくわからないとか、ああうるさい」

冗談めかしていたが、由子が傷の痛みと、自分の身体を奪おうとする因果の両方に苦しめられていることは、その途切れ途切れの声にあらわれていた。

「因果はミダマを欲している。ミダマってのは……ああ、そんな説明はいい。とにかくそれを奪うために」

「やっぱりね。そうじゃないかと思った。だからミダマを奪われる前に、死んじゃえって思ったの」

由子がオレを見る。その視線は首に向かっていた。

「よかった。自由になっても、治ったところはそのままね。あなたの身体から因果っていうのが抜けだしたら、さっきの傷がまた開いちゃうんじゃないかって、それだけが心配だった」

そうして由子が、オレを見て笑った。その笑顔にオレは、別の意味を見出した。

「由子。まさかオレを因果から自由にするために。キミがさっきのオレのように瀕死になれば因果はオレから離れ、蘇生させようとすると考えて……」

もし、そうだとしたら、オレはどうすればいいのか。おろおろと近づこうとするオレに、由子はますます途切れがちになる息で、言った。

「さあ、どうかなあ。ミダマ……だっけ。そんなもの、誰にも見せたくなかっただけ、かも。どっちだと思う」

わからない。オレにはわからなかった。

「オレなんかのために、こんなことをする必要なんてないんだ。さっき、一番最初にミダマを奪われたブディが、最後になんて言ったか、わかるか。『みんな死ねばいい』だ。それがあいつのミダマだ。あいつは最初からオレたちを悪魔が住むといわれている洞窟に案内して、喰わせるつもりだったんだよ。これが人間だ。心の底では誰もが好き勝手な欲望を溜めこんで生きている。オレだって同じだ。人のためになることをしたいなんて嘘だ。オレは、本当のオレは」

「でも、ブディくんはあなたをぶったわ」

由子の声が、いつまでも喚きたてるオレを遮った。

「ねえ。ブディくんは、因果に操られて立ちあがったあなたに、一番最初に駆け寄って、殴りつけたわ。なんのために。あなたからわたしたちを護ろうとしてくれたのかもしれない。でも、そうじゃなくて」

足にまだかすかに残っている、ブディが殴りつけてきた場所の疼痛。

「ああやって叩けばあなたのなかから悪魔が出ていくのかもしれないと思ったのかも。あなたを救おうとしていたのかもしれない」

「そんなの、いまになってはわからない。ブディは死んだんだ。オレが殺したも同じだ。

そしてミダマを吐いた。オレたちへの呪いの言葉を」

あのブディの、泣きだしそうな顔。

「そうよ、わからない。ブディがなにを願っていたかなんて、わからない。ミダマだけがたった一つの真実なのかな。わたしはそうは思わない」

由子の口から血が溢れた。

そして不意に、

「ミダマだよ、それがおまえたちのいちばん奥にあるものだ」

と口走った。因果だ。因果が由子の口を乗っ取ったのだ。その瞬間、由子の手が動いて、自分の頬を拳で殴りつけた。頭が大きく傾ぐ。そして、また口を開く。それはもう因果の話し方ではなかった。

「誰だって……表に出しているような言葉とは違った……別の心がある……だけど、それだってホントウなわけじゃない……心なんていくつもあって……それが全部真実でしょ」

由子の手が、胸からギターネックを抜きとった。傷口から血は流れない。もう因果が由子の肉体の再生を始めているのだ。

だが由子はギターの破片を、地面に力強く立てた。石の裂け目にヘッドの部分がはまりこみ、尖った部分が天を向き固定される。

「全部真実なら、あなたに、わたしのなにがホントウかなんて、決めさせない」

由子の上半身が大きく前に傾いだ。全体重をかけて、倒れこんだのだ。やや斜め向きの不自然な角度で倒れているため、もはや身体のどこに力を入れても加速をとめることはできなかった。

そのまま由子の頭は、地面に叩きつけられるハンマーのように、ギターの破片に向かって振り下ろされた。

破片は由子の右目から入り、先端は後頭部の髪の間からのぞいていた。激しく血が流れ出し、地面を濡らす。由子は身体を折り曲げて、地面に顔を押しつけるような姿勢のままで、しばらく手足を痙攣させていたが、やがてそれも止んだ。

オレは、言葉もなかった。

それはあまりにも強烈な意志の表明だった。由子は確実に自分の脳髄を破壊し、絶命する方法を選んだのだ。

どれぐらい時間がたったのか、不意に由子の口が動いた。

「ちぇ。ミダマを喰み損ねた」

木片が刺さったままの顔を上げる。その表情はさきほどまでの由子とは一変し、どこか子供じみた拗ねたようなものになっていた。

「因果、だな」

と、オレが訊くと、由子の声で因果は答えた。

「この人間、完全に死んじゃったよ。さっきのおまえみたいに、半分死んでるだけなら、呼び戻せたんだけどね。こうなったらもうだめだ」

由子は自分の望みを果たしたのだ、とわかった。

ならばオレはどうするべきか。

ついさっきまでのオレには、ミダマのことしか考えられなかった。甘美なそれを貪り尽くし、最期には自分自身のミダマを吐きだして死ぬ。オレの心の奥底になにがあるのかを知って死ねるなら、それでいい、とだけ思っていた。

だがいまは違う。

「因果。ここに最後のミダマがある」

と、オレは自分の胸を叩いた。

「どうする。これを喰めば、それで終わりだ。おまえはまたこの誰もこない洞窟で、いつか舞いこんでくる獲物を待ち続けなければならない」

「そんなことにはならないさ。おまえのミダマを喰んだら、ぼくは外にでる。外にはたくさんのミダマが溢れているはずだ」

やはり、そうだった。こいつは肉体を変形させて、相手を締めつけたりすることもできた。あの力を考えれば、高い岩壁を攀《のぼ》り、脱出することも可能だろう。そうすればここにいた六人だけではない。数え切れない数の人間が、ミダマとともに、命を奪われることになるのだ。

オレは、そんな不安を気取られないように、腕を組んだ。昔話で、鬼や妖怪と話す老人も、こんな気分だったのだろうか。

「それはおすすめできないな。ここは人里から離れている。地理もわからないおまえさんに、人間の集落を見つけることはできるかな」

そういうと、由子の眉が不安そうに動いた。

「そうか。たしかにそうかもしれないな」

「おまえさんはずっとここに閉じこめられていた、多分長い間ミダマを喰まないと、力を失って、また眠ることになってしまうのじゃないか」

「ああ、確かにそうだ」

コクリと由子が頷く。

「よし、だったら取り引きを、しないか」

「取り引きだと」

オレは、必死に言葉を絞りだした。

「まず一つ。二度とオレの身体を奪わぬこと。オレの身体を奪われてしまうと、オレはおまえを案内したり協力したりすることができなくなる」

「なるほど、そうかもしれないな。それから」

「ミダマを喰っても、人の命は奪わぬこと。できるはずだな」

由子がちょっと驚いたような顔をした。

「どうして、わかった」

それに気づいたのは、因果がオレの口を借りて『卵とオムレツ』のことわざを口にしたときだ。あのとき因果は『隠さなければいいんだけど』と云った。人はミダマを奥底に溜めこみ、隠している。他人に知られたくないと思っているからだ。因果はそれを無理矢理取り出すから、肉体を破壊してしまう。だがもしも、相手がすすんでミダマをささげるならば——どうだ。

「たしかに、ミダマを無理矢理取り出すのは結構手間がかかる。相手がそれをさしだしてくれるのなら、命まで奪わなくてもいいんだが」

「そうさせる方法はないのか」

「質問、だな」

「質問——」

「人間は自分のミダマの存在すら忘れていることが多い。だから相手の心の奥底、隠されているミダマに触れる質問をすることができれば、相手はそれをキッカケに自分からミダマの場所にまで降りていく。そしてミダマを吐きだしたいという快感に耐えられず、とうとうそれをぼくにさしだしてしまうんだ」

「簡単に言うな。これだって手間がかかるんだ。一人の人間にできる質問は一問だけだ。もし失敗すれば、その心は固く閉じられ、二度とミダマを明らかにしようとは思わなくなってしまう。一人一人の人間のミダマを予想してそこに触れる質問を投げかけるなんてこと、できるか」

「それはいいな」

「オレがその質問を考えてやる。少なくともおまえよりは人間のことを知っている。それでどうだ」

由子の中で因果が考えているのが伝わってきた。やがてまた口を開く。

「おまえの身体を奪わない、人の命を奪わない。それで、ぼくになんの得があるんだ。おまえはなにを与えてくれる」

「ミダマを与えてやろう」

由子の眼が輝いた。

「いくつだっ」

「いくつ、でも、だ。おまえに、最高のミダマがある場所を教えてやる。心の中に、様々な叫びを溜めこんで、だけど誰にもそれを明かすことなく生きて死んでいく人々がいる場所をオレは知っている。オレが質問を考える。おまえはそれを使い、相手からミダマを吐きださせればいい」

オレの脳裏にはもう、自分が後にしてきた母国の姿が浮かんでいた。

由子が生唾を呑みこむ音が響いた。

「だが、もしも無理矢理にミダマを奪うようなことをすれば、人間たちはおまえの敵となるぞ。あらゆる武器を使って、おまえが宿る肉体を破壊し、またおまえは長い眠りにつかなければいけないことになるぞ。どうする」

由子が、小さく首をかしげた。

「妙だな、それでおまえにどんな得がある。いまここで殺されたくないというだけで、言い逃れをしているんじゃあるまいな」

得はある。だがそれを口にする気はなかった。だから、とっさに別の理由を言った。

「いつか、もうオレを必要としなくなったとき、オレのミダマを教えてくれ。死ぬ間際に、ほんとうの心の奥底を知っておきたいからな」

「奇妙な望みだな。だが承知した」

由子の云った通りだな、と思った。とっさに口にした理由が、ほんとうの理由にも思える。オレの心の中の真実も決して一つではない。

「それと、その姿はやめろ。顔に穴があいているし、由子のことを知っている人間に会ったらまずい」

「死んでしまったから、傷は治せないんだ。なら、こうしよう」

因果は、倒れているブディの肉体に近づき、しばらく口に出すのもおぞましいような作業をしていた。しばらくして、ブディの身体の特徴をコピーしたということなのか、少年の姿に変身して見せた。だったら最初からブディの身体に乗り移ればよいようなものだったが、死んで時間が経過した肉体は使えないのだと言って、由子の身体から離れようとはせず、オレもそれを認めた。

由子の姿でいるときも、少年の姿でいるときも、顔の右半面に黒い痣のようなものが残った。それはブディと融合して、由子の傷を隠した名残だった。

5

「ぼくは……いつごろ……おとなになる……んだろ……」

探偵の歌は続いていたが、首から胸にかけて何本もの牙が突き刺さり、傷口が広がりつつあった。

「もういい、やめろっ、やめさせろっ」

と、因果が叫んだが、世良田はかまわずに、

「牙は胸を切り裂き……鮮血が溢れ……」

とこれから起こることを口にし続けた。

「どうしよう、このままじゃ」

泣きそうになった因果を、探偵が手招きした。そしてなにかを耳打ちする。いまさらなにをしたところで、悪魔が神に勝てる方策はないのに。

因果は途方にくれたような顔で、聞いていたが、

「それじゃ、取り引きの条件が違う。おまえのミダマを喰むのは一番最後の筈だ」

と言った。

「いいから、オレがいま言ったとおりに質問しろ、そうしてオレのミダマを明らかにするんだ」

「最期の時に、おまえのホントウの望みを知りたいんじゃなかったのか」

探偵は、痛みの中で微笑んだ。

「なにがホントウかなんて……あんたなんかに決めさせない……だろ」

因果が探偵を見つめた。それはこの二人にしかわからないやりとりのようだった。そして探偵が強く命じた。

「質問しろ、因果」

因果がフラッと立ちあがると、光の蝶が溢れて全身を覆い尽くした。それが粉々に消えると、そこに立っているのは、少年とは似ても似つかない、大人の女性だった。ボリュームのある銀髪で右顔面を隠し、白と黒に塗り分けられたファーのようなものを身につけて

いるところがかろうじて共通していたが、それ以外は正反対ともいえる、妖艶な女性だった。

さっき大矢に対するところを観察していたので、それが少年因果が変身したものだとはわかっていても、さすがに世良田の口から、

「……悪魔」

という呟きが洩れた。

その姿が、世良田の知る、今は亡き女性にどこか似ていたからだ。

女性の因果が、世良田を見る。

「キミの能力なら知っているよ。質問してミダマ、人の本質を引きだすというのだろう。彼はどんな質問をぼくにするように言ったのかな。だがそれはできない。それ以上一歩でも近づけば、ぼくは『獣がきみを切り裂く』と宣言する。それで終わりだ」

世良田は自分の計算に隙がないと確信していた。

だが因果は、そんな世良田から顔を背けると、探偵の横に跪いた。そして囁いた。

「……答えて……」

なにをするつもりだ、世良田ははじめて動揺した。

「教えて……。あなたの眼に、いま見えているものは……なに」

探偵の口が開き、光がこぼれた。光の蝶が次から次へ溢れだし、因果の唇へと吸いこま

れていく。

探偵と因果は、光ごしにくちづけしているように見えた。

そして探偵が言った。

「……星だ……星と、由子……おまえだけが見える」

そう叫ぶとともに、探偵の上半身が跳ね起きた。

既にそこに獣はおらず、別天王が元の少女の姿で、世良田の横に立っていた。いや、世良田には、別天王が最初から一歩も動いていないとわかっていた。だがそれが認識できているのは世良田ただ一人の筈だったのだ。

「なぜだ。なぜ〝獣〟が見えない」

因果が探偵の胸に手をやった。そこには指で皮膚をかきむしり、爪を筋肉にまで食いこませた、探偵自身の両手があった。もう少しだった。もう少し続いていれば、指は自分の肉を引き裂き、血管までも破壊していただろう。そうすればさっきの大矢のように、まるで獣にかみ砕かれたような無惨な傷口ができあがっていた筈なのだ。

探偵は、まだ力が入ったままの手を、胸から引き剝がし、因果に支えられるようにして立ち上がった。

そして世良田と別天王を見やる。

「さっきの爆撃機や、砲撃と同じだ。ほんとうはなにもなかった。獣なんてものも、最初からいなかった」

　世良田は首を振った。

「さっきも言っただろう。ぼくの言葉は現実になる。戦車があると言えばあるし、ないと言えば消える。それだけだ」

「ならばなぜ命令もしていないのに獣が消えた」

　探偵はそう言い放ち、世良田に向かって歩きだした。

「別天王の、力か。それはおまえの言葉を、あたかも現実のように、錯覚させるだけだ。おまえがある、といえば、そこにないものも見えてくる。おまえの声と別天王の姿によって、きわめて広範囲の人間に強烈な幻覚を生じさせる。だから、あのビデオを見た人間の中に、処刑映像が見えないものもいた。オレのように。おまえの言葉を聞いてはいないからだ。ただの幻覚だ、現実はなにも変わっちゃいない」

　世良田は必死に首を振った。

「違う違う違う。おまえはほんとうになにもわかっちゃいない。眼に見えるものが唯一の現実だろう、ぼくは確かに現実を変えたんだ」

　だが自分でも声の調子が弱くなっていることはわかった。それに反して探偵の声は強さを増していく。

「違う。たとえ脳は錯覚させられ幻覚を見ていたとしても、オレの目は真実を見ていた。

真実の、現実の光景を。それがオレのミダマだ。真実を見たいと願った心だ」

探偵が、首の傷を示した。

「獣がいるという幻覚を見たものは、獣に食い殺されるという錯覚を正しい感覚として補正するために、自分で自分の肉を引き裂いた。多くの信者たちも、自分たちが会を裏切っているという罪悪感から、獣に襲われていると思いこまされ、いまのオレのように、自分で自分の喉に爪や指を食いこませたんだ。催眠状態にあるとき人間は、思いもよらない怪力を発揮することがある。それと同じだ。だがもう覚めた。おれのミダマは、星空と、由子——因果しか見ていなかった。獣なんてどこにもいない。すべてはまやかしだったんだ、世良田」

違う。これは神の力だ。それを手にしたはずだ、と世良田は思いこもうとした。

「まやかしであるものか」

その耳に、車の音が聞こえた。そしてドアが開きこちらに向けて駆け寄ってくる複数の足音。世良田は、再び笑みを取り戻した。

「はっ、聞こえるか、あの足音が。警察がやってきた。なんのために。もちろん、大野妙心殺害犯としておまえを逮捕するために、だ。残念だったたな。彼らはぼくのことなんかなにも知らない。堂々とおまえが逮捕されるところを見物しておいてやるよ」

道の向こうに、走ってくる人影が現れた。公安捜査一課の速水と、検事の虎山泉、そして何人かの制服警官も従えている。制服警官が防弾楯を用意していることからも、凶悪犯を捕らえに来たことはあきらかだった。

速水の声が響き渡った。

「世良田蒔郎だなっ」

それは、断じてあってはならないことだった。

世良田蒔郎は五年以上前に死んでいる。生きているとしても、警察にその名を呼ばれるようなことは、決してありえないはずだった。

探偵が、言った。

「大野の死体のDNA検査をするように伝えておいた」

それだけで、世良田には何が起こったのかわかった。

今夜のヤミヨセで炎に包まれたのは、実は先に殺害しておいた、会師補佐の牧田の死骸だった。世良田は牧田を大野のように見えるように、別天王の力を使ったのだ。だが残った死体のDNAを詳しく調べればそれが牧田であることはわかる。牧田は元警察官だから、そのDNAサンプルは警察庁に登録されているのだ。

そして牧田が殺された以上、大野は生きていることになる。

「死んだのが大野ではないとわかったとしても、大野になりすましていたのが元自衛官の世良田蒔郎だとまではわからないはずだ」

その世良田の言葉も、探偵によって否定された。

「オレは世良田蒔郎が生きているという情報を流すことを、JJシステムの会長に告げた。検索すれば、それが何者であるかはわかったはずだ」

JJシステムだと。世良田はすべてを悟った。JJシステムのCEO海勝麟六ならば、世良田の名前を知っていたとしても不思議はないからだ。直接顔を合わせたことはない。だが世良田や大野が所属していた研究会には、政界や財界の人間も多く参加し、ネットや携帯電話というメディアにおいても、いかに世論をコントロールすべきかという議論が行われていた。

それならば、世良田が死亡を偽装してK国にわたったことも承知していて不思議はない。

「海勝はオレがここにいることを知っていた。当然監視カメラと、指向性マイクを使って、さっきまでの会話は全て見聞きされていたと思うべきだろうな」

その通りだ。警察ならしないだろうが、JJシステムの海勝ならそこまでするだろう。たとえ別天王の能力に懐疑的であったとしても、世良田をとらえるには十分な証拠が揃っているはずだ。

だが。そうだ、世良田はまだ負けていないことに気づいた。

別天王は、神なのだ。

「速水さん。ここだ。世良田蒔郎はここにいる」

世良田はそう叫びながら、探偵を指した。

そして、自分は探偵だ、と呟く。

別天王の力が発動し、光が走った。

この瞬間から、周囲の人間には探偵が世良田の姿に見え、この自分は探偵に見えている。

世良田はそのまま走りだした。少しでも早くこの場を離れる。しばらくすればそこにいる世良田が実は探偵であることはばれてしまうだろう。自由に喋り動き回る人間を長いあいだ他人に見せかけておくことは、別天王の力をもってしても難しいからだ。探偵が喋れば、その声は速水の、虎山の、耳に入る。視覚も聴覚も、世良田であるという幻覚を受けているが、一方で探偵の声や姿も視聴覚を刺激し続けるので、脳がその矛盾に耐えきれず、ついには幻覚が破れてしまうのだ。それは別天王を得てから繰り返した実験の結果、わかっていた。

だが長い時間は必要なかった。この立ち入り制限区域を抜けた辺りで、また別の人間の姿になるように、別天王に命じればいい。今度はあの速水とかいう刑事になる。そうすればもう世良田を捕らえることができるものはどこにもいなくなる。ここ一週間だけでも信者から奪った浄財は十億円に及び、トータルでは数百億という金が残されている。それはまったく別人の名義で海外の口座に預けているので、あとはゆっくりと引き出して、自由に使えばいい。そのうちまた別天王を使って、新しい遊びを始めることもできるだろう。

旧新宿駅が見えてきたとき、左右から追いついてくる人影に気づいた。数人の男女が、たちまち世良田を取り囲む。その手にはナイフや包丁が握られていた。

彼らの顔に見覚えがあった。いずれも別天王会の熱心な信者たちだ。世良田は戸惑った。なぜ彼らが自分を追いかけてきたのか、一瞬理解できない。

そのとき、腹にナイフがめりこんだ。熱い感触が体内に広がる。続いてナイフが、バットが、ありとあらゆる凶器が振りおろされた。

「会師様のかたきだっ」

信者の一人が叫ぶのが聞こえた。

世良田が倒れると、信者たちはそのまま四方に散った。それを見届けて別天王もどこかへ歩きだす。

世良田はその背に呼びかけた。

「なぜだ――別天王」

「おまえが云ったんじゃないか、世良田」

背後から声がかかった。世良田は必死に首をひねって、そこに立つ探偵と、少年の姿に戻った因果を見つけた。

二人はあわれむように、こちらを見ていた。探偵が手を伸ばし、世良田の身体を起こす。だが胸に突き刺さったナイフの柄のあたりから、ドクドクと血が流れ落ちており、助かることはない、とわかる。

「おまえが云ったんだ」と探偵が繰り返す。『あなたは、必ず信者たちによってその命を奪われるだろう』と。その言葉が現実になっただけだ」

ようやく、世良田は理解した。さっきの信者たちは、大野妙心殺害犯である探偵を追い、あの近くに潜んでいたのだ。そして復讐の機会をうかがっていた。

彼らには、走る世良田が探偵に見えていたのだ。だから、するべきことをした。

誰を責められよう。探偵の姿に見せかけて逃げることを選んだのは、他ならぬ、世良田自身なのだ。

だが、それでも納得できなかった。

「ぼくは……神の力を手にした……はずだ」

「別天王は神か。あれはただおまえの言葉を現実に見せかけただけだ。おまえが、オレが信者に殺される、と言った。だからオレの姿をしたおまえが殺された。別天王は、最後までおまえに忠実だったんだよ」

「そんな――」

だが、探偵の言葉は真実である、とわかった。

探偵はその場に足を投げだすようにして、世良田の頭を自分の膝に乗せて、楽な姿勢をとれるようにした。

「なあ世良田、聞かせてくれないか」

探偵が、世良田の顔を覗きこんでいた。

「K国でオレを巻きこんだことも、大野殺しの濡れ衣を着せようとしたことも、偶然じゃないよな。大きなスクリーンを積んだオレの車は、ゲリラたちから見れば兵器を搭載しているように見えて攻撃されることは、自衛隊のおまえにはよくわかっていた筈だ。最初からおまえはオレを利用した。なぜだ。なぜ、そんなことをした」

息をすると血が溢れた。それでも世良田はそのまま喋りだした。

「わからないのか。おまえが、勝手に水泳を捨てたからだ」

「世良田……」

「おまえは、このまま続けても金メダルをとれないからといって、県大会決勝の前日に突然引退した。その大会でぼくは優勝した。わからないとでも思っていたのか、おまえはぼくに勝たせるために、引退したんだ」

「そんなことはない。続けても、誰かのためになんかならない。そうわかったからこそ」

「誰かのためというなら、ぼくのために、泳ぐべきだった。ぼくはおまえに勝ちを譲られた。情けをかけられたんだ。そしておまえに永遠に勝つことはできなくなった。それは屈辱だった。おまえのような甘えた、弱いやつよりも、下だと思われているなんて、絶対に我慢できなかった」

「だから、ずっと憎んでいたのか、オレを」

「ああ、そうだ。殺してやりたかった。この手で。人のためになることなんて、おまえは本当は考えちゃいない。おまえはただ、ぼくに負けることが怖くて逃げだしただけだ。そう最後に耳元で言ってやるつもりだったんだ」

そう言って世良田は笑った。笑うたびに咳が出て、血が宙に散った。

「笑っているのか、世良田」

探偵が眼を細めて、世良田の頭を強く抱きしめた。

「仕方なかったんだよ、世良田。オレが勝てば、喜んでくれる人たちもたくさんいた。その人たちの笑顔はオレの励みだった。だけど気づいてしまったんだよ、オレが勝つということは、誰かの笑顔を奪うということだと。一番笑っていて欲しい相手の笑顔をオレは奪っているんだと。そうだよ、世良田、だからオレは大好きだった泳ぐことを止めたんだ。おまえが——たった一人の友達のおまえが、それで笑顔になってくれるなら、あとはどうでもよかった」

嗚咽が続いた。

その声はもう世良田の耳には届いていなかった。唇に笑顔を浮かべたまま、彼は死んでいた。

警察車輌に世良田と大矢の亡骸を運びこむと、速水はそれに乗りすぐに走り去った。特に感謝の言葉もない。

朝日が昇り、周囲を照らし始めていた。

しばらくそこに佇んでいると、検事の虎山泉が、やけに大きなアンテナのついた携帯電話を持ってきた。電波の弱い地域でも、優先的にJJシステムの回線に接続できる専用電話なのだという。

耳に当てると、すぐに海勝麟六の声が聞こえた。

『もしもし、さきほどは失礼しました』

「どうせすべて見ていたんだろう。音声なしなら、別天王の幻覚にはまることもない。多分オレが一人で勝手に胸を掻きむしっている愉快な映像に大笑いしていたんだろうな」

オレは、自分が別天王の獣に襲われていると錯覚していた間さらしていたであろう醜態に恥じて、わざと荒い口を叩いた。

『いやいや、途中から音声も間に合ったので、私にも別天王の幻覚が見えていましたよ。あれはなかなか凄いものですね』

「それなら結構だ。すべて聞いていたのなら、世良田が大野に化けて犯行を重ねたこともわかっただろう。別天王の能力を裁判で証明することは難しいだろうが、どうせ被疑者死亡だ、適当にでっちあげればいい」

それだけ云うと、オレは電話を泉に返そうとした。だが泉は受け取らず、逆にオレのコートに手を突っこんできた。

「おい、あんたなにしてるんだ」

振り払ったときには、泉の手に一冊の日本国旅券《パスポート》が握られている。四隅が擦り切れ、表紙の印刷が剝げかけたそれは、オレ自身のものだった。

泉がそれを二つに引き裂いた。

「あーらら」

横で見ていた因果が面白そうな声をあげる。

「なんのつもりだ、これは」

『実は、予定通り、全ては君の犯行として発表させていただきます』

と、海勝の声が告げた。

「なんだとっ」

『よくよく考えると、世良田蒔郎は何年も前に死亡届が受理されており、戸籍が存在しないんだよ。しかも元自衛官が犯人だったなんて外聞も悪いから、もっとちゃんとした犯人を見つけないと、世間が納得しない。そこで海外放浪中に大野妙心一行と知り合った君が、そこで女性関係のトラブルで恨みをもち、この度帰国して犯行を重ねた。信者が殺されたのも、大野の名声を落とすための君の仕業だったというのが、私の推理ということになる』

「どこが推理だ、なにからなにまででたらめだ」

『最初は公共保安隊と共謀したことにしようかとも思ったんだけど、虎山泉さんが、あくまで犯人は一人にしたいと主張されるんでね』

オレは泉を睨んだ。

「どういう意味だ」

「嘘をつくなら、せめて罪のない嘘にしたいと思って」

「オレを犯人にするのが、罪のない嘘か」

「あなたを犯人にするといっても、ここで手錠をかけるわけじゃないわ。あの世良田蒔郎の死体をあなただとして、発表するだけよ。私と速水くんが目撃者なんだからDNA検査なんて行われないし。念のため顔は潰して判別つかないようにしておく」

「それでも、でたらめには違いないだろうが」

どこかからかうような軽さで、海勝が云う。

『では、全てを明らかにした方が良いのかな。大野妙心や歌う会、特に倉田由子さんが、

ゲリラの手にかかったのではなく、本当はどのようにして亡くなったのか、を。それなら
それで私は構わないが』
　ミダマを吐きだしながら死んでいった彼らの姿がよぎる。由子以外の五人は、みなオレ
の腕の中で死んでいったのだ。まだその感触もはっきりと憶えている。あれ以来二度と味
わっていない、ミダマの甘美とともに。あの全てをあきらかにすることなど、できようは
ずもなかった。
「海勝麟六。──あんたは、なにを知っているんだ」
『なにも。なにしろ滅多に仕事部屋をでることもない身分でね』
　たとえ居ながらにしても情報をあつめることはできる。
「世良田は、ある勉強会に属しその意向で、ボランティアを紛争地域に導いたと言ってい
た。大矢が言っていたな。その研究会は財界の人間も参加していたと。なあ、誰かがこの
国を戦争に巻きこむことを望み、世良田たちはそれに操られただけだとしたら──あんた
も、その研究会の一人だったんじゃないのか」
　電話の向こうでぷっと噴きだしたようだった。
『シオンの議定書じゃあるまいし、そんな会など聞いたこともないよ。戦争起こすための
組織なんて。やれやれ、安っぽい陰謀論を信じるなんて、君も案外子どもっぽいんだな』
　オレはその言葉を信じなかった。

「なんでもいい。だがこれだけははっきりと言っておく。オレは、由子たちの死の意味をねじ曲げて、彼らが反政府組織に虐殺されたなどというデマをでっちあげて、それを利用して多くのものが死ぬ原因を作りあげた、そんな連中を絶対に許さない。だからオレは今日から真実のみを追い求める。どんなに覆い隠されていようと、その奥にある真実を暴く」

『そんなことをすれば、傷つく者がでるばかりじゃないかな。由子さんたちだってきっと喜びはしまい』

「ふざけるなっ。由子たちは、一人も、立派な犠牲者でも、戦争の英雄でもない。あいつらは、ただの、普通の、つまらない、弱い――あたりまえの」

電話は切れていた。

泉がそれを受け取り、代わって小さなプラスチックカードを差し出す。それは住民基本台帳の登録証だった。

「あなたの新しい名前よ。昨日までのあなたは、無法な殺人犯として、信者たちの復讐により殺された。でも、戸籍がないといろいろと困るでしょ。レンタルビデオも借りられないとかね」

いまどきレンタルビデオなんてどこにある、映画なんてネットでダウンロードするものだろうが。どうやらそれは泉の冗談のようだった。彼女は決してオレを利用しただけではなく、どこか親しみを感じているように見えた。

「これをもっていけば、住民票もとれるし、銀行口座もひらけるわ。口座ができたら連絡して。一応今回の依頼料、振りこませてもらうから」

泉はそう云うと、車の運転席に乗りこんだ。

オレは、なにもかもお膳立てされたやり方に納得がいかず、渡されたカードを睨みつけていた。

「海勝会長の特別のおはからいで、テロに巻きこまれて行方不明になっている本物の戸籍を譲ってあげるの、感謝なさい」

結局オレは、そのカードを受けとることにした。

もともと本名に執着があるわけでもない。それに世良田は死に、すべては終わったのだ。いまさら騒ぎたてたところで、なにかできることがあるとも思えない。

それよりもオレには、やることがある。この街で。

オレは因果を促して、歩き始めた。

「どこにいくの。送るわよ」

泉が声をかけてきたが、オレは眼前に広がる、南新宿の廃墟を指し示した。

「ここは立ち入り禁止の、誰もいない筈の町なんだろう。なら、オレはここに住む。オレも因果も、どこにも存在しない筈の人間だからな」

「そう。わたしは世良田、いいえ、あなたを刺殺した別天王会信者を追わなくちゃいけないから、これで」

泉の車が走り去ると、鈴の音が響いた。因果の靴の鈴だ。因果はさっきから無言で、オレのあとをただついてくる。

「警察は別天王も捕まえると思うか」

「どうかな、わからない、だけど世良田のように別天王をうまく使いこなすやつはなかなかいないんじゃないかな」

だとすれば、いつかオレはまた別天王と出会うことになるのかもしれない。偽りの言葉によって、もしも現実をねじ曲げようとするものがいたなら、それはオレの敵になる。さっき海勝に宣言したとおりだ。

「ねえ」

因果が、恐る恐るという調子で、言ってきた。こいつのこんな態度は初めて見る。

「なんだ」

「あの子のほうが、よかった?」

それは別天王のことを意味していた。世良田はオレがババをひいたのだと言っていた。別天王は神で、因果は悪魔だと。本当のところはもう永遠にわからない。

だが答えに迷うことはなかった。

「オレは、言葉だけの神より、悪魔の方を選ぶよ」

途端に、因果はニッコリと笑い、瓦礫の上に飛び乗った。

「ああ、やっぱりね。そう言うと思った。でも、本当によかったの。ミダマを引き出せるのは一生に一度だけ。もうおまえのミダマは永遠にわからない。まあいやだといっても、ぼくから離れられやしないけどね」

「仕方ないさ」

いつか因果に言った、取り引きの条件だ。だが自分の心の奥底にある、自分がほんとうはなにを望んでいるかを知ることなど、オレにはとっくにどうでもいいことになっていた。あのとき、オレは口に出さなかったが、因果がもしこれからもオレのそばにいてくれるならば、それで十分だ、と考えていた。

そこにいたのは、心は因果であっても、肉体は由子のものだったからだ。

未練だとわかっている。由子の姿を見続けることが責め苦だということも、この数年の因果との付き合いで思い知らされた。

それでもオレは、自ら命を断った由子を、その肉体を、どうしても失いたくなかった。

因果は、自分から離れられないと云ったが、オレの方こそ由子を決して離すことはできない。

認めるしかない、これもまたオレの心の一つだ。

——心なんていくつもあって……それが全部真実でしょ——

由子の声が聞こえた。

ふと気になって、渡された住基カードに記された、新しい名前を読んでみる。

そこには〔結城新十郎〕とある。手回しのいいことに、オレの写真が貼りつけてある。入国の時、外務省の役人に撮影されたものだ。

朝日が昇りきり、周囲の風景がくっきりと浮かびあがっていった。

まともな姿の建物は一つもなく、破壊され壁を失った建物の中にシーツが何枚も垂れ下がっているのがわかる。多分ああやって区切って、それぞれの生活場所を確保しているのだろう。

「とりあえず、住む場所を見つけるか。屋根があれば、それでいい」

「ここで、なにをするの」

「また、探偵でもはじめるかな。おまえに、ミダマを喰わせてやるには都合がいい仕事だ」

そして、戦うのだ。

嘘つきだらけの世界と。

オレにとってそれが、誰かのためにできる、ただ一つのことだ。

見ると、因果が平べったい紐のようなものを太陽に透かしていた。それは褪色して、元の映像など殆ど判別できないが、由子にねだられて渡した、あのフィルム片に違いなかった。因果はなぜか気に入って、いつもポケットにいれている。

それはありふれた恋愛映画の一場面だ。

男と女が見つめ合い、歌い合う。

たとえば、こんな風に。

ああ　僕はどうして大人になるんだろう
ああ　僕はいつごろ大人になるんだろう

解　説

ミステリ研究家
日下三蔵

A　探偵作家としての坂口安吾

無頼派と呼ばれ、「堕落論」や「白痴」で知られる坂口安吾は、戦後日本を代表する作家のひとりである。小説からエッセイまで幅広い作品を発表しており、その著作は現在も読み継がれている。

安吾は、熱心な探偵小説ファンであった。戦時中には《現代文学》の同人として知り合った大井廣介の家で探偵小説を読み耽り、平野謙、荒正人らとともに犯人当てのゲームに興じた。この時、後の長篇ミステリ『不連続殺人事件』の着想を得たという。

満を持して書かれたその『不連続殺人事件』は、昭和二十二（一九四七）年から翌年にかけて《日本小説》に連載された。連載時には「読者への挑戦状」が挿入され、著者が自腹で賞金を出した犯人当ての懸賞募集が行なわれている。ちなみに応募者の中から完全正解一人、正解三人の当選者が出たが、安吾はかえって、この作品がフェアプレーで書かれた証拠だといって喜んだ。

昭和二十三年十二月にイヴニングスター社から刊行された『不連続殺人事件』は江戸川乱歩に激賞され、翌年の第二回探偵作家クラブ賞（現在の日本推理作家協会賞）を受けた。横溝正史『獄門島』、高木彬光『刺青殺人事件』といったオールタイムベスト級の傑作を抑えての堂々の受賞であった。

贈呈式を欠席した安吾に対して、乱歩は「探偵作家などから賞を貰うことを、いさぎよしとしないのかと邪推した」（坂口安吾の思出）というが、実際には逆で、三千代夫人の回想によると「とにかく賞を頂くと云うのが初めての経験で、大変な喜こび様であった」（その頃の思い出）とのこと。大井廣介も乱歩に宛てた手紙で、安吾は「受賞を自慢していた」と証言し、贈呈式に出なかったのはテレていたからだろうと推測している。

長篇第二作『復員殺人事件』は昭和二十四年から翌年にかけて《座談》に連載されたが、同誌の休刊のために中絶。安吾の没後、高木彬光によって『樹のごときもの歩く』と題して完結篇が書き継がれ、単行本では両者が併せて収録されるのが通例となっている。

他に「投手殺人事件」「屋根裏の犯人」「選挙殺人事件」「影のない犯人」「能面の秘密」など、完全に推理小説として書かれた短篇が十篇ほどあり、「風博士」「アンゴウ」

などのミステリ色の強い名品があり、後述する『明治開花　安吾捕物帖』があり、「私の探偵小説」「推理小説論」「推理小説について」などのミステリ関連のエッセイがある。安吾ほどファンの立場から楽しんでミステリを書いた作家は珍しいだろう。

松本清張がまだ推理小説を書き始める以前、「或る「小倉日記」伝」で芥川賞を受賞したときの選考委員だった安吾は、選評で「この文章は実は殺人犯人をも追跡しうる自在な力があり、その時はまたこれと趣きが変わりながらも同じように達意巧者に行き届いた仕上げのできる作者であると思った」と述べており、その慧眼には驚くしかない。

ちくま文庫版『坂口安吾全集』では、ミステリの二長篇と九短篇を一挙に収録した第十一巻が八二〇ページ、『安吾捕物帖』全篇を収録した第十二巻と第十三巻が併せて九四〇ページもある。探偵小説だけで普通の単行本の五〜六冊に相当する分量を書いているうえに、量だけでなく質もともなっているのだから、推理小説史上で安吾の名を逸することはできない。

作家デビュー以前の北村薫が構成を担当した創元推理文庫の〈日本探偵小説全集〉（全十二巻）は、基本的に戦前に登場している作家を対象とした叢書だが、江戸川乱歩、夢野久作、浜尾四郎、小栗虫太郎、木々高太郎、久生十蘭、横溝正史といった錚々たる作家に混じって、第十巻が『坂口安吾集』に充てられている。この大部の全集で、ミステリを書き始めたのが戦後からなのは、坂口安吾ただ一人。しかも大下宇陀児と角田喜久雄は二人で一巻、黒岩涙香、小酒井不木、甲賀三郎は三人で一巻なのだ。にもかかわらず、安吾作品にまるごと一冊が割かれていることからも、その重要性が判るだろう。

B　テレビアニメ「UN－GO」

ボンズの製作によるテレビアニメ「UN－GO」は、二〇一一年の十月から十二月にかけて、フジテレビの深夜アニメ枠ノイタミナで全十一話が放映された作品である。監督は「ジェネレイターガウル」「鋼の錬金術師」などの水島精二、脚本は本書の著者である會川昇、キャラクターデザインはイラストレイターのpakoとマンガ家の高河ゆん、原案は『明治開化　安吾捕物帖』を中心とする坂口安吾作品全般であった。

明治期を舞台にした原案小説を時代ものとしてアニメ化するのではなく、戦争が終わったばかりの近未来に舞台を移し変えているのが最大の特徴である。つまり、これは「翻案アニメ」なのである。

《ミステリマガジン》（二〇一二年一月号）の「UN－GO」特集で會川昇さんにインタビューする機会を得たが、実は企画としては「近未来を舞台にした二人組の探偵の推理もの」という外枠が先に決まっていたのだという。

しかし、現実的には各話ごとにオリジナルのトリックを考案するのは不可能なので、原作が必要となり、思い出したのが昭和四十八（七三）年から翌年にかけて放映されたテレビ時代劇「新十郎捕物帖・快刀乱麻」であった。このドラマの原作小説が坂口安吾の『明治開化　安吾捕物帖』だ。

この捕物帖は、昭和二十五（五〇）年から二十七（五二）年まで《小説新潮》に全二十五話が発表されたシリーズである。巡査が持ち込んでくる怪事件を勝海舟が居ながらにして解決する安楽椅子探偵もの――と見せて、いつもその推理は外れ、洋行帰りの素人探偵・結城新十郎が真相を見破るのだ。

各篇に二重の推理が仕組まれているだけあって一篇の分量が多く、濃密に書き込まれた当時の世相背景とも相俟って、非常に読み応えのある時代ミステリである。前述の創元推理文庫版『日本探偵小説全集10　坂口安吾集』でも、七五〇ページのうち実に三五〇ページまでを『安吾捕物帖』の傑作選が占めているほどだ。

またこの作品は、明治期を舞台にしながら、発表時である戦後日本の世相を反映した要素が強い。シリーズ初期の七話を『勝海舟捕物帖』と題して刊行した学陽文庫版の解説で、評論家の縄田一男氏は「作品が発表された敗戦後の有為転変のさまや、価値観の変化を、維新後の文明開化の世に重ね合わせた連作で、つまりは、過去を描いて現在を映し出す合わせ鏡としての要素を持っている」と指摘しており、これはそのまま「ＵＮ－ＧＯ」にも当てはまる。つまり、「明治維新後」――「第二次大戦の終戦後」――「近未来の終戦後」という三重の合わせ鏡になっているのだ。

《ミステリマガジン》インタビューでの會川発言をみてみよう。

「安吾作品を読み返してみて、佐々木守さんが「快刀乱麻」の脚本で書いた独特の反権力的な部分は、オリジナルではなく原作からあったのだと思いました。どう見ても伊藤博文と井上馨がモデルの人物が出てきたりして、明治維新批判と昭和二十五年における戦後批判を重ねているんです。

「堕落論」に始まるエッセイから半藤一利さんの評論まで読んでみると、戦後すぐの安吾の発言が今の我々にも迫ってくる。今の日本の社会の閉塞感というのは、敗戦後の感覚とそんなに変わらないのかもしれないと思いました。現実をそのまま描いても伝わらないからアニメでは実際に敗戦があったことにして、日本が出兵し、報復テロを受け、という流れを設定しました。社会の持つ気分を変えないように気を付けましたね」

アニメのフォーマットは原作とは逆で、私立探偵の結城新十郎と助手の少年・因果が事件の真相を見破っても、メディア王・海勝麟六が都合よく書き換えたストーリーが世間に発表されてしまう、というもの。

二重推理というミソをそのまま活かし、原作の人物配置も極力踏襲しつつ、主に事件の動機に大幅な改変が加えられて、近未来ならではの物語になっているところが凄い。むしろオリジナルのトリックを考えた方が楽なのではないかと思えるほどである。単体で見ても面白いが、原作小説と読み比べることで、面白さが倍増する作品といっていい。

ちなみに原作は『安吾捕物帖』だけでなく、「アンゴウ」「白痴」「選挙殺人事件」などのシリーズ外短篇も使われている。エッセイ「堕落論」からの引用や、ミステリ以外の安吾作品からのネーミングも多く、坂口安吾の作品世界をまるごと活かしたアニメ作品となっていた。

C 劇場公開アニメ「UN―GO 因果論」

テレビ版放映中の二〇一一年十一月十九日からレイトショーで劇場公開されたのが『UN―GO episode:0 因果論』である。テレビシリーズ以前の新十郎と因果が出会った事件を描いたもので、本書はその小説版ということになる。

少年・因果は、謎解きの場面になると大人の女性へと変身する。彼女に魅入られた人間は、誰でも必ずひとつ真実をしゃべらされてしまうのである。この特殊能力の使いどころも良く考えられていて、「あなたが犯人ですか？」などといった単純な訊き方はしない。新十郎の推理で事件の構図と犯人が判明しても、どうしても解けない一点を説明するために使われるのだ。つまり、毎回、因果の質問シーンが謎解きの焦点となっているのである。

新十郎がこの人外の化け物と出遭った経緯、新興宗教「別天王会」のカリスマ別天王との因縁など、テレビ版で暗示されていた過去の事件が、この『因果論』で明らかになる仕組みだ。原作としては、『安吾捕物帖』の一篇「魔教の怪」に加えて、なんと『復員殺人事件』が用いられている。

書下しの本書では、『因果論』のストーリーの前にオリジナル短篇「日本人街の殺人」が添えられており、既に劇場で作品を観ているというファンの方も見逃せない。こちらの下敷きになっているのは「南京虫殺人事件」（渋いチョイス！）で、タイトルの「南京虫」は体長五ミリほどの害虫トコジラミのことだが、そこから転じて女性用の小さな時計を指す言葉として用いられていた。というか、元々、南京豆や南京錠など海外からきた小さな珍しいものに「南京」という言葉がつけられていたのだ。

これを踏まえて「日本人街の殺人」を読み返してみると、見事な換骨奪胎に膝を叩くこと請け合いである。思えば「UN－GO」では、座敷牢や人力車といった明治期の風物が、現代から近未来のガジェットに巧みに置き換えられていた。アニメ、特撮はいうに及ばず、

ＳＦ、ミステリ、時代劇まで幅広い素養を持つ會川昇ならではのセンスが発揮されている訳だ。

著者には『大魔獣激闘　鋼の鬼』（87年／アニメージュ文庫）、『戦え！イクサー1』（89年／角川文庫）、『ガンヘッド』（89年／角川文庫）などのノベライズ作品があるが、本書は九二年に刊行された『孔雀王　魔霊録』（スーパーファンタジー文庫）以来、実に二十年ぶりの小説作品ということになる。

本書は原案付きのアニメ作品のノベライズという位置付けだが、そもそも原作の処理の仕方、その結果として紡がれるストーリーには、まぎれもなく會川昇自身のオリジナリティが横溢している。アニメ・ファン、ミステリ・ファンの皆さんに自信を持って作品をお勧めするとともに、小説家としての會川昇の次回作を大いに期待したいと思う。

本書は、劇場公開作「ＵＮ－ＧＯ　Episode：0　因果論」を元に小説化した、書き下ろし作品です。

珠玉の短篇集

五人姉妹
菅　浩江
クローン姉妹の複雑な心模様を描いた表題作ほか〝やさしさ〟と〝せつなさ〟の9篇収録

レフト・アローン
藤崎慎吾
五感を制御された火星の兵士の運命を描く表題作他、科学の言葉がつむぐ宇宙の神話5篇

西城秀樹のおかげです
森奈津子
人類に福音を授ける愛と笑いとエロスの8篇日本SF大賞候補の代表作、待望の文庫化！

夢の樹が接げたなら
森岡浩之
《星界》シリーズで、SF新時代を切り拓く森岡浩之のエッセンスが凝集した8篇を収録

シュレディンガーのチョコパフェ
山本　弘
時空の混淆とアキバ系恋愛の行方を描く表題作、SFマガジン読者賞受賞作など7篇収録

神林長平作品

狐と踊れ〔新版〕

未来社会の奇妙な人間模様を描いたSFコンテスト入選作ほか九篇を収録する第一作品集

言葉使い師

言語活動が禁止された無言世界を描く表題作ほか、神林SFの原点ともいえる六篇を収録

七胴落とし

大人になることはテレパシーの喪失を意味した——子供たちの焦燥と不安を描く青春SF

プリズム

社会のすべてを管理する浮遊都市制御体に認識されない少年が一人だけいた。連作短篇集

完璧な涙

感情のない少年と非情なる殺戮機械との時空を超えた戦い。その果てに待ち受けるのは？

著者略歴　1965年東京都生，脚本家　脚本担当作「鋼の錬金術師」「轟轟戦隊ボウケンジャー」「機巧奇傳ヒヲウ戦記」

HM=Hayakawa Mystery
SF=Science Fiction
JA=Japanese Author
NV=Novel
NF=Nonfiction
FT=Fantasy

UN－GO　因《いん》果《が》論《ろん》

〈JA1059〉

二〇一二年二月二十五日　発行
二〇一二年三月　十　日　二刷
（定価はカバーに表示してあります）

著者　會《あい》川《かわ》昇《しょう》
原案　坂《さか》口《ぐち》安《あん》吾《ご》
発行者　早川浩
発行所　株式会社　早川書房
郵便番号　一〇一 - 〇〇四六
東京都千代田区神田多町二ノ二
電話　〇三 - 三二五二 - 三一一一（大代表）
振替　〇〇一六〇 - 三 - 四七七九九
http://www.hayakawa-online.co.jp

乱丁・落丁本は小社制作部宛お送り下さい。
送料小社負担にてお取りかえいたします。

印刷・三松堂株式会社　製本・株式会社フォーネット社

JASRAC 出 1201515-202　Printed and bound in Japan
ISBN978-4-15-031059-2 C0193

本書は活字が大きく読みやすい〈トールサイズ〉です。